ORGUEIL ET PRÉMÉDITATION

LES MYSTÈRES DE LA LIBRAIRIE NEVERMORE, 3

STEFFANIE HOLMES

ISBN : 978-1-991349-23-1

Couverture : Jacqueline Sweet

 Réalisé avec Vellum

ORGUEIL ET PRÉMÉDITATION

C'est une vérité universellement reconnue qu'un homme célibataire, doté d'une belle fortune, sera inévitablement assassiné de façon atroce lors du bal.

Mina est ravie d'assister à l'Expérience Jane Austen annuelle d'Argleton, qui se tient cette année dans le somptueux manoir de Baddesley Hall. Après tous ces récents meurtres, ce week-end lui fera le plus grand bien : danser avec Morrie, assister à des lectures de poésie avec Quoth, et aider Heathcliff à repousser les demandes en mariage de ses admiratrices.

Mais les crimes et les mystères la suivent partout. Lorsqu'un éminent spécialiste de Jane Austen est retrouvé transpercé par sa propre épée, Mina et les garçons doivent résoudre l'énigme avant que le tueur ne fasse une nouvelle victime.

Les Mystères de la Librairie Nevermore, c'est ce que vous obtenez lorsque tous vos petits amis littéraires prennent vie. Ce nouveau roman de l'auteure à succès Steffanie Holmes, qui a rejoint la liste des best-sellers USA Today, regorge de jupons et de complots, de scènes torrides et de liaisons scandaleuses, de bonnes manières et de mystères, de livres magiques, de pièces voyageant dans le temps, et d'une bonne dose d'humour à la Jane Austen. À lire seulement si vous pensez qu'un seul héros sexy, ce n'est vraiment pas suffisant !

REJOINDRE LA LETTRE D'INFORMATION FRANÇAISE

Rejoignez la newsletter pour être au courant des dernières nouveautés.

Vous souhaitez découvrir une scène bonus gratuite avec le point de vue de Quoth et les règles de Heathcliff concernant la librairie ? Obtenez un exemplaire gratuit de *Cabinet of Curiosities* – un recueil de nouvelles et de scènes bonus de Steffanie Holmes – en vous inscrivant à sa newsletter.

https://www.nevermorebookshop.co.nz/pages/steffanie-holmes-newsletter-french

Chaque semaine, dans ma newsletter, je parle des véritables phénomènes paranormaux, des événements étranges, des lieux en ruines et des faits effrayants qui inspirent mes histoires. Vous recevrez également des scènes bonus et des nouvelles exclusives grâce à la newsletter. J'adore parler à mes lecteurs, alors rejoignez-nous pour un peu de plaisir et d'effroi :)

À tous les petits amis littéraires
Qui me gardent éveillée la nuit.

« La personne, que ce soit un gentleman ou une dame, qui ne prend pas plaisir à lire un bon roman doit être d'une stupidité insupportable. »
–Jane Austen, *Northanger Abbey*

I

— J'ai des doutes quant à la sagacité de ce plan, dit Morrie en calant une pile d'oreillers sous son bras.

— Si ta sagacité est si offensée que ça, tu n'es pas obligé de venir avec nous, lui rappelai-je en attachant mes cheveux et en époussetant le devant de mon pyjama Snoopy. Tu pourrais redescendre et finir le présentoir que j'ai commencé pour le festival Jane Austen d'Argleton.

— Ne plaisante pas, ma belle. Cette pièce m'intrigue depuis que je suis arrivé dans votre monde. Je ne vais pas attacher des rubans autour de livres frivoles pendant que le reste d'entre vous découvre ses secrets, rétorqua Morrie en passant la main sous ma chemise pour faire rouler mon mamelon entre ses doigts. Et puis, l'occasion de passer la nuit avec toi ne devrait jamais être ignorée.

— Jane Austen n'est pas frivole, répondis-je en attrapant son poignet et en le tordant pour écarter sa main de mon sein et pouvoir à nouveau réfléchir. Tu ne devrais pas dire ce genre de choses à Argleton en ce moment. Tout le village est devenu fou d'Austen.

C'était vrai. Il y a dix ans, un célèbre érudit local du nom de

Julius Hathaway avait découvert que Jane Austen avait passé un Noël à Baddesley Hall, la plus somptueuse des grandes demeures seigneuriales surplombant Argleton et qui appartenait désormais au Lachlan. Depuis la découverte de sa célèbre résidente temporaire, le village célébrait cet événement avec un festival de Noël Regency* annuel, qui devenait de plus en plus élaboré au fil des ans. Des goûters, des lectures théâtrales, une promenade costumée et une danse de style Regency avaient lieu dans la salle communautaire, ainsi qu'une collecte de livres où les villageois offraient des ouvrages aux enfants défavorisés.

Cette année, les Lachlan accueillaient même la Jane Austen Expérience – un événement immersif qui incluait des conférences universitaires, où les invités payaient des centaines de livres pour séjourner à Baddesley Hall pendant un week-end, revêtir des costumes ridicules, assister à des bals extravagants et à des tea parties, et se demander mutuellement en mariage. Cette année, le professeur Hathaway, célèbre érudit, en était lui-même l'invité d'honneur.

Évidemment, Heathcliff n'en avait rien à faire du Festival Jane Austen. Il avait rejeté toutes mes idées ingénieuses : à savoir accueillir le professeur Hathaway pour une conférence publique gratuite dans la salle d'Histoire Mondiale, organiser une soirée quiz sur Orgueil et Préjugés, ou même coiffer Quoth d'un bonnet adapté à un petit oiseau (en réalité, c'était Quoth lui-même qui s'était opposé à cette dernière suggestion). Le désintérêt flagrant de Heathcliff pour toute forme de mercantilisme était probablement la raison pour laquelle, la veille du festival, il avait suggéré de concrétiser mon idée : passer la nuit dans la salle magique pour tenter d'en percer les secrets.

---

* Époque de l'histoire britannique, de 1811 à 1820, notamment l'époque où Jane Austen a écrit la plupart de ses romans.

— Je dirai ce qu'il me plaira, rétorqua Morrie en me faisant un clin d'œil et en prenant un accent snob.

Sa main se glissa à nouveau sous ma chemise.

— Ça ne te dérangeait pas avant.

Non, ça ne me dérange pas du tout. Les lèvres de Morrie effleurèrent mon cou. Il saisit mon sein et ses doigts pincèrent et taquinèrent mon mamelon. *Si c'est un avant-goût de ce que cette nuit pourrait offrir, le passé ferait mieux de se méfier...*

— Dégagez, les tourtereaux, grogna Heathcliff depuis sa chambre.

Un instant plus tard, une énorme couette brune vola par la porte et s'écrasa contre le mur au-dessus de nos têtes. Je m'arrachai à l'étreinte de Morrie et m'éloignai d'un bond alors qu'elle glissait sur le sol pour rejoindre la grosse pile d'affaires de Heathcliff déjà entassées contre la porte.

Il espère que nous ne ressortirons pas avant la semaine prochaine.

— Nous ferions mieux d'aller ailleurs, avant que M. Irritable ne se mette à jeter ses bouteilles de whisky.

Morrie m'entraîna à l'écart, sa main effleurant le bas de mon dos d'une manière possessive qui fit palpiter mon cœur.

Les lèvres de Morrie avaient à peine effleuré les miennes que nous fûmes à nouveau interrompus. Quoth descendit en trombe de sa chambre mansardée avec son matériel. Comme d'habitude, il portait le strict minimum – en l'occurrence, un caleçon noir qui ne laissait rien à l'imagination.

Je m'humectai la lèvre inférieure. Comment allais-je survivre à cette nuit en leur compagnie sans que cela ne dégénère en orgie bacchanale ?

Pourquoi l'idée d'une orgie bacchanale avec eux trois provoquait-elle une vague de chaleur entre mes jambes ?

Rappelle-toi pourquoi on fait ça. Ne te laisse pas distraire par les beaux yeux de Quoth, les mains puissantes de Heathcliff ou la langue vagabonde de Morrie...

— C'est tout ce dont j'ai besoin, me dit Quoth en me tendant un sac de baies.

Je le glissai dans mon sac de collations et de provisions d'urgence.

— Tu es sûre qu'on doit emmener tout ce matériel ? dit Morrie en fronçant les sourcils et en apercevant les sacs fourre-tout que j'avais remplis de nourriture déshydratée, d'un réchaud de camping, de bouteilles d'eau, de fusées de détresse d'urgence et de boîtes de tampons. Heathcliff n'était pas le seul à être en mode scout.

— Ça n'a rien de discret ou d'historique, ajouta-t-il.

— On ne sait pas ce qu'on va trouver de l'autre côté, ni combien de temps il nous faudra pour rouvrir la porte sur le présent. Je veux me préparer à toute éventualité.

— D'accord.

Heathcliff sortit de sa chambre en titubant. Il portait trois bouteilles de whisky et un paquet de Wagon Wheels sous un bras. Sous l'autre, une longue épée pointue à la garde finement ouvragée.

— Qu'est-ce que tu vas faire avec ce truc ? dit Morrie en fronçant les sourcils et en regardant l'épée.

— Rôtir des guimauves, grogna Heathcliff.

Il fourra ses bouteilles dans mon sac, rangea l'épée dans un fourreau à sa ceinture et sortit sa clé.

— On le fait oui ou non ? dit-il.

J'acquiesçai. Nous avions besoin de réponses, et le seul moyen de les trouver était de percer les secrets de la Librairie Nevermore, en commençant par la pièce qui voyageait dans le temps... ou dans on ne savait quoi.

Morrie lissa le col de son pyjama Armani.

— Quelle pièce pensez-vous que nous allons découvrir ? Je

propose un pari : le perdant devra nettoyer la salle de bains. J'espère qu'il y aura un boudoir de style Régence, avec le fameux siège d'amour Le Chabanais d'Édouard VII.

— Moi, je vote pour le grenier vide, dit Heathcliff.

— Évidemment.

— Je veux les bureaux d'Herman Strepel, ajoutai-je. Mais je ne participe pas à ce pari, car il n'y a aucune chance que je mette les pieds dans cette salle de bains.

— J'espère qu'il y aura des dinosaures, ajouta Quoth.

— Tu *espères* des dinosaures ? Tu es un idiot. Heureusement que Heathcliff a son épée, dit Morrie avant de prendre la clé de Heathcliff pour l'enfoncer dans la serrure.

Je blêmis face à son insulte, mais Quoth ne sembla pas s'en préoccuper. Au cours des deux dernières semaines, les commentaires de Morrie à notre égard – habituellement des taquineries amicales – étaient devenus plus acerbes. C'était comme s'il voulait constamment nous rappeler qu'il ne tenait pas vraiment à nous, qu'il se considérait supérieur en tout point. Cela commençait à me fatiguer un peu, surtout quand il s'en prenait à Quoth, qui ne répondait jamais et semblait encaisser chaque remarque.

La porte émit un clic sinistre. Morrie recula et fit un geste vers celle-ci.

— Après toi, ma belle. Je te rappelle que c'était *ta* brillante idée.

Oui, effectivement. Et si elle nous permet de mieux comprendre ce qui se passe dans cette librairie, tu me remercieras.

Je pris une grande inspiration et poussai le battant.

2

La porte s'ouvrit, révélant un élégant lit à baldaquin orné de riches étoffes et un salon recouvert de draps blancs, tels des fantômes se prélassant à la fenêtre. De lourds rideaux de velours pendaient à chaque tringle, et à travers une porte ouverte de l'autre côté du lit, j'aperçus le bord de la baignoire sur pieds au centre de la salle de bains octogonale. C'était la chambre que j'avais vue en entrant dans cette pièce il y a plus d'un mois, avant que je ne sache à quoi elle servait réellement.

— Ouf, dis-je en soufflant. Au moins, on a un lit correct.

— Et pas de dinosaures.

Heathcliff fit le tour de la pièce, utilisant la pointe de son épée pour soulever les rideaux et vérifier sous les fauteuils.

— Visiblement, les robots n'ont pas encore conquis le monde, dit Morrie en écartant les rideaux de velours pour regarder par la fenêtre.

— Les fenêtres ont toujours vue sur le présent, tu te souviens ?

Satisfait qu'aucun vélociraptor ne se cache sous le lit, Heathcliff posa son épée contre le mur.

— Ce n'est qu'à l'intérieur de cette pièce que nous existons hors du temps.

— Je le savais. Je ne suis pas stupide, répliqua Morrie. Je pense que nous sommes à la fin de l'époque victorienne, d'après le tissage de ces rideaux.

— Eh ben, on dirait bien que nous avons un expert en tissus d'ameublement, dis-je en souriant avant d'aller aider Quoth à faire passer nos provisions par la porte.

Morrie me tapait déjà sur les nerfs, et les sensations agréables qu'il avait provoquées dans mon corps pendant que nous attendions les autres s'étaient complètement estompées.

— Miaouuu !

Alors que je soulevais la couette de Heathcliff, une boule de fourrure noire jaillit de dessous et se précipita entre mes jambes.

— Non, minou !

Je me retournai juste à temps pour voir Grimalkin se jeter sur le pantalon de Heathcliff et enfoncer ses griffes dans sa cuisse. Il rugit et l'attrapa par la peau du cou, l'écartant. *CRAAAC.* Des lambeaux de son pantalon se détachèrent avec les griffes de Grimalkin, et probablement une quantité non négligeable de chair aussi.

Je traversai la pièce en trombe et attrapai Grimalkin. Elle agita ses pattes en l'air, tentant de se débattre.

— Il est hors de question qu'on te mette en danger. Allez, dehors !

Je me retournai pour la remettre à l'extérieur, mais au moment où je fis un pas vers la porte, celle-ci claqua violemment.

— Miaou ! s'exclama Grimalkin, triomphante.

Quoth attrapa la poignée et tira dessus.

— Elle est bloquée. On est coincés ici.

— Tout notre matériel d'urgence contre les dinosaures est resté de l'autre côté, fit remarquer Morrie avec obligeance.

— Et mon Scotch, grommela Heathcliff.

Je serrai Grimalkin contre moi.

— Espèce de chat stupide. On t'a laissé plusieurs jours de nourriture en bas. Je n'ai même pas emporté la moindre miette de poisson pour toi.

Grimalkin ronronna et frotta sa tête contre ma joue, visiblement peu préoccupée par l'absence de croquettes à proximité.

Je la déposai sur le rebord de la fenêtre. Dehors, le village du présent s'apprêtait à s'endormir. Les seules personnes encore présentes dans les rues étaient celles qui titubaient en rentrant du pub. L'orbe pâle de la lune croissante brillait comme un lampadaire au-dessus des toits de chaume et des bâtiments Tudor. De l'autre côté de la rue, je distinguai un carré de lumière à la fenêtre de Mme Ellis. J'espérais qu'elle allait bien. Cela ne faisait que quelques semaines que son amie proche, Gladys Scarlett, avait été tuée, et sa cousine Brenda Winstone attendait désormais son procès pour meurtre. Vu la santé mentale de Brenda, elle finirait probablement en hôpital psychiatrique plutôt qu'en prison.

Lorsque je me détournai de la lumière de la fenêtre, ma vision s'obscurcit soudain. Comme si quelqu'un venait de me bander les yeux. La curiosité me nouait le ventre. J'avais envie de fouiller chaque recoin de la pièce et de percer ce mystère. Mais je ne distinguais même plus mes propres doigts si je les agitais devant moi. J'entendais les garçons bouger autour, mais je ne pouvais en voir aucun.

Je déteste ça. Je déteste être aussi impuissante.

Je sortis un briquet de ma poche et allumai l'une des bougies que j'avais emportées avec moi. À tâtons, je longeai le mur jusqu'à retrouver l'applique que j'avais repérée la dernière fois.

La bougie s'inséra facilement dans l'applique, mais au-delà du faible cercle de lumière qu'elle diffusait, je distinguais à peine les formes et les silhouettes dans la pièce. J'en allumai une autre et la glissai dans un chandelier en argent. Je la tins près de mon visage et avançai prudemment jusqu'au lit, écoutant les garçons fouiller la pièce de fond en comble à la recherche d'indices. *Si nous étions venus en pleine journée, j'aurais pu participer aux recherches, moi aussi.* Mais nous avions estimé qu'il y avait moins de risques d'être surpris par quelqu'un du passé si nous passions la nuit ici.

— J'ai trouvé d'autres bougies, annonça Quoth depuis un recoin obscur.

Il s'approcha pour les allumer à ma flamme, puis les répartit dans les appliques murales. Il faisait toujours trop sombre pour que je puisse fouiller, mais désormais, je parvenais au moins à discerner les silhouettes des garçons et les formes des meubles.

Près du petit bureau, Heathcliff tenait une lettre à la lumière d'une bougie.

— Tu as vu juste sur la période, dit-il à Morrie. Cette lettre est datée de 1896. Tu as une autre bougie, Mina ? Je vais lire ce courrier. Peut-être nous donnera-t-il l'identité de l'occupant actuel de cette chambre.

Je fouillai dans mon sac et trouvai une seconde bougie, que Heathcliff posa sur le bureau à côté de lui. Je l'allumai avec ma flamme et m'appuyai contre le bord du meuble pour l'observer. La lumière éclairait les contours de son visage, vacillant sur sa barbe sauvage et dansant dans ses yeux. Mon cœur rata un battement lorsqu'il baissa la tête pour lire. Je fus subjuguée un instant par sa beauté brute.

Quelles réponses allons-nous trouver dans cette pièce ? Mes trois gars avaient été arrachés à leurs romans et projetés dans le monde réel, et nous ignorions encore pourquoi. Si cette chambre pouvait nous l'apprendre, si elle pouvait leur apporter des réponses, alors peut-être que Heathcliff parviendrait à pardonner l'homme qu'il était dans son livre, que Morrie cesserait de vouloir tout contrôler, et que Quoth... peut-être que Quoth trouverait enfin la liberté qu'il désirait tant.

Alors que je les regardais, sentant une avidité primitive m'envahir, une autre question chassa la précédente.

Que pourrait-il se passer entre nous quatre, alors qu'il n'y a qu'un seul lit ?

Je savais ce que je voulais qu'il se passe et aussi ce que je redoutais.

Si nous franchissons cette ligne ensemble, il n'y aura pas de retour en arrière. Et même si je me répétais que ce n'était que du sexe, que j'étais libre de coucher avec qui je voulais pendant que je faisais le deuil de ma vue, cette sensation persistante dans ma nuque et ce vide douloureux dans ma poitrine quand les garçons n'étaient pas près de moi laissaient entendre que mes sentiments pour eux étaient bien plus profonds que cela.

Si je devais tirer des conclusions, je dirais que peut-être, possiblement...

... peut-être que j'étais en train de tomber éperdument amoureuse. D'eux trois.

Un grognement provenant de la salle de bain me tira de mes pensées. Je me levai et tendis ma bougie vers l'intérieur de la pièce. Morrie, les épaules tendues, soutenait la baignoire pendant que Quoth s'affairait autour de la plomberie victorienne archaïque.

— Je me demande où s'arrête l'ancien et où commence le moderne, expliqua Morrie en voyant que je les observais.

— Je n'y vois rien du tout.

Quoth posa le téléphone dont il utilisait la lampe torche, se transforma en corbeau et glissa sa tête dans le tuyau.

— Croooooac ! cria-t-il dans l'obscurité en contrebas.

— Dépêche-toi, l'oiseau, cette baignoire est loin d'être légère, se plaignit Morrie.

Quoth s'éloigna en sautillant et retrouva forme humaine, les mains plaquées sur son nez.

— Ça pue là-dedans.

— Qu'est-ce que tu as vu ?

— Pas grand-chose. Tout a l'air plutôt ancien. Et immonde. Le propriétaire de cette chambre n'a jamais dû nettoyer les canalisations.

Quoth se dirigea vers la cruche d'eau posée sur le lavabo pour s'asperger le visage.

Les laissant poursuivre leur exploration, je me faufilai dans le dressing et passai la main sur les portants. De la soie luxueuse, du chiffon, du velours et du lin glissèrent entre mes doigts. Il y avait des cols, des manches et des ourlets richement ornés de dentelle fine et de passementeries somptueuses. Des rembourrages et des chapeaux élégants décorés de voiles en tulle, de fleurs de soie et de guirlandes de perles pendaient sur un portemanteau près de la fenêtre. La mode victorienne était si sensuelle, si extravagante. Je pouvais apprécier la sensation des tissus, même si je ne distinguais ni leurs couleurs ni leurs formes.

J'attrapai une robe particulièrement raffinée en soie et en damas et la pressai contre moi. Les renforts du corset frôlèrent ma peau. Morrie, adossé à l'encadrement de la porte, me regardait avec un sourire malicieux pendant que je tournais sur moi-même, appréciant la manière dont les lourdes jupes virevoltaient autour de mes jambes.

— Vous ne trouvez pas ça étrange que le bureau soit plein de lettres et que cette penderie déborde de vêtements, alors que les fauteuils près de la fenêtre sont recouverts, comme s'ils ne devaient pas être utilisés ? demandai-je.

— Pas forcément, répondit Morrie. Cette pièce est peut-être

réservée aux invités. Recouvrir le mobilier permettrait de le protéger de la poussière.

— Ce n'est pas ça, lança Heathcliff depuis le bureau.

Je reposai la robe sur le portant. Morrie me tendit son bras. J'hésitai. *Je peux retrouver la porte toute seule.* Mais il faisait sombre et un mal de tête menaçait déjà mes tempes. C'était le début d'une de ces migraines qui me tourmentaient de plus en plus ces derniers temps. Mordant ma lèvre avec frustration, j'enroulai mon bras autour du sien, et il me guida jusqu'à la pièce principale.

Nous passâmes devant Quoth, près de la fenêtre, en train de s'asperger les mains avec l'eau de ma gourde, tentant encore d'éliminer les résidus nauséabonds des canalisations.

Je m'assis sur le lit pendant que Heathcliff lisait à haute voix un passage de l'une des lettres.

— Chère Madame, entonna-t-il, sa voix grave résonnant dans tout mon corps et jusqu'à mes orteils. J'espère que vous allez bien. Vous trouverez ci-joints les Œuvres de Francis Bacon, dix volumes en grand format octavo, reliés en peau de veau par J. Johnson de Londres, avec titres et estampages dorés, comme vous l'avez demandé. Le deuxième présente une légère imperfection sur la couverture, et j'ai ajusté mon prix en conséquence. Si vous êtes en train de constituer une collection d'ouvrages occultes, je joins à cette lettre une liste de titres supplémentaires en ma possession. J'attire tout particulièrement votre attention sur le *Sphere Cabalistice Fatidicis numeris contexte*, un manuscrit cabalistique attrayant que je viens d'acquérir, contenant vingt-six feuillets de tables divinatoires ainsi que des listes d'animaux et d'oiseaux pour l'augure*. Si vous souhaitez l'obte-

---

* L'augure fait référence à l'usage des signes ou des présages pour prédire l'avenir ou prendre des décisions.

veuillez me faire parvenir votre réponse au plus vite, car j'ai déjà deux autres acheteurs intéressés...

Heathcliff reposa la lettre.

— La plupart des courriers sont du même genre, ils concernent l'achat et la vente de livres occultes. Celui-ci était adressé à la célèbre voyante française, Madame de Thèbes. Il y a d'autres correspondances similaires entre divers occultistes notoires de l'époque. La femme qui vivait ici – une certaine Victoria Bainbridge – était une libraire spécialisée dans les ouvrages anciens et rares liés à l'occultisme.

— Une analyse de surface, typique de ton esprit paresseux et primitif, grommela Morrie. Donne-moi cette lettre. Je pourrai t'en dire plus sur la couleur de ses cheveux, le deuxième prénom de sa sœur et son opinion sur le colonialisme.

Heathcliff se hérissa face au mot *primitif* mais ne releva pas la pique. À la place, il replaça la lettre sur le bureau.

— Le commerce du livre à l'époque victorienne était dominé par les hommes, mais Mlle Bainbridge s'est forgé une réputation en courtisant sa clientèle lors de rassemblements spiritualistes dans les salons des grandes demeures et auprès des intellectuels curieux des classes supérieures. Il semblerait qu'elle ait dû maintenir un certain *standing*, car elle recevait fréquemment ses clients chez elle. Cependant, à en juger par ce registre, elle a connu des temps difficiles et a dû se séparer de son personnel. Elle avait probablement aussi fermé certaines pièces pour réduire les coûts de chauffage et de ménage.

J'adorais l'idée qu'une femme entreprenante ait vécu ici, à la Librairie Nevermore, se construisant une vie grâce à son intelligence et son ingéniosité.

— D'après sa dernière lettre, elle passe l'hiver sur le continent pour étudier les derniers ouvrages des spiritualistes français et échapper au mauvais temps, expliqua Heathcliff en reposant le papier. Maligne. Elle ne rentrera qu'après Noël. D'où, je suppose, les draps couvrant les meubles, pour éviter l'accumulation de poussière en son absence.

— Une autre libraire, remarqua Morrie.

Il bougea légèrement à côté de moi, un frémissement d'excitation parcourant son corps.

— Ça ne peut pas être une coïncidence, ajouta-t-il.

Heathcliff se frotta les yeux.

— Probablement pas, mais je suis trop fatigué pour y réfléchir maintenant.

Fatigué ? Moi, je ne l'étais pas du tout. J'avais envie d'en savoir plus sur cette femme. J'avais envie d'ouvrir tous les tiroirs de ce bureau, d'essayer toutes les belles tenues de son armoire. Mon corps frissonnait d'anticipation. *Nous sommes à deux doigts de percer les secrets de Nevermore, je le sens.*

Une main effleura ma jambe, et je compris que Heathcliff avait peut-être pensé au lit... mais pas au sommeil.

— Oui, dis-je d'une voix légèrement tremblante alors que mon cœur battait la chamade dans ma poitrine. Nous avons mené notre enquête, et il se fait tard. Je pense que nous devrions tous aller nous coucher.

Je repoussai les couvertures. Heathcliff leva la bougie et inspecta le lit pour s'assurer qu'il était propre. Après tout, nous ne savions pas quel genre de femme était Victoria Bainbridge ni ce qu'elle faisait entre ces draps. Heathcliff déclara que c'était sans danger et je me glissai sous les couvertures. Grimalkin bondit sur la couette et enfouit sa truffe dans mes cheveux.

— Pas maintenant, chaton, chuchotai-je en l'éloignant doucement avant de la poser sur le sol.

Elle poussa un miaulement contrarié avant de s'éclipser dans l'ombre.

— Sage décision, ma beauté, souffla Morrie en s'installant à mes côtés, glissant un bras sous ma tête. Nous ne voudrions pas que Grimalkin assiste à ce qui va suivre.

— Qu'est-ce qui va suivre ? demandai-je, pas encore certaine d'avoir envie de lui après ses remarques désagréables. Tu comptes encore insulter tes amis ?

— Seulement s'ils se mettent en travers de mon chemin.

Les lèvres de Morrie rencontrèrent les miennes. Le baiser me brûla de toute part, chargé de toutes les promesses avec lesquelles il n'avait cessé de me taquiner tout au long de la journée. Je me laissai aller contre les draps soyeux tandis que ses mains exploraient mon corps, et tous ses commentaires acerbes s'effacèrent de ma mémoire alors que ses caresses m'enflammaient.

Je devrais être plus forte... Je devrais l'obliger à s'ouvrir à moi... Mais peut-être plus tard...

Le lit grinça tandis que Heathcliff grimpait derrière Morrie. Il avait éteint toutes les bougies, sauf celle près du lit, et je n'apercevais que le coin de sa tête, la lumière vacillante dansant sur ses cheveux ébouriffés.

— Enlève tes pieds de mon côté, grogna-t-il à Morrie.

— Dors sur le canapé si t'as peur que nos pieds se touchent, répliqua Morrie. Mina et moi, on a des projets.

— N'écoute pas Morrie, il fait son crétin.

J'étirai le bras derrière Morrie et attrapai le poignet de Heathcliff, le retenant fermement. Ce n'était pas Morrie qui décidait ce soir. C'était moi. Et je les voulais tous les deux dans ce lit, même si cela impliquait...

Stop. N'y pense pas, sinon tu vas te dégonfler.

Quoth battit des ailes alors qu'il s'élevait pour chercher un perchoir. Ses serres grattèrent contre la porte de la chambre. Avec ma main libre, je tapotai le lit derrière moi.

— Quoth, viens.

— Croac !

— Oui, je suis sûre, dis-je en lui adressant mon plus beau sourire. J'en suis sûre.

Heathcliff tenta de dégager son bras, mais je le retins.

— Éteins la lumière, tu veux bien ? marmonna Morrie, sa bouche descendant le long de mon cou.

Après s'être assuré que son épée restait à portée de main – au cas où un dinosaure surgisse de nulle part – Heathcliff souffla la dernière bougie, plongeant la pièce dans l'obscurité.

Quoth battit des ailes et atterrit sur l'oreiller derrière moi. Le lit grinça de nouveau lorsqu'il força sa métamorphose, glissant son corps chaud et nu sous les draps. Entre lui et Morrie, ma peau vibrait de chaleur. J'écoutai attentivement, tandis que Morrie parsemait mon cou de baisers, cherchant dans le silence le moindre signe des deux autres, un indice sur ce qu'ils pensaient.

Morrie ne perdit pas de temps. Il écrasa ses lèvres contre les miennes, et sa main glissa sous la ceinture de mon bas de pyjama, cherchant la chaleur entre mes cuisses.

— Qu'est-ce que tu fais ? murmurai-je. Vas-y doucement. Quoth et Heathcliff sont juste là.

— Je sais, dit-il, sa voix vibrant contre ma poitrine. N'est-ce pas exquis ?

Une main glissa autour de mon torse, remontant mon haut. Des lèvres effleurèrent ma clavicule. *Quoth.*

— Mina, souffla-t-il contre ma peau.

Je n'avais toujours pas lâché le bras de Heathcliff. Il appuya son coude contre l'oreiller, rapprochant son visage du mien.

— Si c'est comme ça que ça se passe, Morrie ferait mieux de bouger ses grosses fesses.

Morrie me fit basculer sous lui, m'immobilisant contre le lit.

— Mieux ?

— Bien mieux.

Heathcliff inclina ma tête vers lui et captura ma bouche. Son baiser sauvage me propulsa dans le chaos de son esprit. Quand Heathcliff embrassait, il était impossible d'oublier qui il était ni l'intensité avec laquelle il ressentait et agissait.

Ma poitrine se serra. L'ardeur des trois contre moi, la chaleur de leurs corps qui me touchaient, me caressaient, me réclamaient, me liaient un peu plus profondément à leurs cœurs. La pièce, la librairie, les questions restées sans réponse, ma frustration face à mes yeux brisés et au comportement de Morrie... Tout s'effaça tandis qu'ils taquinaient et caressaient mon corps.

Heathcliff rejeta les draps en arrière tandis que Quoth me retirait doucement mon haut de pyjama. Morrie, dans un rare élan de précipitation incontrôlée, arracha mon pantalon avec une telle force que j'entendis une couture craquer. L'air crépita sur ma peau nue, comme si un sortilège nous liait tous les quatre.

Comment tout cela peut-il être réel ?

Je serrai le biceps de Heathcliff, persuadée que d'une seconde à l'autre, j'allais traverser le plancher et me réveiller dans mon lit, chez ma mère. Qu'ils ne seraient plus des hommes bien vivants, mais de simples personnages de livres. Que jamais je n'aurais été embrassée par trois âmes magnifiques qui embrasaient mon cœur.

Les baisers de Heathcliff me ramenèrent à l'instant présent.

Bien sûr qu'ils étaient réels. Seul quelque chose de réel pouvait être aussi agréable.

Les doigts de Quoth effleurèrent ma poitrine – sa caresse légère comme une plume provoquant des étincelles dans tout mon corps. Ses lèvres se pressèrent contre le creux de ma nuque, et sa dureté glissa entre mes fesses.

Morrie descendit lentement le long de mon corps, écartant

mes jambes. Il appuya ses lèvres entre mes cuisses, pile à l'endroit qui vibrait d'un désir urgent. Je gémis contre la bouche de Heathcliff tandis que Morrie léchait lentement ma fente. Il s'attarda sur mon clitoris, me laissant languir, attendant que je le supplie. Quoth, lui, referma sa bouche sur mon sein, son étreinte se resserrant autour de mon téton.

Trois bouches sur moi, m'embrassant, me donnant du plaisir, m'en demandant toujours plus. Trois bouches pour chasser mes peurs.

Je serrai mes hanches autour de la tête de Morrie. Il comprit le message, sa langue lapant mon clitoris avec de lentes et délicieuses caresses, attisant ce désir en moi jusqu'à ce qu'il devienne un brasier. Heathcliff approfondit son baiser, déversant feu et souffre dans ma gorge, jusqu'à ma poitrine. Mes doigts glissèrent dans les cheveux de Quoth. Il gémit et mordilla légèrement mon téton.

Je jouis avec un frisson qui se transforma en vague, me submergeant avant de me rejeter sur le rivage de leurs corps. Heathcliff rompit notre baiser tandis que je m'enfonçais dans les coussins, chevauchant cette vague jusqu'à ce qu'elle s'écrase sur moi et s'écarte, laissant un bourdonnement chaud et constant dans son sillage.

— Qu'est-ce que vous en dites, les garçons ? lança Morrie. On tente encore une fois ?

— Moi je dis que c'est mon tour, là en bas, rétorqua Heathcliff.

Un large sourire m'étira les lèvres. *Comment c'est possible que ce soit ma vie ?*

Heathcliff et Morrie échangèrent leurs places. Morrie poussa doucement mon visage vers Quoth.

— Offre un peu d'amour à notre petit oiseau, souffla-t-il en traçant la courbe de mon dos du bout des doigts.

Je pris impatiemment le visage de Quoth entre mes mains,

cherchant le réconfort de ses lèvres. La bouche de Quoth sur la mienne était tendre, une promesse silencieuse de toujours veiller sur moi. Mais les lèvres de Heathcliff rencontrèrent alors mon clitoris, sa langue m'attaquant avec une agressivité refoulée, et mon dos se cambra. Je me pressai contre Quoth, m'accrochant à lui, imitant l'assaut implacable de Heathcliff.

Derrière moi, Morrie embrassait et caressait mon corps. Sous ses doigts, mes poils se dressaient, et des frissons chauds parcouraient ma peau. Il me pencha sur le côté et ses mains caressèrent mes cuisses et mon derrière. Sa dureté se pressait entre mes fesses et ses muscles se tendaient contre moi, comme s'il était sur le point de perdre ce contrôle tenace.

Qu'est-ce que Morrie mijote ?

Je n'eus pas le temps de réfléchir, car les ongles de Heathcliff s'enfoncèrent dans mes cuisses et sa langue fit ce *truc,* et les lèvres de Quoth s'écartèrent, et l'odeur de pamplemousse et de vanille de Morrie remplit mes narines et mon corps explosa. Je flottai dans l'espace sombre entre l'éveil et le sommeil, vivant dans le plaisir jusqu'à ce qu'il libère mon corps et que je puisse redescendre sur terre.

— Et de deux.

J'entendis le sourire satisfait dans la voix de Morrie.

— Tu penses qu'elle jouira à nouveau si on est deux en elle en même temps ?

Pardon, quoi ?

— Je pense que tu ferais mieux d'en discuter d'abord avec Mina, dit Heathcliff avec une pointe d'avertissement.

— De toute évidence, elle est partante, sinon elle ne nous aurait pas suppliés tous les trois d'être dans son lit, dit Morrie tout en caressant mon derrière des doigts. Je meurs d'*envie* d'être dans ses fesses depuis qu'elle a fait entrer ces jolies choses dans le magasin.

Oh non, il n'a pas osé.

Quoth resserra ses bras autour de moi.

— Ne laisse pas Morrie te forcer, chuchota-t-il.

— Ne t'inquiète pas. Morrie ne me forcera pas à faire quoi que ce soit ni ne mettra *quoi que ce soit* en moi, vu la façon dont il se comporte en ce moment.

Je me redressai sur le lit pour faire face à Morrie. Les bras de Quoth me serraient toujours aussi fort.

— En tant que propriétaire desdites fesses, je me permets d'intervenir. Tu n'as pas le droit de...

— Qu'est-ce que vous fabriquez ?

Une voix aigüe perça l'obscurité. Heathcliff s'écarta de moi. Quoth resserra un peu plus son étreinte, me pressant contre lui comme si son corps pouvait me protéger. Morrie, bien sûr, roula sur le côté comme s'il avait tout le temps du monde.

— C'est moi qui dors dans ce lit, dit sèchement la voix.

La lueur d'une allumette vacilla dans l'obscurité. Un instant plus tard, une bougie révéla une femme au visage sévère, semblable à du chou bouilli. Derrière elle, Heathcliff se précipita pour prendre son épée.

— Heathcliff, non ! criai-je, juste au moment où sa main glissait autour de la poignée et qu'il brandissait l'arme vers sa tête.

La femme esquiva le coup, attrapa le bras de Heathcliff et le tordit autour d'elle, exerçant une pression sur son coude jusqu'à ce que ses doigts s'écartent et qu'il lâche l'épée. Quoth hurla de peur. Des plumes explosèrent sur le lit alors qu'il se métamorphosait, se hissant pour se percher au-dessus de la porte.

— J'ai appris cette technique de Algernon Blackwood, dit-elle d'une voix légèrement triomphante.

Morrie applaudit.

— Bravo !

La femme se redressa, laissant tomber Heathcliff sur le sol, où il atterrit avec un gros *BOUM*. Elle ramassa l'arme et l'agita en l'air.

— C'est une belle lame. Vu les circonstances, je pense que je vais la garder. S'il m'avait dit que vous utiliseriez mon boudoir pour des rituels bacchanaliens et que vous essaieriez de me couper la tête, je n'aurais pas repoussé mon voyage à Paris pour vous rencontrer.

Voyage à Paris ? Je tressaillis lorsque je compris.

— Vous êtes Victoria Bainbridge, la libraire spécialisée dans l'occultisme.

Elle éclaira le lit avec la bougie, remarquant notre nudité.

— Je suis une *marchande* d'enchantements, jeune fille. Une marchande qui va maintenant devoir brûler ses draps et engager son cher ami, M. Crowley pour purifier les lieux, déclara-t-elle. J'ai presque envie de vous envoyer une facture pour remplacer le linge de lit. Qu'est-ce qui vous a pris de vous comporter de la sorte, étant donné la gravité de la situation ?

— Quelle situation ? Qui vous a dit de revenir nous chercher ? demanda Heathcliff. Qui savait que nous serions ici ?

— Votre ami est-il *Aleister Crowley* ? Vous a-t-il dit que nous serions ici ? dit Morrie. J'ai toujours voulu le rencontrer.

— Doux Jésus, non. Aleister ne se mêlerait jamais de ça. Il ne voudrait pas risquer de laisser ses disciples dans un autre siècle. Je ne peux pas vous dire qui m'a prévenue de votre visite. Les noms de mes clients sont strictement confidentiels. Ce n'est certainement pas moi qui vous communiquerai le nom du voyageur dans le temps. Tu es bien Wilhelmina, n'est-ce pas ?

— Comment connaissez-vous mon prénom ?

Je me dépêchai d'aller chercher mon haut Snoopy et de l'enfiler.

Victoria se dirigea vers le bureau. Je l'entendis faire glisser un tiroir et ouvrir quelque chose.

— Heathcliff, tu as raté un tiroir caché, dit Morrie. Je n'aurais pas raté le tiroir caché, moi.

— Va te faire voir, Morrie.

Victoria se pencha sur le lit et agita quelque chose devant mon visage. Une petite enveloppe blanche.

— Prends-la. Il te l'a laissée.

— Qui ? demandai-je.

— Ton père, bien sûr.

3

J e ricanai.

— Je crois que vous me confondez avec quelqu'un d'autre. Mon père était un petit délinquant minable et bon à rien, originaire de *mon époque*, qui a quitté ma mère juste après ma naissance. Il ne m'a rien laissé, si ce n'est de l'amertume et des rétines qui se détériorent.

— Vous croyez vraiment que j'aurais pu vous confondre avec une autre voyageuse dans le temps nommée Wilhelmina, accompagnée de deux hommes grossiers et d'un corbeau ? dit Victoria avec un sourire narquois. Prenez la lettre. Peut-être que vous avez plus de choses à découvrir sur votre passé que ce qu'on vous a laissé croire.

Le papier glissa entre mes doigts. *Est-ce que je tiens vraiment quelque chose qui appartenait à mon père ?* Cela n'avait aucun sens. Nous étions entrés dans cette pièce à la recherche de réponses, mais je n'avais jamais anticipé *cela*.

— Bien, ajouta Victoria en lissant le devant de son corset. Puisque je vois que vous avez fouillé mon bureau et retourné ma baignoire, je peux vous assurer que vous ne trouverez rien de plus dans mon boudoir. Si vous pouviez quitter ma maison dès que possible, je vous en serais très reconnaissante. Mon client m'a expliqué quelque chose appelé le paradoxe ontologique. Je ne voudrais pas que vous écrasiez accidentellement une araignée et que vous déclenchiez la Grande Guerre des araignées contre les humains de votre époque.

— Au cas où, j'aimerais bien récupérer mon épée.

Heathcliff tendit la main, mais Victoria fit balancer la lame hors de sa portée.

— Comment pouvons-nous retourner à notre époque ? demanda Morrie. Nous n'arrivons pas à ouvrir la porte.

— Attendez jusqu'au matin, dit Victoria en soupirant et en se glissant dans l'obscurité. Quand il me rendait visite, il devait toujours attendre jusqu'au matin. À une époque, je croyais que c'était surtout une excuse pour rester avec moi, mais il m'a assuré que cela faisait partie de la magie de la pièce. Je suppose que je vais devoir dormir dans mon fauteuil.

— Miaouuuuuuuu ! cria soudain Grimalkin.

Victoria se releva immédiatement.

— Je vois que mon fauteuil est déjà occupé.

Je tentai de me glisser hors du lit, mais le corps de Morrie m'écrasait.

— On ne devrait pas vous voler votre lit. Les garçons et moi prendrons les fauteuils...

— Miaou ! miaula Grimalkin, indignée.

— J'insiste, dit Victoria. Après ce que vous avez fait entre ces draps, je ne souhaite pas y toucher. Vous pouvez en profiter pour le reste de la nuit. Cependant, votre amie féline devra se joindre à vous.

Grimalkin miaula tandis que Victoria la déposait sur mes pieds. La lumière des bougies vacilla dans la pièce. Un canapé craqua lorsqu'elle repoussa les draps et s'installa. Un instant plus tard, la lumière s'éteignit.

— Tu as entendu la dame, dit Morrie dont la main se faufilait à nouveau autour de ma poitrine.

Je le repoussai.

— Non, mais sérieux, tu ne peux pas penser à ça maintenant.

— Si, si, je le peux.

— Morrie, lâche-moi. Outre le fait que je tiens une lettre de mon père dans les mains et qu'une marchande de livres victoriens dort sur le canapé à un mètre du lit, et que donc j'ai *d'autres trucs en tête*, je suis en colère contre toi.

— Ai-je fait quelque chose qui t'a offensée ?

Je reniflai d'un air dédaigneux.

— Je n'ai pas envie d'en parler maintenant. Mais quand on rentrera, je te ferai une liste.

— Je l'attends avec impatience, répliqua Morrie d'un ton blessé.

Il se retourna et tira la couverture autour de lui, ne me laissant qu'un petit bout, et rien du tout pour Quoth.

Ce dernier, redevenu humain, se pencha sur le lit. Sa main se posa sur la mienne.

— Mina, si nous allumons la bougie, je pourrais te lire la lettre.

Mon cœur se mit à battre la chamade. Mes doigts me démangeaient et mourraient d'envie de la lui tendre. J'avais désespérément besoin de savoir ce qu'elle disait. Mais je retirai ma main et secouai la tête.

— Merci, mais je pense que j'ai besoin de la lire moi-même. Ce qui veut dire qu'il n'y a rien d'autre à faire que d'attendre le matin.

— Moi je sais très bien ce qu'on pourrait faire, dit Morrie en faisant la moue.

Mais il ne se retourna pas et ne se jeta pas sur moi. Il céda cependant un autre centimètre de couverture.

Je me glissai de nouveau sous les draps, toute pensée autour du sexe s'échappant de mon esprit. Quoth s'en alla dans l'obscurité, et j'entendis le bruissement des plumes alors qu'il se métamorphosait.

Heathcliff se glissa à côté de moi, drapant son bras sur ma poitrine, me stabilisant et me protégeant avec sa carrure imposante. Mes doigts parcoururent les bords de l'enveloppe. Que contenait-elle ? Quel était le lien entre *mon père* et la Librairie Nevermore ?

À côté de moi, Heathcliff ronflait, sa barbe me chatouillant l'épaule. Le rythme régulier de la respiration de Morrie caressait ma peau. Seul Quoth restait éveillé, perché au-dessus de la porte. Ses yeux capturèrent le clair de lune, transperçant l'obscurité en se fixant sur les miens. Nous nous regardâmes.

Dors, Mina, dit-il. *Je veillerai sur toi.*

Mais je ne pouvais pas dormir. Pas avec Victoria Bainbridge qui sifflait par le nez sur le canapé, le petit corps de Grimalkin ronronnant contre mon pied, la maison étrange, mais familière, craquant et gémissant, et le bord de l'enveloppe contre mes doigts. Je fixai le plafond, mes yeux cherchant un indice visuel qui ne venait jamais. Je passai en revue les informations que nous avions découvertes jusqu'à présent. Mais cela m'apporta plus de questions que de réponses.

Mon père est revenu à temps pour acheter des livres à Victoria et me laisser un mot. Mais comment savait-il que je viendrais ici un jour ? M. Simson a dit aux garçons de faire attention à moi et que j'étais en danger. Essayait-il de me protéger de mon père ? Travaillaient-ils ensemble d'une manière ou d'une autre ? Ce bâtiment est lié à l'industrie du livre depuis mille ans. Pourquoi ? Et avant l'époque d'Herman Strepel, qu'en était-il ? Qu'était la Librairie Nevermore à l'époque ? Et comment a-t-elle acquis ces pouvoirs magiques ? Depuis combien de temps des personnages de fiction apparaissent-ils ? Depuis combien de temps cette pièce est-elle un portail temporel ? M. Simson est-il un personnage de fiction ? Est-il mon père ?

DEHORS, le soleil se levait sur le village. Les carillons des magasins tintaient. Les camions passaient en grondant autour de la place du village pour leurs livraisons matinales. Je me frottai les yeux, espérant que la pénombre se dissiperait pour que je puisse voir. Mais il fallait que le soleil soit au zénith et que plusieurs lampes soient allumées pour que je puisse distinguer quoi que ce soit dans cette pièce. Les cloches de l'église sonnèrent l'heure. La porte s'ouvrit en grinçant, révélant le couloir de l'appartement avec toutes les lumières encore allumées et notre équipement d'urgence empilé contre le mur.

Grimalkin se leva, étira son corps dans une posture de yoga féline, puis passa le pas de la porte en trottinant.

Je bondis hors du lit.

— Allons-y !

Sur le canapé, Victoria sursauta.

— Jeune fille, tu ferais mieux de t'habiller correctement avant de te mettre à sauter dans tous les sens avec excitation !

Les joues en feu, j'attrapai le bas de mon pyjama sur le sol, ramassai quelques vêtements des gars et les jetai sur le lit. Morrie bâilla et glissa hors du lit, complètement nu, son sexe rebondissant devant le visage de Victoria.

— Ce fut un plaisir.

— En effet.

Les lèvres de Victoria se retroussèrent en un rictus si terrifiant que la queue de Morrie se ramollit sous son pouvoir. Il grimaça en baissant la tête sous la porte. Les constructeurs de l'époque n'avaient jamais fait de portes pour quelqu'un de la taille de Morrie.

Heathcliff enfila ses vêtements sous les couvertures et glissa hors du lit. Quoth battit des ailes et se percha sur mon épaule alors que je passais par-dessus les sacs.

— Merci pour ma lettre, Victoria, dis-je. J'apprécie vraiment...

— Mon épée, lâcha Heathcliff en tendant la main.

— Au revoir, Wilhelmina.

Victoria serra la poignée de l'épée contre elle et nous fit un sourire.

Heathcliff semblait prêt à se battre avec elle pour récupérer l'arme. Je le poussai vers la porte.

— La prochaine fois que nous nous rencontrerons, tu seras couverte de sang.

—Attendez, qu'est-ce que vous voulez dire par...

Je n'eus pas le temps de finir ma phrase que la porte me claqua au nez.

— Hé ! m'exclamai-je en frappant la porte du poing. Hé, Victoria ? Qu'est-ce que vous venez de dire ? Pourquoi je serai couverte de sang ? *À qui est ce sang ?*

— Relax, ma belle. Tant que ce n'est pas ton sang, ou le mien, on s'en fiche, non ? J'ai besoin d'un café, bâilla Morrie.

— Tu n'as qu'à te l'acheter toi-même, rétorquai-je en le poussant vers le salon. Parce que moi, je vais lire cette lettre et je ne veux pas que tu sois près de moi, avec ton attitude pourrie pendant que je le fais...

Mes mots moururent dans ma gorge.

Au milieu du couloir se tenait une adolescente, grande et mince, au teint clair et aux belles boucles brunes qui enca-draient son visage. Mais ce qui était inhabituel chez elle – mis à part le fait qu'elle se trouvait dans l'appartement, qui était censé être fermé à clé et vide – c'était sa tenue : une robe en mousseline blanche avec une taille Empire qui descendait jusqu'au sol, des gants blancs qui remontaient au-dessus de ses coudes et un bonnet à bordure en dentelle qui pendouillait de travers autour de son cou.

Je n'avais pas suivi les dernières tendances depuis mon départ de New York, mais je ne savais pas que les robes et les bonnets Empire étaient de nouveau à la mode.

— Pardonnez-moi, beaux messieurs.

La jeune fille se précipita vers nous, relevant l'ourlet de sa robe en enjambant nos affaires. Elle me donna un coup de coude sur le côté en se précipitant vers Morrie et en lui saisissant le bras.

— J'étais en route pour Londres avec un amant des plus délicieux. Il m'a déclaré son amour éternel, et tout était simplement merveilleux ! Notre calèche s'est arrêtée en ville pour déjeuner, et il semblerait que j'aie pris le mauvais chemin. Très mauvais, d'ailleurs, à en juger par la vétusté de votre établissement.

— Si vous cherchez les autres fanatiques de Jane Austen, ils sont sur la place du village ou à Baddesley Hall, marmonna Heathcliff. Maintenant, sortez.

Bien sûr. C'était probablement l'une des invitées du festival, incapable de trouver le chemin de campagne qui menait à Baddesley Hall.

— Ne soyons pas impolis. Je suis désolée que tu te sois perdue. Si tu nous dis à quel événement tu es censée assister, Morrie te conduira là où tu dois aller. Souhaites-tu boire une tasse de thé d'abord ? Il fait terriblement froid dehors.

La neige et le vent frappaient les fenêtres, les recouvrant de givre, bien que j'aie remarqué que la robe de la jeune fille était sèche.

— Merci, mais je me suis déjà installée confortablement.

Elle désigna le salon, où la table basse était ensevelie sous une pile de tasses de thé vides et une boîte de Wagon Wheels à moitié dévorée. Des traces de chocolat collantes recouvraient l'accoudoir du fauteuil d'Heathcliff.

Heathcliff la dépassa et se jeta sur son fauteuil.

— Ton foutu derrière l'a abîmé. Il m'a fallu des années pour que ce fauteuil soit pile comme je l'aimais. Tu n'as pas lu le panneau ? dit-il en lançant un regard noir à notre visiteuse. Pas de clients à l'étage.

Je me tournai vers Heathcliff.

— Si tu me laissais accrocher cette carte illustrée du festival dans la vitrine, nous n'aurions pas ce problème.

— Il est inconvenant pour une dame de jubiler face à ses prétendues victoires, surtout lorsqu'elles se font aux dépens d'un homme aussi digne, dit la jeune fille en battant des cils en direction de Heathcliff.

Lorsqu'il fronça les sourcils et détourna le regard, elle tourna son attention vers Morrie.

— Ah, je vois que c'est vous le gentleman de ce groupe.

— Oui, Mina. Cesse de jubiler. Nous ne pouvons pas laisser une demoiselle en détresse. Nous vous appellerons un covoiturage dès que nous descendrons, Madame.

Morrie plaça sa main sur la sienne, lui offrant son sourire éclatant. Ses yeux se tournèrent vers les miens, me mettant au défi de protester.

Mais qu'est-ce qu'il fait ? Pourquoi est-ce qu'il se comporte de façon aussi puérile ?

— Pardon ? Je ne comprends pas. Qu'est-ce qu'un covoiturage ? Est-ce le nom de votre cheval ? Comment êtes-vous assez riches pour vous permettre de garder une calèche à disposition ? Êtes-vous des étrangers ? Vos vêtements sont terriblement curieux, dit-elle avant d'incliner la tête. Je m'appelle Lydia Bennet, bientôt Lydia Wickham. Je cherche mon fiancé. L'avez-vous vu ?

4

— Lydia Bennet ?

Les mots moururent sur ma langue. Je me frottai la hanche, là où son coude pointu m'avait cognée.

— Comme Lydia d'*Orgueil et Préjugés* ?

Elle me regarda en plissant les yeux.

— Votre mère vous a-t-elle fait tomber sur la tête ? Je vous ai dit que je m'appelais Lydia Bennet, et je n'avais aucune raison de mentir à ce sujet. Quant à votre insulte, je n'ai ni orgueil excessif, si ce n'est pour la beauté de mon Wickham ou la grâce de mes boucles, ni préjugé indésirable ! Comme je n'ai pas de réputation dans ce comté arriéré, cela ne peut pas me concerner. Pourtant, vous parlez comme si vous connaissiez mon nom.

— Arf, dit Heathcliff d'un ton sec. Elle ne sait pas encore qui elle est.

Mais oui, bien sûr. C'était bien Lydia Bennet, tout comme Heathcliff *était le* héros envoûtant des Hauts de Hurlevent et Morrie *était* le Napoléon du Crime et Quoth *était l'*oiseau qui avait charmé la mélancolie de Poe jusqu'à lui arracher sourire. L'autre pouvoir de la librairie, outre la pièce qui voyageait dans le temps, était de faire apparaître, de temps en temps, des personnages de romans dans le monde réel. C'est ainsi que je m'étais retrouvée avec mes trois gars. Jusqu'à présent, je n'avais entendu parler que des autres – c'était la première fois que j'étais réellement présente lorsque cela se produisait.

Et que ce personnage fictif soit Lydia Bennet, *l'unique* Lydia Bennet – probablement la gamine pourrie gâtée la plus célèbre à avoir jamais honoré les pages de la littérature – et qu'elle arrive pendant le festival de Noël dédié à Jane Austen juste après que nous avons quitté la chambre... Ouais, comme le disait toujours Morrie, je ne croyais pas aux coïncidences.

Pour être honnête, je n'étais pas très fan de Jane Austen. Certes, son talent pour les conversations pleines d'esprit et la satire des préoccupations de la classe supérieure était sans égal, mais il n'y avait pas assez de cadavres, de mystères excitants ou – à part Darcy – de héros passionnés à tomber par terre, à mon goût.

Mais cela ne signifiait pas que la perspective de faire la connaissance de Lydia n'était pas excitante. À condition qu'elle arrête de coller Morrie et qu'elle cesse de me lancer ce regard possessif.

Si Morrie était aussi choqué que moi, il ne le montrait pas. Il prit la main de Lydia dans la sienne et fit un geste vers le salon.

— Si vous voulez bien nous suivre, Mlle Bennet, mon ami et moi allons tout vous expliquer.

Elle gloussa.

— Je vous suivrai jusqu'au bout du monde, monsieur, si votre ami consent à nous accompagner. Oh, comme nous allons nous amuser !

Je souris tandis que Lydia glissait son autre main sous le bras de Heathcliff et les guidait hardiment dans le couloir. Comme elle avait vite oublié son « cher Wickham » !

— Croac ! dit Quoth d'un ton désapprobateur.

— Exactement, acquiesçai-je.

Au moins, la présence de Lydia me débarrassait de Morric pour le moment. Dès qu'ils furent hors de vue, je me remémorai la lettre. Je m'effondrai sur le fauteuil de Heathcliff, réconfortée par son parfum de fumée et d'épices qui avait imprégné le tissu. Quoth se posa sur l'accoudoir du fauteuil. Il utilisa son bec pour pousser la lampe de lecture vers moi.

Je l'allumai pour éclairer un cercle sur mes genoux et jetai de côté une pile de livres et l'*Argleton Gazette* d'hier avec le titre sensationnel « LE VOLEUR DE BIJOUX D'ARGLETON A DE NOUVEAU FRAPPÉ ! » en première page.

Je tins l'enveloppe près de mon visage, l'étudiant sous tous les angles. Elle était carrée, faite d'un papier épais et rugueux au toucher – du papier fait maison ou recyclé. Au recto, mon nom était écrit en lettres cursives avec des extrémités effilées qui me semblaient étrangement familières, même si j'étais incapable d'identifier l'écriture sur le moment. Elle était également scellée avec de la cire.

Ma main tremblait. Je fixai mon nom pendant ce qui me sembla durer une éternité, le cœur battant la chamade. Je n'arrivais pas à concilier cette belle enveloppe et cette écriture élégante avec le donneur de sperme qui avait abandonné ma mère. Toute ma vie, j'avais pensé que mon père était un criminel de bas étage qui nous avait abandonnées. Ma mère ne parlait jamais de lui et elle éludait toutes mes questions. Je ne connaissais que les détails de leur relation : elle ne voulait pas que je grandisse entourée de criminels, alors elle et mon père s'étaient enfuis à Argleton. Comme il ne trouvait pas de travail honnête, il nous avait quittées et n'avait jamais pris la peine de nous contacter. Ma mère ne m'avait jamais montré une seule photo de lui. Pour moi, c'était un fantôme.

Cette lettre le rendait réel.

Quoth tapota le sceau avec son bec, tournant la tête pour

que ses yeux bruns croisent mon regard. Le feu de ses iris s'embrasa sur les bords.

Quoi que contienne cette lettre, tu peux y faire face, dit-il dans ma tête.

—Je suppose que nous allons le découvrir, dis-je en glissant mon doigt sous la cire et en brisant le sceau.

J'en sortis une seule feuille de papier, plus fine que l'enveloppe mais de la même qualité brute et artisanale. Elle était pliée en quatre, les bords soigneusement découpés et ornés d'une bordure tracée à l'encre représentant des animaux bondissants et de minuscules hommes armés d'épées et de boucliers. Quelques-uns des animaux débordaient sur les côtés, comme s'ils étaient trop sauvages pour être contenus. Une date dans le coin supérieur situait la lettre environ un an après ma naissance. Cette date avait été barrée, et une autre date avait été écrite à côté. Mais elle avait été si rigoureusement gribouillée que je n'avais aucun espoir de la lire.

Je pris une grande inspiration et commençai à lire :

Ma chère Wilhelmina,

J'ai laissé ce message à Victoria pour que tu le découvres lors de ta visite. J'en ai remis des copies à Mary (en 1741) et à Henrietta (en 1220), au cas où je me serais trompé sur la date à laquelle tu aurais franchi la porte de la chambre. Quand il est question de voyage dans le temps, il vaut mieux être minutieux.

Cela étant fait, je me dois de te quitter.

Je ne souhaite pas t'abandonner, mais c'est le devoir d'un père d'assurer la sécurité de sa fille. Mon ennemi a joué son coup, et dans cette grande partie d'échecs à laquelle nous jouons tous les deux, c'est désormais à mon tour. Tant qu'il ne sait rien de ton existence, tu es en sécurité.

Sache que je t'aimerai toujours, et que ta mère et toi êtes à jamais dans mon cœur. Tant que tu resteras sous la protection de la Librairie Nevermore, il ne pourra pas te faire de mal. Mais tu dois être prudente. Après tout, tu es ma fille.

Avec tout mon amour,

H

Je fixai les mots jusqu'à ce qu'ils perdent tout leur sens, jusqu'à ce qu'ils ne soient plus que des griffures d'encre sur la page. Et là encore, ces griffures auraient plus de sens. Quoth se frotta contre ma main. Je caressai la collerette de plumes autour de son cou avec des doigts tremblants.

Mon père était donc, d'une manière ou d'une autre, lié à la Librairie Nevermore. Avant de quitter ma mère, il était monté dans la chambre à l'étage et m'avait laissé une lettre à trois époques différentes.

Mais pourquoi ?

Un million de questions me traversaient l'esprit. *Qui est cet ennemi ? Que veut-il à mon père, et pourquoi s'en prendrait-il à moi ?*

A-t-il un lien avec ce que Victoria m'a dit, à savoir que, la prochaine fois qu'elle me verrait, je serai couverte de sang ?

Pourquoi cette lettre donnait-elle l'impression d'avoir été écrite par un homme intelligent et éloquent, fuyant les ennuis ? Cela ne correspondait pas du tout à l'image que je me faisais de mon père, celle d'un petit délinquant drogué qui avait fui sa famille parce qu'il ne voulait pas en assumer la responsabilité.

De quoi as-tu besoin ? me demanda Quoth.

Je pliai la lettre et la glissai dans ma poche. J'avais la tête qui tournait et des douleurs lancinantes aux tempes. Une lumière néon vert citron traversa ma vision. *Pitié, pas de feux d'artifice maintenant.*

Je ne savais pas ce dont j'avais besoin. Actuellement, Lydia

Bennet était en bas, Morrie se comportait comme un con, ma vue empirait, je ne savais toujours pas ce que je ressentais pour les garçons et ce qui avait failli se *passer* la nuit dernière, et le village était envahi par les fans de Jane Austen. Il fallait que j'arrête de penser à *tout ça*.

Je me levai du fauteuil, en me stabilisant grâce au bras de la lampe et en tendant le coude pour que Quoth puisse grimper dessus. Je pris le journal et lui montrai le titre sur le voleur de bijoux. Je parcourus le texte. Selon l'article, cinq belles demeures de la région avaient été cambriolées le mois précédent. Dans chaque cas, les seuls objets dérobés étaient des bijoux. Il n'y avait aucun signe d'effraction et beaucoup pensaient que les bijoux avaient pu disparaître des semaines ou des mois avant que les vols ne soient remarqués. *Imagine être assez riche pour ne pas te rendre compte de la disparition de certains de tes bijoux inestimables.*

La police avait demandé à toute personne ayant des informations de se manifester et avait averti les habitants de signaler tout vol de bijoux. *Intéressant.* Immédiatement, mon esprit se mit à envisager toutes les possibilités. *Ce doit être quelqu'un qui a accès aux maisons, comme le personnel de nettoyage ou un toiletteur de corgi...*

Mina, si on pouvait revenir à la lettre du moment... dit mentalement Quoth en sautillant le long de mon bras. *De quoi as-tu besoin ?*

Je souris.

— J'ai besoin de résoudre un mystère, un qui ne concerne pas ma vie. Qu'est-ce que t'en dis, Quoth ? Ce n'est pas un meurtre, mais attraper un voleur de bijoux pourrait être exactement ce dont j'ai besoin.

Dans ma tête, un corbeau soupira.

5

— Diantre. Tout cela est très étrange.

Lydia s'assit sur le siège près de la fenêtre, en face des étagères de littérature classique où elle était apparue pour la première fois. Elle agita un éventail devant son visage. C'était difficile à voir sous son maquillage, mais elle avait l'air pâle et effrayée, bien qu'elle le cachât bien avec sa moue boudeuse.

—Je n'aime pas beaucoup les livres, et découvrir que je suis un personnage dans l'un d'eux est une horrible tragédie !

— Tu t'y habitueras, la rassura Morrie. Tu découvriras aussi que beaucoup de choses de ce monde sont bien meilleures qu'à Longbourn. D'abord, la nourriture à emporter est infiniment meilleure. As-tu déjà mangé du rogan josh ? C'est *divin* – la nourriture des dieux.

— Vous voulez dire que je ne reverrai pas mon Wickham ? Ni mes parents ni mes sœurs ? J'admets que Mary est d'un ennui mortel, mais Kitty va probablement me manquer. Et comment vais-je me débrouiller ? Je n'ai pas d'argent sur moi, pas de fortune personnelle.

Elle lança un regard critique à Morrie et Heathcliff.

— Je ne vois pas d'alliances. Vous êtes tous les deux célibataires, et assez beaux. L'un de vous doit faire preuve d'honneur et m'épouser. Je l'exige !

Ouais, Lydia a vraiment l'air bouleversée d'avoir perdu son bien-aimé.

— Tu n'as pas besoin d'un mari dans ce monde, dis-je. Ce truc qu'on appelle le féminisme est arrivé, et maintenant les femmes peuvent gagner leur vie et choisir leur avenir. Nous pouvons avoir une carrière et gagner notre propre argent, donc nous n'avons pas besoin de maris...

— Les femmes n'ont pas de mari ? Elles ont un *travail* ? Qu'est-ce que c'est que ces bêtises ?! cria Lydia, faisant trembler les vitres.

Elle agita ses mains gantées devant mon visage.

— Ces doigts ne sont pas faits pour travailler ! Ils sont faits pour caresser sensuellement les épaules de mon mari et gifler les joues des domestiques impertinents !

— Nous n'avons plus de domestiques non plus...

— Pas de domestiques ? Vous préparez vos propres repas et faites vos propres lits ? demanda Lydia en s'éventant le visage, son expression ne pouvant être décrite que comme « horrifiée ».

— Je ne suis dans ce monde que depuis deux heures et j'ai déjà envie de retrouver la médiocrité de Longbourn !

— Ce n'est pas possible, alors fais-toi une raison.

La patience de Heathcliff avait déjà atteint ses limites.

— Tu *peux* avoir un mari si tu en veux vraiment un, dis-je en essayant de ne pas lui donner de fausses idées. C'est juste que tu n'es pas obligée d'y penser maintenant. La plupart des gens attendent d'être plus âgés. Tu n'as que seize ans, c'est ça ? Tu pourrais aller à l'école et...

— Qui a envie d'aller à l'école ? J'en ai assez des livres de ma sœur Lizzie. *J'aurai* un mari. Si Wickham est perdu à jamais, l'un de vous devra prendre la relève. Mais lequel ? Je n'aimerais pas vivre dans cette maison miteuse, et les revenus d'un commerçant ne me permettront pas de mener la vie à laquelle je compte m'habituer. Donc, pour M. Heathcliff, c'est hors de question.

D'un geste de la main, Lydia ignora le plus grand héros romantique de la littérature et tourna son regard vers le génie du crime.

— Ce sera vous, alors, M. Moriarty. Quel genre de fortune possédez-vous ?

Morrie s'esclaffa.

— Chérie, je pense que tu es un peu jeune pour moi.

— Je ne suis pas trop jeune, et je suis déjà en place.

— En place ? En place où ?

— En place dans la société, imbécile. Tu es peut-être beau, mais tu es terriblement simplet, dit Lydia avant de m'adresser un sourire narquois. Pas étonnant que Mina ne sache pas s'habiller comme une dame.

Je baissai les yeux vers le sweat à capuche des Misfits que j'avais enfilé à la hâte par-dessus mon bas de pyjama.

— Qu'est-ce qui ne va pas avec cette tenue ?

Le carillon de la boutique retentit.

— Bon sang ! cria Heathcliff à Morrie. Je t'avais dit de retourner l'enseigne pendant qu'on s'occupait de ça !

— Mais où est le plaisir là-dedans ?

— Ne t'inquiète pas. Je m'en occupe, dis-je.

— Pitié, dit Morrie en joignant les mains sur sa poitrine. Ne me laisse pas seul avec elle.

— Désolée. C'est ta future femme donc c'est ta responsabilité. Moi et ma tenue peu féminine devons aller faire notre travail.

Je claquai la porte de la salle de cours au nez de Morrie et me dirigeai vers le couloir pour accueillir notre cliente.

— Ah, Cynthia, bonjour.

J'affichai le plus grand des sourires en reconnaissant

Cynthia Lachlan, membre du tristement célèbre Club des Livres Interdits et épouse du grand promoteur immobilier Grey Lachlan. Je n'avais pas revu Cynthia depuis ce jour malheureux où son amie Gladys Scarlett était morte d'un empoisonnement à l'arsenic ici même, dans la boutique.

— Bienvenue à la Librairie Nevermore. Que puis-je faire pour vous aujourd'hui ?

— Mina, tu es exactement la femme que je voulais voir ! s'exclama Cynthia en saisissant mes mains dans les siennes et en serrant mes doigts.

Des bracelets en or tintaient autour de ses poignets.

— Je suis venue pour te remercier encore une fois d'avoir résolu le meurtre de la pauvre Gladys. Grey et moi serions toujours enfermés dans cette cellule de police pourrie si tu n'avais pas été là.

Comme Cynthia et son mari (que je n'avais jamais réussi à rencontrer) avaient tout à gagner de la mort de Gladys, et que Grey avait accès à de l'arsenic grâce à ses contacts dans le bâtiment, la police les avait placés en garde à vue, les soupçonnant du meurtre de Mme Scarlett, jusqu'à ce que je résolve l'affaire pour eux.

— Je vous en prie, il n'y a pas de raison de me remercier. Je voulais simplement découvrir la vérité et...

— Allons. Tu m'as rendu service et je veux m'assurer que tu sois dédommagée.

Cynthia fouilla dans son sac à main et en sortit une enveloppe.

— Je sais à quel point tu aimes les livres et la lecture. Nous organisons la première Expérience Jane Austen d'Argleton au Baddesley Hall. Tu en as peut-être entendu parler ?

— Un peu, oui.

Je me retins de rire. Mme Ellis n'avait parlé que de ça la semaine dernière. Selon elle, les Lachlan n'avaient pas lésiné sur les moyens pour organiser leur événement extravagant. Les billets VIP coûtaient des milliers de livres chacun et incluaient l'hébergement au manoir et la cuisine d'un chef étoilé au guide Michelin venu de Paris.

— Les billets se sont tous vendus il y a des mois, évidemment. Mais il y a certains privilèges à organiser l'événement.

Cynthia pressa l'enveloppe dans ma main.

— Grey et moi serions honorés si toi et tes trois charmants amis participiez à l'Expérience Jane Austen en tant que VIP. Ces billets vous donneront un accès illimité à tous les événements, une belle suite avec deux chambres doubles au Baddesley Hall pour le week-end, des repas et une place à notre table pour le bal du samedi soir.

—Oh, euh...

—Un bal ? dit soudain une voix au bout du couloir.

Lydia se tenait dans l'embrasure de la porte de la pièce principale, sa robe style Empire balayant le sol alors qu'elle sautait de joie.

— Ce n'est pas encore la saison, bien sûr, mais j'accepterai d'y assister.

Mme Lachlan écarquilla les yeux.

— On dirait que vous êtes déjà habillée pour le bal, Madame. N'avez-vous pas déjà un billet ?

— Qui a besoin d'un billet pour un bal privé ? On y est invité ou on ne l'est pas, lança Lydia avant de me jeter un regard noir. Étant donné que vous m'avez cruellement attirée dans votre monde alors que j'allais épouser le délicieux Wickham, c'est ma meilleure chance de trouver un mari...

— Voici Lydia, euh... Wilde, dis-je, en réfléchissant rapidement, alors que Cynthia observait Lydia avec curiosité. C'est ma petite-cousine. Ses parents l'ont envoyée ici pour les vacances de Noël afin qu'elle profite du festival. Elle est française, vous savez, donc elle est un peu...

Je fis un geste que Cynthia pourrait interpréter de mille façons.

— Je ne suis pas française ! s'insurgea Lydia en frappant du pied. Comment oses-tu dire une chose pareille !

— Vous voyez, dis-je en lui faisant un clin d'œil.

Cynthia hocha la tête et s'éloigna. Elle désigna l'enveloppe que je tenais dans ma main.

— Je ne savais pas que tu avais de la famille en visite. J'ai bien peur de n'avoir que quatre billets disponibles...

Lydia se précipita pour s'emparer de l'enveloppe. Elle en sortit l'un des billets.

— Celui-ci est à moi. Ce que tu fais du reste te regarde.

J'observai les trois billets restants dans l'enveloppe. Je glissai la main dans ma poche, effleurant le bord de la lettre de mon père.

On vient de recevoir cet indice potentiel sur le mystère de la Librairie Nevermore, et d'apprendre qu'il allait se passer un évènement sanglant dans le futur, et que mon père est en quelque sorte impliqué. Est-ce vraiment le moment de passer un week-end à l'extérieur ?

Puis, je repensai à l'attitude étrange de Morrie ces derniers temps, sans doute à force d'être enfermé dans la boutique, et à comment la tension qui maintenait Heathcliff en place se relâchait quand il était dehors, à l'air frais. Ainsi qu'à Quoth qui se cachait dans le grenier avec ses peintures et ses beaux yeux tristes.

Et je ne pouvais pas m'empêcher de penser que de tous ces gens riches avec leurs bijoux fantaisie, tout ce personnel supplémentaire, toutes ces personnes qui allaient et venaient... était le terrain de chasse idéal pour le Voleur de Bijoux d'Argleton. Le cambrioleur n'allait pas laisser passer cette occasion.

J'avais beau vouloir m'asseoir dans la librairie et comprendre pourquoi mon père m'envoyait des lettres du passé et pourquoi Victoria m'avait vue couverte de sang, je voulais aussi... ne *pas* y réfléchir. Parce que mes pensées partaient déjà dans tous les sens. Je n'avais toujours pas dit à Heathcliff ou à Morrie que j'avais vu ces sortes de néons dans mon champ de vision.

Et quand je l'aurais fait... Nevermore ne serait plus une échappatoire à mes problèmes. Je n'étais pas sûre d'être prête à affronter tout cela – mon père, mes yeux, mes sentiments pour les garçons – pour l'instant du moins.

Peut-être que sortir de Nevermore pendant quelques jours m'aiderait à me préparer à tout ça, et améliorerait l'attitude de Morrie. Enfin, si Lydia ne le forçait pas à l'épouser.

Cynthia jeta un coup d'œil à Lydia, puis à moi.

— Alors, vous viendrez ?

Derrière elle, Heathcliff passa la tête par la porte et fit mine de se trancher la gorge. Je lui souris et m'emparai des trois billets.

— Merci, Cynthia. Nous ne manquerions l'Expérience Jane Austen pour rien au monde.

6

— Qu'est-ce qu'on va faire d'*elle* ? siffla Morrie.

Nous nous blottîmes tous les quatre autour du feu de cheminée flamboyant. Dehors, quelques flocons de neige virevoltaient devant la fenêtre, prêts à recouvrir Argleton d'une douce ambiance festive. Des contenants de nourriture à emporter vides du Curry House jonchaient la table, et l'air était imprégné d'un parfum de rogan josh et de café irlandais.

Au cas où nous n'aurions pas compris à qui il faisait référence, Morrie pointa du doigt sa chaise de bureau, où Lydia était affalée, poussant des cris de joie en tapant sur les touches d'un seul doigt.

— J'ai réussi ! s'écria-t-elle. Lord Moriarty, j'ai créé mon premier profil sur les *réseaux sociaux*. Regardez tous ces hommes qui ont déjà demandé à devenir mes amis ! C'est infiniment plus facile que d'attendre que papa se présente aux hommes célibataires du voisinage. Je me demande si je peux parler à des soldats...

Le sol était jonché de canettes de soda vides et d'emballages de barres de chocolat. Elle avait passé toute la journée à exiger que Morrie (ou Lord Moriarty, comme elle l'appelait désormais) lui fasse découvrir les plaisirs de la vie moderne. Après une leçon exhaustive sur l'électricité et le pop-corn au micro-ondes, elle avait traîné Morrie dehors et avait ordonné qu'il fasse appeler une « calèche » partagée pour qu'elle puisse découvrir les merveilles de l'automobile. Ils étaient partis en voiture dans la campagne et étaient revenus avec cinq sacs de *junk food* et un maître du crime très abattu. Désormais, Lydia pivotait sur le fauteuil, les yeux brillants.

— Lord Mooooorriarty, cet homme nommé Ahmed m'a envoyé une lettre. Oh, on dirait une sorte de portrait. Je me demande s'il est beau...

— Clique sur l'icône de l'enveloppe et découvre-le, dit Morrie en soupirant. Aucun de nos autres visiteurs fictifs n'a été aussi épuisant.

—Ta petite protégée s'est bien installée, dit Heathcliff.

—Elle n'est pas à moi, répliqua Morrie.

— Tu devrais peut-être le lui dire, *Lord Moriarty*, ricana Heathcliff.

— Elle a insisté sur le fait que si mon compte en banque était aussi bien rempli que je le prétendais, je devais forcément avoir un titre !

Lydia fronça les sourcils devant l'écran.

— Ce n'est pas un portrait ! On dirait une sorte de saucisse ridée. Mais pourquoi cet homme ressentirait-il le besoin de me montrer une image de sa viande ?

Je ricanai. Lydia était la première des sœurs Bennet à recevoir une *dick pick*. Elle avait beaucoup à apprendre.

— Apparemment, je devrai être *son* cavalier pour ce week-end ridicule, déclara Morrie en se pinçant les tempes comme s'il luttait contre un mal de tête. Peut-être que je peux organiser un suicide pratique.

— Allez, *Lord Moriarty*. Ce sera amusant, dis-je en souriant alors même que mon propre mal de tête s'intensifiait aux extré-mités de mon crâne.

Dans le coin de la pièce, une lumière vert fluo se déplaçait sur les bords sombres de ma vision.

— Amusant ?

Morrie prit la brochure et lut la liste des activités.

— Qu'y a-t-il d'amusant dans une promenade costumée, un atelier de fabrication de chapeaux ou une conférence sur le sexe et la sensualité... non, en fait, celle-là a l'air intrigante.

— C'est la conférence donnée par le professeur Julius Hathaway, expliquai-je en désignant la photo de l'homme par-dessus l'épaule de Morrie. C'est l'historien qui a découvert le lien entre Jane et Argleton. Apparemment, c'est une sorte de célébrité pour les Janeites.

— Les Janeites ?

Les lèvres de Morrie se retroussèrent en un rictus.

— C'est le terme affectueux employé pour désigner les fans de Jane Austen, dis-je avant d'attirer son attention sur un glos-saire au dos de la brochure. Apparemment, les Janeites marchent, parlent, s'habillent et vivent comme à l'époque de Jane Austen. La seule chose qu'ils détestent plus que les adapta-tions cinématographiques aux costumes inexacts, ce sont les Brontians, les fans des sœurs Brontë...

— Je l'avais deviné, dit Morrie d'un ton cassant. Je n'ai pas besoin que tu m'expliques tout. Mis à part la conférence sur le sexe, tu ne m'as toujours pas convaincu de l'intérêt de ma présence à cet évènement.

— Parce que j'en ai envie. Ça suffisait avant.

— Je ne suis pas aveuglé par ton charme au point de te suivre comme un petit chien, déclara Morrie. Ou comme un corbeau.

Quoth, assis en tailleur sur le sol à côté de ma chaise, la tête appuyée contre ma jambe et un carnet de croquis ouvert sur ses genoux, se raidit face aux paroles de Morrie. Je résistai à l'envie de le réprimander. Morrie ne voulait pas céder et parler de ses sentiments devant les autres garçons, et surtout pas devant Lydia. Si je voulais qu'il me dise la vérité sur son attitude exécrable récente, il fallait que je le voie seul. Et que je résiste à ses baisers assez longtemps pour obtenir une réponse de sa part. Rien de tout ça ne serait facile.

Je jetai le journal en direction de Morrie.

— Très bien. Et avec une apparition du Voleur de Bijoux d'Argleton ? Avec tous ces invités riches, je parie qu'il sera tenté de se montrer. Si tu veux quelque chose pour stimuler ton intellect, on pourrait essayer de le débusquer, à condition que ton ego n'ait pas enflé au point de ne plus pouvoir passer les portes.

Depuis son bureau, Lydia ricana.

— C'était une répartie vraiment impressionnante, Mina. Je vais devoir m'en souvenir pour mes futures interactions.

Morrie parcourut l'article du regard.

— Intrigant.

— Ce n'est donc pas toi qui es derrière tout ça ? dit Heath-cliff, les yeux pétillants. J'étais pourtant certain que ces bijoux orneraient bientôt le cou mince de Lydia.

— Non, ce n'est pas moi, dit Morrie avant de jeter le journal sur les cartons vides. D'accord, j'irai. Mais je ne danserai pas avec Lydia.

— Si, tu danseras avec moi ! s'écria Lydia. Il faut que je puisse te mettre en avant au bal, sinon je ne pourrai rendre jaloux aucun des autres hommes. Tu fais partie intégrante de mes plans.

— Laisse Lydia t'exhiber sur la piste de danse, dis-je en souriant. Je ne peux pas vraiment me montrer avec plus d'un cavalier, et je choisis déjà Heathcliff.

— Quoi ? lança ce dernier d'un air renfrogné. Non.

— J'ai un quatrième billet dans ma poche qui dit le contraire.

— Pas question. Je devrais fermer le magasin pendant le long week-end, et comme tu l'as gentiment fait remarquer, avec tous ces fans de Jane Austen en ville, les affaires sont en plein essor. Et il n'y a pas de pot-de-vin assez gros sur terre pour me faire porter une cravate ou écouter de vieux professeurs décrépits parler de collants. Donne le billet à Quoth. C'est un oiseau. Ils adorent agiter leur plumage et sautiller pour des rituels d'accouplement ridicules.

Je jetai un coup d'œil à Quoth, et il hocha la tête.

— Quoth et moi en avons déjà discuté. Il ne se sentira pas à l'aise avec toutes les personnes qui seront présentes. Il restera ici pour s'occuper de la boutique, et Jo a promis de venir aider aussi. Quoth viendra nous rendre visite dans notre chambre à l'hôtel le soir et il pourra se joindre à moi pour certaines des conférences si l'un de vous me prête son badge. Mais j'ai besoin d'un cavalier pour le bal et ce sera toi.

— Y a-t-il une chance que je puisse me défiler ?

— Aucune.

Heathcliff soupira en croisant les bras.

— Très bien. Mais je ne porterai pas de costume ridicule.

Je croisai les doigts derrière mon dos en me rappelant que les « costumes sont obligatoires et seront fournis à tout client qui arriverait sans » était écrit au dos du billet.

— Oh non, je suis sûre que ça ira. Maintenant, si on pouvait passer à quelque chose de plus important...

Mon téléphone émit un bip lorsque je reçus soudain un message. Je jetai un coup d'œil à l'écran. C'était ma mère, qui me demandait de rentrer à la maison pour l'aider avec son dernier plan pour devenir riche rapidement. Elle avait dû abandonner ses dictionnaires pour animaux de compagnie après que leur créateur ait découvert qu'il pouvait gagner plus d'argent en les auto-publiant sur La-Boutique-En-Ligne-Dont-On-Ne-Doit-Pas-Prononcer-Le-Nom. Désormais, elle avait mis au point des kits de fabrication de savon avec son amie Sylvia Blume, ce qui signifiait que la cuisine était devenue une zone sinistrée et que toutes les surfaces de la maison étaient recouvertes d'une couche de résidus de savon scintillants.

Mais ce qu'elle faisait *réellement,* c'était essayer de me soustraire aux griffes de Heathcliff. Parce qu'elle ne pouvait pas supporter l'idée que je choisisse le tsigane plutôt que le riche et séduisant Morrie.

Parce que, étrangement, lorsqu'elle regarde Heathcliff, elle voit mon père.

Cette prise de conscience me frappa de plein fouet comme un train de marchandises, balayant toutes les autres pensées. Les mots de mon père me revinrent en mémoire. Si ce qu'il disait était vrai, s'il essayait vraiment de nous protéger toutes les deux, alors ma mère était-elle au courant ? *Toute ma vie est un mensonge.* Je remis le téléphone dans ma poche sans répondre.

—Je suis prête à vous montrer ça maintenant.

Je sortis la lettre de ma poche et l'étalai sur mon genou. Morrie la saisit, ses yeux parcourant les mots avant de la remettre à Heathcliff.

— Qu'en penses-tu ? lui demandai-je.

— Ce papier est inhabituel, dit Morrie en reprenant la lettre et en la tenant à la lumière. Il est plus rugueux que ce à quoi on pourrait s'attendre de la part de la papeterie de Victoria. L'encre a une patine intéressante.

Il lécha le bout de son doigt et le frotta contre le bord de la lettre, puis goûta l'encre.

— Comme je le soupçonnais. Ce papier et cette encre sont antérieurs à 1896.

— Quoi d'autre ?

— Les dessins sur la bordure confirment mon hypothèse selon laquelle la lettre est plus ancienne que lorsque nous l'avons reçue. Ils ressemblent au genre d'illustrations que l'on retrouverait sur un manuscrit médiéval.

Hmm... Je fouillai dans la pile de livres sur la table et sortis le volume de Herman Strepel sur la Guerre des Souris et des Grenouilles de Homère (il avait un nom grec, mais je ne pouvais toujours pas le prononcer). En feuilletant les pages, je m'arrêtai sur l'un des dessins représentant les souris attaquant les grenouilles.

— Comme ça ?

— Exactement.

Morrie saisit une loupe sur son bureau et la tint contre la page.

— J'aurais besoin d'étudier à la fois le papier et l'encre sous mon microscope, mais je pense que cette lettre pourrait être de la même époque que ce livre. Tu remarques l'écriture ?

J'eus un sursaut en comparant l'écriture des deux documents. *C'est là que je l'ai déjà vue.* Les étranges ondulations des lettres me semblaient familières car elles correspondaient exactement à l'écriture de Herman Strepel.

— Est-ce que cela signifie que mon père est Herman Strepel ? dis-je en secouant la tête. Non, c'est impossible.

Dans ma poche, mon téléphone sonna de nouveau. Je l'ignorai.

— Vraiment ? Nous savons que ton père a pu voyager dans le temps, et dans les deux sens, puisque Victoria a noté qu'il lui avait rendu visite au moins une fois auparavant, dit Morrie en souriant. Et elle a laissé entendre qu'ils avaient partagé des moments intimes.

— Ouais, ne parle pas de ça, déglutis-je. Tu parles de mon père qui aurait fait des choses dans ce lit, tout comme *nous* y avons fait des choses.

— Pas assez, dit Morrie en soupirant. J'en conclus que Herman est passé dans notre siècle juste assez longtemps pour mettre ta mère enceinte et se faire une sorte d'ennemi puissant avant de retourner dans son époque.

Je me frottai la tête, là où la migraine avait progressé à travers ma tempe et sur le côté gauche de mon crâne.

— On dirait un épisode de Doctor Who.

— Doctor qui ? grogna Heathcliff.

— Exactement*.

Heathcliff me lança un regard noir.

— Qu'est-ce que tu racontes ?

— Comment se fait-il que tu n'aies jamais entendu parler de Doctor Who ? C'est la série de science-fiction britannique la plus appréciée de tous les temps.

— Heathcliff ne veut pas qu'on ait la télévision, dit Morrie.

— Mais qu'est-ce que tu dis ? Bien sûr que si nous avons une télé.

Heathcliff désigna un coin sombre de la pièce, où les garçons avaient empilé une montagne de linge sale. Morrie fouilla dessous et en sortit une petite boîte de la taille de sa tête. Un grand trou en forme de croissant fissurait l'écran.

— M. Simson m'a laissé ça. Il a dit que ça me plairait.

Heathcliff étendit sa jambe pour montrer comment le trou dans l'écran correspondait exactement à l'extrémité de sa botte.

— Il avait tort.

Ma poche vibra à nouveau. J'en sortis mon téléphone et l'éteignis. Quoth haussa un sourcil dans ma direction.

Morrie brandit la lettre.

— Je peux la garder ? Je vais faire des recherches et voir ce que je peux trouver. Mais pas ce soir, pas si tu restes.

---

* Jeu de mot avec Doctor Who qui signifie Docteur Qui, en anglais.

— Elle ne reste pas, dit Quoth doucement. Je te raccompagne chez toi, Mina.

— Ne parle pas à sa place, petit oiseau.

— Toi non plus, rétorquai-je. Et Quoth a raison. Je ne reste pas. Mais je ne retourne pas non plus à mon appartement. Je dors chez Jo.

Je soulevai mon sac à dos qui se trouvait derrière la chaise.

— Je ferais mieux de me mettre en route. Elle m'attend.

— Pourquoi aller chez Jo alors que je suis là ? dit Morrie en faisant la moue.

Parce que tu te comportes comme un con et que j'ai besoin de prendre mes distances avec toi. Et aussi parce que quand tu ne te comportes pas comme un con, tu es une belle distraction, mais je ne peux pas laisser se reproduire ce qui s'est passé hier soir, pas avec cette lettre entre mes mains.

— J'ai juste besoin de passer un peu de temps entre filles, c'est tout.

— Mais moi j'ai besoin de toi...

Morrie tourna la tête vers son ordinateur, où Lydia se déhanchait devant sa webcam.

— Amuse-toi bien avec Lydia et Ahmed !

Je déposai un baiser rapide sur sa joue. Heathcliff m'enlaça dans une étreinte écrasante, me volant un baiser qui me laissa essoufflée. Quoth me suivit dans les escaliers.

— Pourquoi tu ne rentres pas chez toi ? chuchota-t-il en m'aidant à enfiler mon manteau.

— Tu sais pourquoi.

— Tu évites les garçons et tu ignores ta mère.

La colère se lisait dans les yeux de Quoth.

— Il va falloir que tu lui poses des questions sur la lettre. Et sur tes yeux, ajouta-t-il.

— Je sais.

— Et si le sang dont Victoria parlait était le sien...

— Je sais ! m'exclamai-je en baissant mon bonnet en laine sur mes oreilles. Crois-moi, je sais. Mais pas maintenant. Pas ce soir.

— Pourquoi tu ne veux pas affronter tout ça ? Je croyais que tu ne voulais qu'une chose, c'était résoudre le mystère de Nevermore.

— C'était avant que je sache que mon père était impliqué.

— Qu'est-ce que ça change ?

— Ça change... ça change *tout* !

Quoth grimaça. Le remords m'envahit.

— Pardon. Je ne voulais pas te crier dessus. Cette lettre m'a bouleversée. Et Morrie se comporte comme un con et je...

Quoth se pencha et effleura mes lèvres des siennes.

— J'aimerais comprendre. Tu es sûre que tu ne veux pas rester ici ? On pourrait regarder les étoiles par la fenêtre du grenier.

L'idée de me blottir contre Quoth me donna des papillons dans le ventre, mais je secouai la tête.

— Ça me donne très envie, mais je ne peux pas. J'ai besoin de réfléchir, et je ne peux pas le faire si je suis avec l'un de vous. Vous me faites tourner la tête.

— Tu veux toujours que je vienne avec toi demain matin ?

— Qu'est-ce qu'il y a demain matin ? Oh.

Mon cœur chuta comme une pierre.

Demain matin.

J'avais complètement oublié.

Dans le chaos de la lettre, de Lydia, du Voleur de Bijoux et de l'Expérience Jane Austen, j'avais oublié que j'avais pris rendez-vous avec une nouvelle ophtalmologue à l'hôpital général de Barchester, tout près d'ici. Elle allait faire des tests sur mes yeux et, je l'espérais, me donner un indice sur la rapidité avec laquelle je pouvais m'attendre à perdre la vue maintenant que je voyais des néons aléatoires. Seul Quoth était au courant, car je lui avais demandé de m'accompagner. C'était justement pour ça que je restais chez Jo cette nuit-là. Le rendez-vous était le lendemain matin et je ne voulais pas que ma mère ou les gars posent des questions.

Merde, merde, merde. Pour couronner le tout, j'allais devoir affronter la nouvelle de ma cécité imminente. Super.

Je serrai la main de Quoth.

— Oui, s'il te plaît, viens avec moi.

Ses mains étaient chaudes, même à travers mes gants en laine. Il se pencha en avant et pressa ses lèvres contre mon front.

— Ça va aller, Mina.

Je faillis presque le croire.

7

— Tu es sûr que ça ira à l'hôpital ? demandai-je à Quoth pour la cinquantième fois alors que notre covoiturage rejoignait la route à deux voies en direction de Barchester. C'est un grand bâtiment, et il y aura beaucoup de monde et de machines bizarres qui émettent des bips.

Quoth se pencha sur le siège arrière et me serra la main.

— Tu seras avec moi, et c'est tout ce qui compte. Arrête de me demander si ça va. C'est à *moi* de le faire. Est-ce que *toi* ça va ?

J'avalai ma salive avec difficulté. L'inquiétude que Quoth se métamorphose accidentellement en public me distrayait du véritable but de notre petite excursion. Je ne voulais pas y penser.

— Ça va. Je me sens mieux quand je n'en parle pas. Comment Morrie gère-t-il l'arrivée de sa nouvelle amie ?

— Quand j'ai volé jusqu'en bas ce matin, il était blotti sur la chaise longue sous la fenêtre. Je crois qu'il s'est fait virer de son lit. Lydia m'a suivi en sautillant. Je suis parti pendant qu'elle prenait les mesures pour son chapeau haut de forme de mariage.

Le chauffeur s'arrêta devant un hôpital étincelant. Je n'étais pas entrée à l'hôpital général de Barchester depuis le lycée quand je m'étais cassé le bras dans la fosse d'un concert punk local. Mon diagnostic initial de rétinite pigmentaire m'avait été donné par un ophtalmologiste de New York, mais comme je n'avais pas un rond (ironiquement, le fait d'être assistante-libraire me rapportait encore moins que mon stage dans la mode), il était hors de question que je retourne le voir. Le cabinet de mon nouveau spécialiste m'avait informée que tous mes dossiers avaient été transférés avec succès.

Il ne me restait plus qu'à affronter mon destin.

Mes doigts se crispèrent sur le bord du siège. Quoth fit le tour de la voiture et m'ouvrit la portière. Il me prit la main.

— On dirait que tu te diriges vers la potence.

— Peut-être que c'est le cas.

— Tu as déjà subi un choc cette semaine, dit-il. Si tu veux rentrer chez toi et remettre ça à plus tard, je comprends.

La lettre de mon père me revint en mémoire. Toute la nuit, j'avais regardé le plafond de l'appartement de Jo, les mots défilant encore et encore, se mêlant à ma peur de perdre la vue. Deux fois la nuit dernière, j'avais vu les néons flottants, dans des tons criards roses et verts. Je ne pouvais pas gérer ça maintenant, mais je n'avais pas le *choix*.

Je secouai la tête.

— Ne me donne pas l'opportunité de faire demi-tour, car je la saisirai. Il *faut* que je le fasse. Ma peur est en partie causée par l'incertitude. Une fois que je saurai, je pourrai y faire face.

Quoth acquiesça. Il le comprenait mieux que quiconque. Rien dans la vie de Quoth n'avait été défini. Alors que Morrie et Heathcliff avaient au moins des souvenirs de leurs vies littéraires vers lesquels se tourner, Quoth n'avait rien d'autre que l'octamètre trochaïque*, qui était le moins utile de tous les mètres poétiques.

La main de Quoth saisit la mienne alors que nous nous rendions à la clinique ophtalmologique. Une infirmière enjouée derrière le bureau me tendit un formulaire à remplir et m'indiqua de m'asseoir. Je griffonnai quelques inepties sur celui-ci et feuilletai un magazine de mode en attendant que l'on appelle mon nom. La dernière collection de Marcus Ribald était en couverture. La voir me fit un effet étrange, comme si j'avais vécu une autre vie.

Je tirais sur l'ourlet de la chemise *oversize* de Misfits que j'avais transformée en robe moulante. Après avoir rencontré les garçons, découvert le monde du livre et résolu deux meurtres, je n'avais pas pensé à la mode depuis plus d'un mois.

— Mina Wilde, la docteure Clements va vous recevoir.

Je me levai, m'appuyant contre le mur alors que mes jambes tremblaient. Quoth se leva aussi, se tournant vers moi. Il glissa sa main dans la mienne et m'adressa un magnifique et triste sourire. Je puisai de la force dans sa gentillesse et forçai mes pieds à avancer. Nous nous traînâmes dans un bureau d'angle lumineux donnant sur le parking et un jardin public au-delà. Les murs étaient couverts de vieilles affiches de films en noir et blanc et de disques vinyles vintage. Dans le coin se trouvait une cage à oiseaux noire, où un cacatoès sautillait sur un perchoir.

À côté de moi, Quoth se raidit. Je le regardai avec inquiétude. Serait-il capable de rester sous forme humaine avec un autre oiseau si près de lui ? Sa mâchoire se serra. Il hocha légèrement la tête et se rapprocha de moi.

La docteure Clements se leva pour me saluer. Elle était plus

---

* Mètre poétique composé de huit pieds trochaïques par vers. Un trochée est un pied métrique formé d'une syllabe accentuée suivie d'une syllabe non accentuée.

jeune que je ne l'imaginais, avec un sourire amical et une chevelure rousse dégradée, parsemée de mèches rose vif. Je l'appréciai immédiatement.

— Bonjour, Wilhelmina.

— C'est Mina, dis-je avant de désigner une affiche du film *Dracula* de 1933 accrochée au mur derrière elle. Comme Mina Harker. Et voici mon ami, Quoth. Ses parents étaient gothiques.

— Mina et Quoth, c'est un plaisir de vous rencontrer, dit-elle avant de tapoter la chaise à côté d'elle. Asseyez-vous. J'ai lu les dossiers de votre spécialiste new-yorkais. Il semble que vous ayez passé tous les tests de diagnostic habituels. Je suppose que vous vouliez me voir parce qu'il y a eu un changement dans votre vision.

Je serrai la main de Quoth.

—Je vois des explosions de lumière, dis-je.

Ma voix semblait étrange et creuse, comme si je l'écoutais de loin. Je me détachais des mots que je prononçais, ma conscience planant au-dessus de mon corps, si bien que je regardai par-dessus mon épaule pendant que je décrivais ma vision. C'était surréaliste, comme si je parlais d'une autre personne.

— On dirait des feux d'artifice ou des néons. Ça se produit lorsque je suis particulièrement émotive ou... ou...

En train d'avoir une relation sexuelle avec un ou plusieurs de mes trois petits amis fictifs, mais ça, je ne pouvais pas vraiment le dire.

— Le docteur Phillips vous a-t-il expliqué les étapes typiques de votre type de RP ?

— Un peu.

Derrière la docteure Clements, le cacatoès picorait sa mangeoire, criant tandis qu'il piochait une baie. Les doigts de

Quoth se serrèrent autour des miens, mais il resta immobile et humain à côté de moi.

— Votre rétine est une couche de tissu sensible à la lumière qui tapisse l'arrière de votre œil. Elle convertit la lumière en signaux électriques qui remontent jusqu'au cerveau, vous donnant une image. Lorsque les cellules de la rétine se détériorent, votre cerveau tente de créer sa propre image pour expliquer pourquoi il ne reçoit plus de signaux. C'est ça que vous voyez.

— Le docteur Phillips m'a expliqué que je pourrais voir des lumières ou des formes aléatoires à l'avenir, mais il a dit que ce ne serait pas avant des années.

— C'est exact. J'aimerais examiner vos yeux aujourd'hui, comme ça, nous pourrons avoir une meilleure idée du taux de détérioration.

La docteure Clements fit rouler un appareil de diagnostic et me fit passer une série de tests. J'étudiai des graphiques et des couleurs arrangées puis observai des lumières clignotantes. Quoth tint ma main tout le long.

De retour à son bureau, la docteure Clements ouvrit un tiroir et me tendit une barre de chocolat Cadbury. Je l'acceptai, enlevai l'emballage et enfonçai la moitié de la barre dans ma bouche. J'offris le reste à Quoth, mais il secoua la tête. Pendant que je mâchais, la docteure étudia l'écran.

— Je regarde vos résultats, Mina. Ce que je vois montre que le taux de détérioration de la rétine a augmenté plus rapidement que le docteur Phillips ne l'avait prédit. Ce n'est pas rare, car la détérioration peut ralentir ou s'accélérer à n'importe quel stade, et nous ne savons pas ce qui déclenche ces changements.

J'acquiesçai, la bouche trop pleine de chocolat pour parler. Mâcher, mâcher, mâcher. Mon estomac se noua.

— À partir de maintenant, il est très difficile de vous donner un calendrier précis. Chaque personne est différente. Mais vous progressez plus rapidement que ce à quoi nous nous attendons habituellement.

Je déglutis le chocolat sombrant dans mon estomac comme une pierre.

— Pouvez-vous me donner une idée du délai ? Combien de temps ai-je avant de devenir complètement aveugle ?

— Avec votre forme particulière de RP, vous ne deviendrez peut-être jamais complètement aveugle, dit-elle. J'ai vu de nombreux patients qui ont conservé une certaine vision centrale. Vous garderez certainement une sensibilité à la lumière. Mais je pense qu'au cours des dix-huit prochains mois, vous pouvez vous attendre à ce que votre vision périphérique diminue encore et que vous voyiez davantage de ces feux d'artifice dont vous parlez.

Dix-huit mois.

Je fus soudain engourdie de la tête aux pieds. Mes tempes hurlaient, comme si ma tête avait été plongée dans l'eau glacée. La main de Quoth serra la mienne, mais je remarquai à peine son contact.

Dix-huit mois.

Le seul point positif auquel je m'étais accrochée dans tout ce chaos était que j'étais *censée* avoir des années devant moi. « Au moins cinq ans », avait dit le docteur Phillips. Cinq ans pour surmonter ce traumatisme, accepter cette cécité, apprendre à lire le braille, trouver une paire de lunettes de soleil foncée adaptée à mon visage et faire tout ce que j'avais à faire.

Désormais, même cela m'avait été arraché. *Dix-huit mois.* Une panique glaciale me serra la poitrine. Qu'est-ce que j'allais faire ? Je n'étais pas prête. Je n'avais pas de plan. Je traînais dans une librairie, je prenais du bon temps avec trois types, je me retrouvais mêlée à des meurtres et je rencontrais Lydia Bennet. Dans dix-huit mois, je ne pourrais même plus lire *Orgueil et Préjugés*, et encore moins le vendre à un client.

Comment compterai-je l'argent de la caisse ? Comment répertorierai-je les livres sur La-Boutique-En-Ligne-Dont-On-Ne-Doit-Pas-Prononcer-Le-Nom ?

Comment pourrai-je distinguer les couleurs irisées des cheveux de Quoth quand ils captent la lumière, ou savoir quand ses émotions changent à cause du feu orange qui danse dans ses yeux ? Comment vais-je continuer à apprendre les échecs pour pouvoir botter les fesses de ce prétentieux de Morrie ? Comment mon corps tout entier va-t-il encore pouvoir frémir d'extase quand Heathcliff croise mon regard ?

Quoth grimaça. Je baissai les yeux vers mes genoux, remarquant avec un étrange détachement que j'avais tellement serré ses doigts que le bout était devenu blanc.

— Je suis désolée.

La docteure Clements se pencha au-dessus de son bureau, les yeux écarquillés et tristes.

— C'est la pire partie de mon travail, annoncer des nouvelles merdiques aux gens, surtout à des patients aussi jeunes et avec un aussi bon goût en matière de musique et de films. Je suis contente que vous ayez un ami qui soit là pour vous soutenir. Je n'ai pas envie de vous répéter des banalités pendant que vous digérez cette nouvelle, mais je pense qu'il est important que vous sachiez que tous mes patients diagnostiqués à votre âge continuent à vivre une vie heureuse. Tous sans exception. La RP ne doit pas vous retenir.

— D'accord.

J'entendais ses mots, mais derrière le refrain lancinant de la fatalité dans ma tête, ils ne voulaient rien dire. *Dix-huit mois. Je n'ai que dix-huit mois...*

La docteure Clements s'appuya sur sa main.

— Je ne veux pas vous accabler, mais avez-vous pensé à vos besoins d'adaptation ?

— Qu'est-ce que c'est ?

— Il y a de nouvelles compétences que vous devrez acquérir pour continuer à être indépendante et à faire les choses que vous aimez. Vous n'avez pas besoin de la vue pour mener une vie épanouie et heureuse. Il existe des outils et des systèmes d'assistance conçus pour vous aider.

Elle fit glisser une pile de brochures vers moi.

— Cela résume certaines des adaptations et de l'assistance dont vous devrez tenir compte. Vous vous frottez la tempe. Vous avez des migraines ?

— Parfois.

Je retirai ma main de mon visage.

— C'est courant aussi. Votre cerveau et vos yeux s'efforcent d'utiliser la lumière disponible, m'expliqua-t-elle avant de griffonner une ordonnance sur son bloc-notes et de me la tendre. Ces analgésiques vous aideront. Veillez à ne pas dépasser la dose recommandée, car ils peuvent créer une dépendance. Je suis là pour vous aider, vous savez, dit-elle, tenant son stylo au-dessus du bloc-notes. Notamment pour la gestion de l'impact émotionnel lié à la perte de votre vue. Je serais ravie de vous recommander quelqu'un à qui parler.

Par les seins d'Isis, c'est hors de question.

— Ça va. Je n'ai pas besoin d'un psychologue.

— Vous êtes sûre ? Beaucoup de mes patients trouvent utile de parler à quelqu'un.

J'acquiesçai en me levant. Le bras de Quoth se tendit alors que je le tirais vers moi.

— Oui. Je... merci beaucoup, docteure Clements. Je dois y aller. Je dois retourner au travail.

— Bien sûr. Revenez me voir quand vous voulez. Je serai ravie d'examiner à nouveau vos yeux et de vous aider pour tout ce dont vous avez besoin.

Elle me tendit la main. Je me mis à la fixer, mon cerveau hurlant à mon corps de la serrer. Mes mains restèrent immobiles, sur le côté, mes doigts recroquevillés en un poing, écrasant Quoth sous mon étreinte. Je clignai des yeux, me détournai, lâchai la main de Quoth et m'enfuis dans le couloir.

— Mina, Mina ! Ralentis.

Quoth courut après moi alors que je m'enfuyais de l'hôpital.

— Ça va, dis-je en tapant sur l'application de mon téléphone pour appeler un chauffeur. Tout va bien.

— Ce n'est pas ce que tu exprimes.

Des doigts doux touchèrent mon menton, tournant mon visage. Quoth plongea ses yeux dans les miens, les iris encerclés de feu.

— Mina, tu es complètement anéantie.

Sa voix était rauque. Mes épaules s'affaissèrent. Je m'effondrai contre son corps, posant ma tête contre sa poitrine. Ses bras entourèrent mes épaules.

— Oui, murmurai-je.

Le cœur de Quoth battait dans sa poitrine. Je me concentrai sur les battements, synchronisant ma respiration avec la sienne, laissant sa réalité me ramener hors du gouffre. Certes, je deviendrai aveugle dans dix-huit mois, mais ces bras seraient toujours là quand j'en aurais besoin, ce cœur battrait toujours. Et cela me donna la certitude dont j'avais besoin pour contenir ma douleur.

Une voiture s'arrêta et le conducteur klaxonna. À contrecœur, je m'écartai de Quoth et m'installai sur la banquette arrière. Il monta à côté de moi, sa main cherchant à nouveau la mienne.

— Tu devrais envisager de parler à ce psychologue, dit Quoth sans me regarder.

— Pourquoi ? C'est un choc, mais je l'ai accepté et je vais bien. Et puis, si j'ai besoin de parler à quelqu'un, je t'ai toi.

— Tu es sûre ? Tu as eu beaucoup de choses à gérer ces

derniers mois, entre la mort d'Ashley, Mme Scarlett et Ginny Button, la découverte du corps de M. Winstone, et maintenant la lettre de ton père...

— Je vais *bien*, dis-je en esquissant un sourire. Hé, je viens de réaliser que tu as survécu à toute cette visite à l'hôpital sans te métamorphoser même avec l'oiseau de la docteure Clements dans l'angle.

— Oui, répondit Quoth en m'adressant un sourire radieux. Tu me fais du bien, Mina Wilde.

— Toi aussi tu me fais du bien, Quoth le corbeau.

Alors que la voiture s'arrêtait devant la place du village, mon téléphone vibra. C'était un SMS de ma mère, qui me demandait pourquoi je n'étais pas rentrée à la maison pour la deuxième nuit consécutive. Je le jetai sur le siège sans répondre.

— Tu devrais lui parler, dit Quoth.

— Évidemment que je devrais. Mais je suis de mauvaise humeur et je n'en ai pas envie.

— Elle est la seule famille que tu as.

— Elle n'est *plus* ma seule famille, puisque, apparemment, mon père m'écrit désormais, en plus d'être un petit escroc et un Don Juan voyageur dans le temps.

— Tant que tu n'auras pas parlé à ta mère, tu n'obtiendras aucune réponse à propos de cette lettre. Elle tient à toi et elle est inquiète.

Je foudroyai Quoth du regard. Il avait raison et j'étais en colère contre lui pour ça. Il devait probablement rêver d'avoir une mère envahissante qui essayait constamment de lui pourrir la vie.

Alors que nous marchions vers l'entrée de la librairie, de la musique house assourdissante me perça soudain les tympans. Une cliente sortit précipitamment du magasin, les mains fermement plaquées sur ses oreilles.

— Qu'est-ce qui se passe ? criai-je à Quoth.

Il haussa les épaules et me suivit à l'intérieur.

Alors que je m'avançais dans le couloir sombre, Lydia surgit dans la pièce, tournoyant et sautillant comme une bête sauvage. Elle avait remplacé son bonnet et sa robe Empire par un haut qui dévoilait ses épaules dénudées, orné d'un pénis à paillettes au niveau de sa poitrine, des ballerines à imprimé léopard et le jean noir le plus moulant que j'avais jamais vu.

— Oh, Mina, tu es revenue ! s'exclama-t-elle en jetant ses bras autour de mon cou.

Je reculai sous la force de son étreinte.

— Tu veux bien danser avec moi ? Les garçons sont de tels rabat-joie. Tout ce qu'ils veulent, c'est se reposer.

À côté de moi, le corps de Quoth se recroquevilla sur lui-même dans une explosion de plumes. Ses os craquèrent alors qu'ils se remodelaient en ailes. Un instant plus tard, un grand corbeau s'envola, cherchant les ombres de son antre au-dessus de l'entrée.

Je ne pouvais pas lui en vouloir. Lydia était *terrifiante*.

— Tu n'as pas froid ? demandai-je en me dégageant et en serrant un peu plus mon écharpe autour de mon cou.

Même si Heathcliff avait mis le chauffage à fond dans la pièce principale, il ne faisait pas vraiment chaud dans la boutique.

— Bien sûr que non, petite sotte ! C'est la danse qui me tient chaud ! dit Lydia en s'esclaffant et en s'éloignant en virevoltant. Cette musique est tellement plus entraînante que le piano. J'aimerais pouvoir danser jour et nuit.

Depuis la chaise longue dans le coin, Morrie gémit.

J'entrai, incapable de dissimuler mon sourire. Le maître du crime gisait sur le canapé, une compresse froide sur les yeux et une expression d'angoisse existentielle ternissant ses traits habituellement suffisants. Tout autour de lui s'empilaient des boîtes et des sacs de courses. Du maquillage, des lisseurs, des piles de vêtements et des étuis colorés pour iPhone débordaient des tables et dégringolaient sur le sol.

Heathcliff était introuvable.

Je parie qu'il se cache dans la réserve pour laisser Morrie s'occuper de Lydia. Malin.

— Elle m'a obligé à l'emmener faire du shopping, gémit Morrie. Elle avait besoin de choses pour s'adapter à notre époque moderne.

Je souris. *Au moins, il est trop épuisé pour être un connard aujourd'hui.*

— Lord Moriarty et moi nous sommes tellement amusés, dit Lydia en sortant la carte de crédit de Morrie de la poche de son jean moulant et en l'agitant devant son visage. Quelle merveilleuse invention ! Je ne souhaite jamais m'en séparer.

— Donne-moi ça, dit Morrie en tendant une main molle. Elle a l'air d'avoir un peu trop chauffé.

Lydia lui lança la carte en riant. Elle attrapa son tout nouveau téléphone sur la table à côté du tatou et changea la chanson pour un morceau de métal.

— Celui-ci me rappelle Mary quand elle a joué du piano-forte au bal de Netherfield !

Je m'assis au bout du canapé, mon regard parcourant les traits de Morrie, essayant de mémoriser chaque détail de son visage. Me souviendrais-je seulement de ce à quoi ressemblaient les choses quand je serai aveugle ? L'image complète des pommettes hautes et pointues de Morrie, de ses lèvres hautaines, de sa mâchoire forte et de sa silhouette élancée et musclée cesserait-elle d'exister pour moi, accessible seulement par fragments à travers des caresses et des sensations ? Le bleu glacé de ses yeux ne transpercerait-il plus mon cœur ?

— Pourquoi as-tu l'air si bizarre ? demanda-t-il. Quoth t'a-t-il demandé de faire quelque chose de pervers lors de votre rendez-vous ? T'a-t-il fait manger une souris morte ?

— Non, je...

J'ouvris la bouche pour lui parler du cabinet de la médecin, mais je me retins. Pour autant que Morrie et Heathcliff le sachent, Quoth et moi avions simplement eu un rendez-vous. Je détournai le regard, retenant mon souffle et clignant des yeux pour ne pas pleurer. Si je disais quelque chose à Morrie maintenant, et qu'il se comportait comme il l'avait fait... Je ne pourrais pas le supporter. Alors je changeai de sujet.

— Tu as ma lettre ?

— Elle est dans ma poche.

Morrie soupira, se renversant en arrière contre les oreillers.

— Tu veux bien la prendre ? Je ne peux pas bouger pour l'instant.

Je glissai ma main dans sa poche et en sortis la lettre de mon père. Dès que mes doigts effleurèrent le papier, un frisson glacial me parcourut l'échine.

— As-tu eu le temps de la lire entre tes visites au centre commercial de Barchester ?

— Mes recherches ont confirmé nos soupçons, dit Morrie. Les composants de l'encre correspondent à ceux utilisés par Herman Strepel. La personne qui a écrit cette note et celle qui a calligraphié *Batrachomyomachia* sont une seule et même personne.

Mon père est Herman Strepel.

Ma poitrine se serra et ma bouche se dessécha. Pour la première fois de ma vie, mon père avait un nom et une profession.

Et alors ? Qu'importe que mon père soit un ancien libraire qui possédait Nevermore il y a plus de mille ans. Il a quand même mis ma mère enceinte, puis il nous a abandonnées quand j'étais bébé.

Et si c'est bien Herman Strepel, alors pourquoi a-t-il été présent à notre époque pour commencer ? Se contente-t-il de débarquer d'un siècle à l'autre, de vendre des livres et de briser des cœurs ? Où est-il maintenant ? A-t-il été dévoré par des dinosaures ?

Que sait-il des personnages de fiction qui prennent vie ? Les deux choses doivent être liées. Et qui est son ennemi ?

Et que sait Maman de tout cela ?

Quoth fit irruption dans la pièce et se posa sur mon épaule.

— Croac ? demanda-t-il en frottant sa tête contre ma joue.

Tes pensées partent dans tous les sens, dit-il. Tu devrais parler à ta mère.

— Hors de question, dis-je à voix haute.

Quoth secoua tristement la tête.

— Se parler à soi-même est le premier signe de folie, dit Morrie depuis le canapé.

— Je sais. Converser avec des personnages fictifs est le deuxième, et avoir un père qui voyage dans le temps est le troisième, alors je ferais bien de me faire interner tout de suite.

— Le courrier est arrivé.

Heathcliff entra nonchalamment depuis la pièce voisine et déposa une pile d'enveloppes sur le bureau.

— Il y a une lettre pour Lord Moriarty. Depuis quand tu reçois du courrier ?

— Donne-moi ça !

Morrie se leva d'un bond, renversant une pile de trousses de maquillage en arrachant l'enveloppe des mains d'Heathcliff.

— Tu t'attends à être enrôlé dans l'armée ? rétorqua Heathcliff.

Morrie ne sembla pas l'entendre. Il déchira l'enveloppe et parcourut la lettre du regard.

— Mais c'est... c'est impossible, marmonna-t-il.

— Qu'est-ce qui est impossible ? demandai-je en regardant par-dessus son épaule.

Morrie enfonça l'enveloppe dans sa poche, en gardant la main dessus pour que je ne puisse pas la retirer.

— Oh, rien, rien. Mon banquier a fait une erreur pour l'un de mes virements aux îles Caïmans, c'est tout. Excusez-moi.

— Morrie...

Mais il avait déjà disparu à l'étage. Je jetai un coup d'œil à Heathcliff, mais il haussa les épaules.

— Ne te préoccupe pas de lui. Il aime avoir ses secrets. Toi et lui, vous vous ressemblez beaucoup sur ce point.

Heathcliff laissa tomber un livre sur son bureau, prit le suivant dans sa pile et quitta à nouveau la pièce, sans doute pour retourner dans le terrier dans lequel il se cachait.

Qu'est-ce qu'il voulait dire par là ?

— Je suppose que je m'occupe de la boutique, alors ! criai-je par-dessus la musique de Lydia. Parfait. Ça me donnera le temps de finir la déco Jane Austen !

Alors que j'organisais les livres et les dépliants du festival autour du tatou empaillé, je repensai à l'époque, une semaine plus tôt, où Morrie m'avait menottée à son plafond et où lui et Quoth avaient fait des choses incroyables à mon corps. Ce fut l'une des expériences les plus intenses de ma vie, et à en juger par les tremblements dans la voix de Morrie, j'avais cru que cela signifiait peut-être quelque chose pour lui aussi. Puis il s'était enfui, nous laissant Quoth et moi blottis l'un contre l'autre dans son lit. L'expression paniquée dans les yeux de Morrie avant qu'il ne prenne la fuite... C'était la même que lorsqu'il avait lu cette lettre.

Qu'est-ce qui lui arrive ?

8

— Tu n'es pas rentrée à la maison depuis deux nuits !
Ma mère me sauta dessus dès que je franchis le pas de la porte.

— Laisse-moi entrer avant qu'on se dispute. Il fait un froid de canard.

Je claquai la porte, enlevai mes bottes mouillées et retirai mes gants.

— Ne me parle pas comme ça. Je ne savais pas où tu étais. Tu aurais pu te faire violer et assassiner dans la rue que je n'en aurais rien su !

— Tu exagères. Tu sais que je ne me promène jamais seule ici. Les gars me raccompagnent chez moi, ou bien je fais du covoiturage, ou Jo me dépose. Si c'est un tel problème pour toi, je n'ai qu'à simplement emménager dans la librairie de Heathcliff – comme ça, je ne serais jamais seule dans les rues dangereuses d'Argleton.

Dès que j'eus prononcé ces mots, je les regrettai. Ma mère recula comme si je l'avais giflée.

— Si c'est ce que tu ressens, dit-elle d'un ton sec, en reculant vers la kitchenette.

Je soupirai, enlevai mon sac à dos de mon épaule et la suivis dans la cuisine.

— Ce n'est pas le cas. Tu peux toujours appeler la librairie si tu as besoin de moi...

Je m'arrêtai net, bouche bée, en observant le carnage dans notre cuisine. Toutes nos casseroles, nos bols et assiettes étaient empilés sur le comptoir ou éparpillés sur le sol. De la gelée rose et violette coulait le long des armoires et éclaboussait les murs. On aurait dit qu'un jouet *My Little Pony* avait explosé dans le micro-ondes.

— Mais j'ai appelé la boutique !

Ma mère se tenait au milieu du désordre, les mains sur les hanches. Une tache de paillettes violettes s'étendait sur sa joue, comme une sorte de marquage tribal.

— J'ai demandé à te parler et ce tsigane malpoli a dit : « Nous n'avons personne de ce nom ici », et il m'a raccroché au nez !

Merci, Heathcliff.

— Il a probablement mal compris. Maman, que s'est-il passé ici ?

— Je t'ai dit que j'avais besoin de ton aide ! Sylvia a préparé ces kits pour fabriquer des bombes de bain, des savons et des crèmes pour le visage. Elle voulait que je les teste pour m'assurer que les instructions étaient faciles à suivre. Mais rien ne se passe comme prévu et c'est parce que tu n'es pas là !

— Je ne vois pas en quoi ma présence pourrait être utile. Je ne connais rien à tout ça non plus. Si tu rencontrais des difficultés, tu aurais dû appeler Sylvia.

Je pris un pot de beurre de cacahuète sur le comptoir. Une substance rose et brillante avait séché sur le couvercle, formant un sceau. Je le frappai contre le comptoir pour décoller la croûte.

— Certains de ces produits chimiques ne sont-ils pas dangereux ? Tu es sûre que tu veux vraiment faire ça dans notre cuisine ?

— C'est exactement le genre de questions que je voulais que tu poses !

Ma mère jeta un tas de vaisselle dans l'évier, laissant une tache arc-en-ciel de crotte de licorne sur le comptoir.

— Mais tu n'as même pas appelé...

— Je t'ai écrit un texto.

Je ne l'ai pas envoyé, mais ça, tu n'as pas besoin de le savoir.

— Morrie et moi on a veillé tard pour regarder un film, alors j'ai décidé de dormir à la boutique. Et puis Jo et moi avons traîné ensemble hier soir, et elle avait bu trop de vin pour me ramener chez moi, alors j'ai dormi sur le canapé. Tiens, je vais t'aider.

— Je n'ai pas reçu ce texto, marmonna ma mère.

Je me glissai à côté d'elle et ouvris le robinet d'eau chaude pour remplir l'évier, empilant soigneusement la vaisselle sur le comptoir pour faire plus de place.

La culpabilité me tenaillait. J'aurais dû lui envoyer un message. Quoth avait raison, elle s'inquiétait pour moi. En me déplaçant, le bord de la lettre effleura ma jambe. Toute la culpabilité s'envola de mon esprit lorsque les paroles de mon père me revinrent à l'esprit.

Tu savais que mon père était un relieur de livres et voyageur dans le temps ? J'avais la question sur le bout de la langue.

— Je suis désolée, d'accord ? Je te donnerai plus de détails la prochaine fois, dis-je d'un ton plus irrité que prévu. Morrie et moi allons au festival Jane Austen ce week-end, donc je ne serai pas à la maison. Voilà, maintenant tu sais.

— Est-ce que toi et Morrie sortez ensemble ?

Les yeux de ma mère se mirent à briller. Mes transgressions

furent immédiatement oubliées à la perspective d'un gendre plus riche que Crésus.

— Je te l'ai déjà dit une centaine de fois, non.

Cela m'était désagréable de mentir, mais je ne pouvais pas vraiment lui dire la vérité à propos des trois garçons.

— Nous sommes juste amis. Je suis capable d'être amie avec des mecs sans coucher avec eux, tu sais.

— Mais si tu devais sortir avec Morrie, je veux que tu saches que ça ne me dérangerait pas. Je pense que vous feriez un beau couple.

— Et avec Heathcliff ? dis-je en haussant un sourcil. Ou avec Allan ?

— Mina, c'est méchant de taquiner ta mère comme ça, rétorqua-t-elle en me lançant un torchon. Tu n'es pas sérieuse, n'est-ce pas ? Morrie est un bien meilleur parti. Ne fais pas les mêmes erreurs que moi.

Je sentis la lettre contre ma jambe. *Qu'est-ce que ça veut dire, Maman ?* Évidemment, elle ne me donna pas plus de détails. Elle n'en donnait jamais sur mon père. Elle le traitait juste de « salaud », puis elle prenait une autre tasse de thé, ce qu'elle faisait d'ailleurs actuellement.

— En parlant de tes erreurs, laissai-je échapper. J'ai reçu une lettre de papa.

Papa. Le mot me paraissait ridicule. J'aurais tout aussi bien pu dire une lettre du « pape Grégoire IX ». Je n'avais jamais appelé personne « Papa » de ma vie.

PAF. La tasse lui échappa des mains et s'écrasa contre le plan de travail. Des éclats de céramique volèrent dans tous les sens. Elle se pencha sur le comptoir, le visage pâle.

— Maman ?

— Ce n'est pas possible, chuchota-t-elle en s'agrippant au bord du comptoir.

Je n'avais pas eu l'intention de lui parler de la lettre. Mais maintenant qu'elle était au courant, j'allais voir ce que je pouvais découvrir. Je pris sa main et la conduisis vers la table. Je tirai la chaise la plus proche et elle s'y affaissa.

— Elle est arrivée au magasin. Elle a été écrite sur un papier bizarre, démodé.

— Je peux la voir ? Qu'est-ce qu'elle disait ?

Je me figeai, mes doigts pinçant le coin de l'enveloppe dans ma poche. Je voulais désespérément la lui jeter à travers la table, mais son visage blafard me fit hésiter.

Si ce que disait la lettre était vrai, si mon père était vraiment Herman Strepel, alors il savait ce qui se passait à la Librairie Nevermore. Quand j'y réfléchissais de façon rationnelle, je ne croyais pas que ma mère était au courant ; sinon, elle aurait fait bien plus d'efforts pour me tenir éloignée de cet endroit. Elle vivait à Barchester quand elle était avec mon père, donc elle ne l'associerait pas à Argleton ou à Nevermore.

Elle n'est pas au courant. Cette certitude me frappa comme un coup de poing dans le ventre. Quels que soient les secrets que mon père protégeait, il les lui avait cachés aussi. Cela me réconforta un peu, et je me détestai d'éprouver ça.

Je retirai ma main de ma poche et me penchai pour ramasser le mug cassé.

— Je l'ai laissée à la boutique. Je ne voulais pas la regarder, tu vois ? Il a dit qu'il nous aimait toujours et qu'il était parti parce qu'il était un danger pour nous. On aurait dit que quelqu'un en avait après lui.

— Comment ose-t-il ? Après toutes ces années, dit ma mère en s'effondrant sur sa chaise. Je suppose que c'était un poème élaboré entouré de dessins compliqués. Ton père se prenait pour un artiste. En réalité, c'était juste un criminel véreux de seconde zone.

— Il a commis quel genre de crimes ? S'il te plaît, maman, tu ne m'as jamais rien dit sur lui. C'était un drogué ? Un voleur ?

— De la contrefaçon dit ma mère en serrant les dents, comme si elle ne pouvait pas supporter de prononcer ces mots. Il vendait des copies de tableaux de Banksy et de vieux manuscrits médiévaux.

Je ne m'attendais pas à ça. Mais cela correspondait aux compétences uniques de Herman Strepel.

— Comment était-il ? Et sa famille ?

Elle renifla d'un air dédaigneux.

— Il n'avait pas de famille, mais il s'entendait bien avec mes parents. Papa voulait qu'il rejoigne l'entreprise familiale, mais il n'arrêtait pas de dire qu'un jour nous deviendrions riches grâce à ses manuscrits, et qu'il n'aurait plus besoin de vendre de la drogue. Apparemment, il travaillait sur un chef-d'œuvre. Une œuvre inédite de Hester ou de Horatio, ou quelque chose comme ça.

— De Homère ?

— Peut-être. Je ne me souviens pas. Il passait son temps à raconter des absurdités sur de vieux écrivains et artistes.

Je ramassai les plus gros morceaux de tasse brisée et les jetai à la poubelle, l'esprit en ébullition. Ce ne pouvait pas être une coïncidence si l'exemplaire de La Guerre des Grenouilles et des Souris de Herman Strepel était apparu dans la boutique alors qu'il falsifiait Homère à mon époque. Était-ce un message de mon père ?

— Ce serait plutôt logique alors. La lettre était effectivement écrite à la *main*, et il y avait des dessins sur la bordure.

Je partis chercher le balai et la pelle et balayai les minuscules fragments de céramique et autant de crottes de licorne que je pus. Mes mains tremblaient d'excitation. Je n'en avais jamais autant découvert sur mon père.

— As-tu la moindre idée de ce à quoi il fait référence quand il dit qu'il est en danger ?

Ma mère secoua la tête.

— C'est un criminel, Mina. Il a probablement énervé les mauvaises personnes. S'il t'écrit encore des lettres, c'est à cause de *moi* qu'il sera en danger.

Tu ne m'avais jamais dit qu'il était artiste et écrivain. Qu'il était un lecteur.

Toute ma vie, j'avais été l'opposé de ma mère. Elle n'avait aucune imagination. Elle trouvait que les livres étaient stupides et n'avait presque jamais mis les pieds à la Librairie Nevermore (sauf pour m'en faire sortir quand j'étais enfant ou pour vendre ses dictionnaires pour animaux de compagnie), alors que j'avais pratiquement été élevée par ces personnages de fiction. C'était elle qui m'avait dissuadée de faire des études d'anglais à Oxford, car elle pensait que j'avais plus de chances de réussir en tant que créatrice de mode qu'en tant qu'écrivaine. Même quand je me faisais harceler à l'école, que je me détestais et que je me sentais terriblement seule, elle ne m'avait jamais dit qu'il existait quelqu'un d'autre comme moi : mon père.

La rage bouillonnait en moi, transformant mes veines en lave. Je serrai les poings. Je la *détestais*. Elle m'avait caché cela alors que j'en avais *besoin*. Si j'avais su que je n'étais pas si seule, si je ne m'étais pas sentie aussi anormale, les choses auraient pu être bien différentes pour moi...

Je me glissai sur la chaise en face d'elle. Sur la cuisinière, la bouilloire sifflait, mais nous l'ignorâmes toutes les deux. J'examinai le visage de ma mère, remarquant les poches sous ses yeux, la veine qui palpitait sur sa tempe – la même qui palpitait quand je faisais quelque chose de vilain. Je mourrais d'envie de gifler cette expression sur son visage. *Comment oses-tu être en colère contre moi ? J'ai tout à fait le droit de te détester actuellement.*

— Tu ne m'as jamais dit ça, murmurai-je d'un ton dur. Tu

ne m'as jamais dit que j'étais comme mon père. Toute ma vie, tu m'as fait croire que j'étais bizarre à cause de mes goûts. Et tout ça parce que tu étais en colère contre lui. Quand tu me regardais lire ou dessiner, tu le voyais en moi. La seule raison pour laquelle tu voulais que je fasse de la mode, c'était parce que c'était quelque chose que *toi* tu aimais.

— Ne retourne pas la situation contre moi, Mina ! s'écria-t-elle. C'est *lui* qui nous a abandonnées et qui m'a laissée t'élever seule. J'ai fait de mon mieux avec ce que j'avais. Je t'ai fait faire des études et je t'ai laissé traîner dans cette librairie moisie que tu aimais plus que notre maison. J'ai fait tout ce que j'ai pu pour te donner la vie que je n'ai pas eue. Et là, tu reçois une lettre de lui après vingt-trois ans de silence et maintenant tu me détestes ?

— Tu ne crois pas que j'aurais aimé savoir que j'avais un père qui aimait lire ? Tu ne crois pas que j'aurais voulu avoir une sorte de lien avec lui ? Mais non, tu m'as fait croire qu'il était un affreux criminel juste pour que je le déteste autant que toi. Eh bien, félicitations, maman. Je le détestais, d'accord, mais pas autant que je me détestais moi-même !

— Mais c'était un *criminel* ! s'exclama-t-elle. Ce n'est pas parce qu'il a commis ses crimes avec de jolies images au lieu de drogues que c'était quelqu'un qui méritait d'avoir une place dans ta vie.

—J'ai vingt-trois ans. Tu n'as pas à prendre cette décision à ma place.

Et Morrie ne semblait pas te poser problème, alors qu'il a plus ou moins laissé entendre que sa fortune n'avait rien de légal. Un criminel riche et bien habillé reste un criminel.

Ma mère se tenait la tête entre ses mains et tout son corps tremblait.

— C'est exactement pour ça que j'espérais qu'il ne te contacterait jamais. Ne peux-tu pas simplement croire que je sais ce qui est le mieux pour toi ? N'essaie pas de voir ton père. Ne réponds pas à sa lettre. Si tu penses que tu te sens seule maintenant, attends de l'aimer et qu'il te quitte. Tu ne sais pas ce qu'est la solitude.

Je jetai un coup d'œil vers le plafond taché de paillettes. Il me fallut tout mon sang-froid pour ne pas lever les yeux au ciel.

— Je ne suis pas toi, Maman. Je ne vais pas m'effondrer à cause d'un mec. Je suis assez forte pour ne pas tomber dans ce piège, et tu devrais le savoir.

— Ah oui ? Alors pourquoi tu es revenue en rampant de New York pour que je m'occupe de toi ?

Je reculai, les joues en feu, comme si elle m'avait giflée.

— Je n'arrive pas à croire que tu aies dit ça. Je n'arrive pas à croire que tu viens de me balancer au visage le fait que *je devienne aveugle*.

— Très bien, renifla-t-elle. Fais ce que tu veux, Mina. Tu fais toujours ce que tu veux de toute façon. Après tout ce que j'ai sacrifié pour t'offrir une belle vie, retourne vers l'homme qui t'a abandonnée quand tu étais bébé. Mais ne viens pas pleurer sur mon épaule quand il te brisera le cœur.

— Ça me va, dis-je en me levant. Ne t'attends pas à ce que je revienne à la maison.

— Attends, Mina…

Ma mère m'attrapa le poignet. J'arrachai ma main à son étreinte, me précipitai dans le couloir et attrapai mon sac à dos. Il ne me fallut que deux minutes pour y glisser des vêtements propres, mon livre du moment, mon journal et mes billets pour le festival Jane Austen.

— Reviens. Tu ne sais pas qui il est, dans quoi tu pourrais t'embarquer…

— Évidemment que je ne le sais pas puisque tu refuses de me le dire. Tu m'as lancé un ultimatum. J'ai fait mon choix.

J'enfilai mes Docs et sortis sur le porche.

— Espèce de sale garce ingrate !

Ma mère me claqua la porte au nez.

Des larmes coulaient sur mes joues. Je me dirigeai vers le coin de la rue et appelai un covoiturage. *Va te faire foutre. Si tu ne veux pas me parler de mon père, très bien. J'ai résolu deux meurtres au cours des six dernières semaines. Je peux résoudre ce mystère aussi.*

9

J'étais encore furieuse à cause de la dispute de vendredi avec ma mère lorsque Heathcliff, Morrie, Lydia et moi approchâmes de Baddesley Hall en longeant une large avenue bordée de vieux chênes. Une nouvelle neige de Noël était tombée durant la nuit, recouvrant la vaste pelouse d'un tapis blanc. Je frissonnais dans mon manteau rouge, mon écharpe épaisse, mes deux paires de gants, mon pull en mérinos rouge, mon t-shirt fait maison « Jane Austen, c'est ma pote », ma mini-jupe écossaise en laine et mon legging doublé de polaire.

J'espère que cette grande maison ancienne est équipée d'un chauffage moderne.

— Tu aurais pu appeler une calèche, renifla Lydia en direction de Heathcliff alors que ses chaussures en soie s'enfonçaient dans la neige.

Même si elle se sentait à l'aise dans ses vêtements modernes, Lydia avait revêtu sa robe Empire et son bonnet pour l'occasion, avec en plus la veste en cuir de Morrie drapée sur ses épaules pour se protéger du froid.

— Tu aurais pu t'habiller en fonction de la météo, répliqua-t-il.

— Encore un kilomètre à faire, dis-je en claquant des dents.

Foutu covoitureur qui refuse de remonter l'allée à cause d'un peu de neige. Quelque chose de lourd retomba soudain sur mes épaules. Souriant avec gratitude, je resserrai le manteau de Heathcliff autour de moi et lui serrai la main. Même s'il affichait toujours un air maussade, il me serra contre lui, me permettant de me réchauffer contre la chaleur rassurante de son corps.

Oui, je pense que ce week-end pourrait être bénéfique pour nous tous.

Au bout de l'avenue, le grand et beau Baddesley Hall nous attendait. Adossée à une crête de collines boisées – les arbres désormais nus et scintillants de neige – la grande façade s'étirait en deux ailes hautes, flanquées de tourelles décoratives d'où flottaient des drapeaux à l'effigie de Jane Austen. Des colonnes élégantes encadraient un large escalier de marbre menant à des portes en bois à double hauteur, où une foule de personnes en costume d'époque se pressait, agitant la main tandis que des voitures et des calèches effectuaient un virage serré autour d'une grande fontaine.

Même Lydia était enthousiaste.

— C'est la plus belle maison que j'aie jamais vue. Je la trouve même plus belle que le Domaine de Pemberley de ce prétentieux de M. Darcy.

— Souviens-toi de ce que nous t'avons dit, précisa Morrie. Pour ce week-end, les invités croient que c'est *effectivement* Pemberley, qui n'a jamais réellement existé, sauf dans le livre. Il est très important que personne ne devine que tu es un personnage fictif qui a pris vie. Si tu peux tenir tout le week-end sans gâcher leur illusion, je te laisserai acheter ce sac à main Prada.

— Oui, oui, dit Lydia d'un ton contrarié, en se penchant sur le bras de Morrie. Je n'aime pas que vous me rappeliez constamment mon impermanence. Je suis venue pour danser, pas pour parler de livres !

Nous passâmes devant un parking réservé aux visiteurs sur la gauche. Un flot de personnes en tenue de style Régence contournaient la fontaine, indifférentes à la circulation, et se dirigeaient vers la maison. Le personnel embauché dans le village, en uniforme d'époque, s'affairait, récupérant les bagages et distribuant les clés des chambres.

— Vous voyez ? dit Lydia en désignant l'un des gardiens du parking, habillé en valet de chambre. Je vous avais dit que les grandes familles ne renonceraient jamais à leurs serviteurs.

Nous nous frayâmes un chemin à travers la foule et entrâmes dans le hall, encore plus grandiose que l'extérieur. Deux escaliers jumeaux descendaient en piqué de l'étage supérieur, encadrant une petite fontaine au centre de la pièce. Mes bottes claquetèrent sur le marbre alors que nous nous dirigions vers la réception bondée, admirant le décor et les tissus d'ameublement qui ornaient cet espace impressionnant.

Dans cette pièce élégante et aux proportions harmonieuses, les « ajouts » de Cynthia Lachlan se démarquaient comme une nonne à un concert des Clash. Un fauteuil à oreilles recouvert d'un tissu à imprimé léopard était posé sous l'une des fenêtres. Des magazines de mode s'empilaient sur la table de réception. Une lampe d'aspect industriel sur la table à cartes à côté. Un tapis d'une couleur rose criard délimitait un petit couloir. Mme Ellis m'avait dit que certaines personnes du village méprisaient Cynthia et Grey parce qu'ils étaient de nouveaux riches qui prétendaient être des aristocrates. En observant cette pièce, je compris un peu ce qu'ils voulaient dire. Mais en même temps, j'aimais que Cynthia s'amuse avec sa maison. C'était à cela que servait un foyer.

— Mina, je suis si heureuse que tu aies pu venir.

Je levai les yeux. Cynthia descendit les escaliers, vêtue d'une robe Empire lilas et d'un bonnet assorti orné de paillettes. Elle m'embrassa sur les joues et me fit la présenter à mes amis. Morrie et Lydia firent tous deux la révérence et la courbette habituelles de la Régence, mais Heathcliff se contenta de grogner en signe d'acquiescement. Mais, si Cynthia le remarqua, son étude minutieuse des muscles impressionnants de Heathcliff tendus contre sa chemise noire la convainquit d'ignorer sa grossièreté.

— J'ai fait préparer vos chambres, dit-elle en retirant un jeu de clés accroché au mur derrière la réception. Vous avez notre plus belle suite. Il ne serait pas convenable que nos VIP soient avec le reste de la populace...

Sa voix se brisa lorsque ses yeux s'attardèrent sur mon t-shirt.

— Vos costumes sont-ils dans vos sacs ? Vous n'avez pas beaucoup de temps pour vous changer avant la séance plénière d'ouverture.

— Pas de costumes ! aboya Heathcliff, se rapprochant de moi comme si mon corps pouvait le protéger des cravates rebelles.

Cynthia fronça les sourcils devant mon petit sac à dos couvert d'écussons de groupes de musique et le pantalon slim de Morrie.

— Non, non, ces tenues ne feront pas l'affaire, pas pour nos VIP. Ne vous inquiétez pas, nous passerons chez Adelia Maitland à Netherfield. C'est la boutique. Nous avons renommé toutes les pièces d'après les lieux célèbres des livres de Jane Austen, juste pour le week-end. N'est-ce pas fabuleux ?

— Comme c'est amusant ! s'exclama Lydia.

Cynthia rayonnait.

— Adelia vous trouvera la tenue parfaite.

— Mais je ne veux pas porter...

Les protestations de Heathcliff tombèrent dans l'oreille

d'une sourde alors que Cynthia nous guidait dans un large couloir et dans une immense salle de réception. Les gens allaient et venaient, examinant les étals qui bordaient les murs et s'étendaient au centre de cet espace caverneux. Des foules de femmes en chapeau parcouraient l'allée, tandis que d'autres dames costumées se tenaient derrière les étals, vendant de tout, des thés, des costumes, des bijoux, des éventails, des carnets en cuir, et même des ouvrages érotiques inspirés de Jane Austen auto-édités. Je souris en apercevant le titre du livre d'une femme : *Donnez-moi la fessée, M. Darcy*. Une longue file de clientes impatientes attendaient devant son étal.

Alors que nous passions devant, Lydia tendit la main pour attraper un exemplaire du livre érotique. Morrie lui tapa alors sur les doigts.

Nous nous arrêtâmes à un grand stand dans le coin. Les étagères regorgeaient de robes d'époque, de capes et de culottes. Une femme ronde aux joues sombres et coiffée d'un bonnet jaune qui lui donnait l'apparence d'un tournesol gonflé se précipita vers nous.

— Madame Maitland, ces personnes nécessitent une tenue appropriée, dit Cynthia. Ils auront deux tenues pour la journée et quelque chose de plus spectaculaire pour le bal. Veuillez vous en occuper et me facturer la location.

Mme Maitland fit une courte révérence.

— Comme vous voudrez, Madame.

Elle attrapa Heathcliff et lui tendit une veste.

— Vous. Mettez ça.

— Je préfère ma propre veste.

Heathcliff la regarda d'un air furieux en ôtant son manteau de mes épaules glacées et en le tenant devant sa poitrine comme un bouclier.

Imperturbable, Mme Maitland le lui arracha des mains et le jeta sur un tas de vêtements sales.

— Maintenant, vous allez porter ça.

— Tu étais au courant ? grogna Heathcliff, acceptant le manteau bleu rigide avec toute la terreur d'un soldat manipulant une grenade active.

Je souris.

— Peut-être un peu.

— Si tu danses avec moi, alors il faut que nous soyons assortis, dit Lydia en traînant Morrie vers l'un des autres portants avant de lui jeter des vêtements dessus.

Heathcliff arracha son haut, grommelant tout bas alors qu'il luttait avec le col de la chemise blanche que Mme Maitland lui tendait. Toutes les têtes féminines de la pièce se tournèrent pour admirer ses larges épaules, son torse musclé et ses abdos qui plongeaient sous la ceinture de son jean. J'en eus l'eau à la bouche et une pointe de désir me serra la poitrine. Par Astarté, même si je devenais aveugle demain, je ne pense pas que j'oublierais ce corps. Tout chez Heathcliff respirait le danger, la sauvagerie et la passion incontrôlée.

Mme Maitland m'éloigna de cette vue magnifique pour m'amener à un portemanteau, sortant robe après robe et les tenant devant mon visage.

— Non, pas la crème, ni la jaune, ni la bleue. Il te faut du rouge, avec tes cheveux et ton teint, me dit-elle d'une voix douce. Le rouge te convient ? À l'époque de la Régence, c'était une couleur principalement réservée aux femmes plus âgées, car le blanc et les couleurs pastel étaient à la mode chez les filles plus jeunes. Cette robe aurait été considérée comme assez audacieuse.

— Parfait, répondis-je en acceptant la robe en soie ornée de dentelle noire.

Mme Maitland tira un rideau pour révéler une petite cabine d'essayage. Je me glissai à l'intérieur, retirai mon t-shirt, mon pull et ma jupe (en gardant mon legging en polaire, car il faisait un froid glacial dans le hall) et j'enfilai le jupon. Mes dents claquaient. Les vêtements féminins de l'époque Régence n'étaient pas vraiment conçus pour protéger du froid.

J'enfilai la robe rouge. Elle s'ajustait parfaitement au jupon, me serrant juste en dessous des seins. Le décolleté plongeant rehaussait ma poitrine, me donnant enfin des formes flatteuses. Je me retournai, admirant la façon dont la jupe tourbillonnait autour de mes jambes.

Mme Maitland passa la tête à l'intérieur de la cabine et me tendit une robe rose poudré.

— La rouge sera parfaite pour le bal, et j'ai mis de côté des fleurs en soie assorties et un collier de perles pour tes cheveux. Voici tes gants et un éventail assorti, mais je ne pense pas que tu aies besoin de l'éventail par ce temps. Pour la journée, je te conseille cette robe plus simple.

Je n'étais pas fan du rose pastel, mais lorsque j'enfilai la robe en mousseline par-dessus ma tête et que j'arrangeai les manches bouffantes et le décolleté pour mettre en valeur le peu de poitrine que j'avais, je réalisai à quel point elle était jolie. Le rose mettait en valeur les teintes rougeâtres dans mes cheveux et la couleur de mes joues. Je glissai mon téléphone et la lettre de mon père dans mon décolleté et je souris à la fille dans le miroir.

— Je me sens prête à trouver un mari qui gagne au moins cinq mille livres par an.

— C'est tout à fait l'esprit.

Elle ouvrit le rideau et posa une paire de chaussures en soie sur le sol.

— Glisse tes pieds dedans et tu seras prête pour ton expérience Jane Austen.

Je grimaçai en enfilant les chaussons en soie. Ils étaient fins comme du papier et très fragiles. Alors que je me dirigeais vers le stand de Mme Maitland, chaque peluche sur le sol et chaque imperfection du marbre se révélait à travers les semelles fragiles.

Mes Docs me manquent déjà. Je ne suis vraiment pas faite pour être une dame de la Régence.

Je n'étais pas la seule à avoir du mal. Pendant que Lydia virevoltait dans une nouvelle robe crème avec un décolleté si plongeant qu'il détournerait certainement l'attention de mon choix de couleur « osée », les garçons apprenaient comment enfiler des collants. Morrie avait les siens enroulés autour de sa cheville, tandis que Heathcliff avait fait un nœud avec les siens et faisait semblant de se pendre avec. Derrière eux, un petit public de jeunes Janeites et une femme plus âgée aux cheveux poivre et sel assortis à sa robe de mousseline s'étouffaient de rire. Je reconnaissais le visage de la femme, mais impossible de me rappeler où je l'avais vue.

— Il faut les enrouler autour de vos doigts, comme ceci... fit Mme Maitland en guise de démonstration.

Heathcliff la copia et, maladroitement, enfonça ses pouces dans la soie, laissant deux trous béants.

Morrie, lui, avait compris le truc : il enroula les bas et parvint à montrer son entrejambe à Mme Maitland, probablement exprès. Elle ne détourna même pas le regard. Je supposais qu'avec son travail, elle voyait de tout.

— Ah oui, ils épousent vraiment toutes les formes.

Morrie fit une pirouette, vêtu uniquement de ses bas et d'une chemise noire à volants, dévoilant... eh bien... tout. Plusieurs membres de notre public gloussèrent et détournèrent timidement le regard.

— Je ressens une agréable sensation de soutien et de sécurité, dit-il.

— Avant de vous pavaner, il faudra faire ajuster votre culotte.

Mme Maitland le ramena dans les profondeurs de sa boutique et le public poussa un soupir de déception.

— Doux Jésus, dit la femme âgée. Il risque d'avoir un carnet de bal bien rempli.

— Je suis désolée pour mes amis, lui dis-je. Ils ne font pas exprès d'être si… dévergondés.

— Mais non, me répondit-elle en souriant. C'est bien de voir des jeunes apprécier Jane Austen, même s'ils ont besoin de quelques leçons de bienséance. Honnêtement, je trouve moi-même les costumes obligatoires un peu ridicules, mais je ne peux pas nier que les organisateurs ont mis sur pied un événement spectaculaire.

— Est-ce votre premier événement Jane Austen ? demandai-je.

— Mon Dieu, non. Je suis la professeure Michaela Carmichael. Je vais donner cet après-midi une conférence sur la médecine et les cosmétiques dans les romans de Jane Austen.

— Ah oui.

Je me souvins où j'avais déjà vu son visage : sa photo figurait dans la brochure parmi les spécialistes invités.

— Vous êtes la médecin qui est devenue Janeite. Vous avez écrit un livre célèbre sur les pratiques médicales de la Régence.

— Je ne dirais pas *célèbre*, dit-elle en faisant un geste dédaigneux du poignet. Mes droits d'auteur suffiraient à peine à acheter des bonnets et des bonbons à l'une des filles Bennet. Les gens préfèrent de loin lire les livres de James Patterson ou les romans érotiques inspirés de Jane Austen que n'importe quel texte universitaire sérieux.

— Je travaille dans une librairie. Je vois très bien de quoi vous parlez, dis-je en souriant.

Je repensai à la grande pile de livres de James Patterson que nous devions envoyer au recyclage chaque mois parce que nous en avions reçus plus que nous ne pourrions jamais espérer en vendre.

— Cela doit quand même être agréable d'être entourée de toutes ces Janeites qui vous adorent. Je parie que tout le monde dans cette salle est impatient d'assister à votre conférence.

— Oh, je ne dirais pas ça, dit-elle d'un ton glacial. Ils sont surtout là pour voir le *célèbre et beau* professeur Julius Hathaway.

—Je comprends. C'est l'universitaire qui a découvert le lien entre Jane Austen et Baddesley Hall. Les commerçants locaux veulent le remercier pour tout le commerce supplémentaire qu'il apporte au village avec le festival annuel. Et puis, je suppose qu'on est toujours sûr d'attirer la foule avec une conférence sur le sexe et la sensualité dans les romans de l'époque de la Régence, même si l'on est un universitaire et non un romancier érotique.

Je me souvenais du sujet de la conférence du professeur Hathaway uniquement parce qu'il avait déclenché une tirade de Heathcliff sur la frivolité des romans d'Austen, qui comprenait au moins trois jurons que je n'avais jamais entendus auparavant.

— Je ne qualifierais pas Hathaway d'*universitaire*, dit la professeure Carmichael, se raidissant. Ses livres flattent les goûts populaires. Et entre nous, cet homme serait la dernière personne au monde que je voudrais écouter sur des questions de sensualité. Mais ne dites pas que c'est moi qui vous l'ai dit.

—Pourquoi ?

J'ignorais totalement que les universitaires étaient si enclins aux commérages.

— Loin de moi l'idée de dire du mal d'un collègue, commença-t-elle, ses yeux s'illuminant, comme si c'était précisément ce qu'elle avait l'intention de faire. Mais le professeur Hathaway a un passé quelque peu sordide. Sa défunte épouse, qu'elle repose en paix, se retournerait dans sa tombe en apprenant qu'il a dû quitter son poste à Oxford après avoir couché avec l'une de ses étudiantes de premier cycle.

— Doux Jésus ! haletai-je, imitant à la perfection la réaction d'un personnage d'Austen face à une nouvelle aussi scandaleuse.

Je me souvins alors que j'avais un éventail et je le portai à mon visage pour exprimer ma surprise.

— En effet, dit la professeure Carmichael en hochant la tête vers mon éventail, reconnaissant ma plaisanterie. Sa femme est morte d'une maladie osseuse héréditaire agressive alors que leur fille était très jeune, et son lit n'a jamais été froid depuis. Je ferais attention si j'étais vous. Il a un faible pour les jeunes et jolies femmes aux manières de l'époque de la Régence et au peu de bon sens, et il est extrêmement charismatique et manipulateur. On murmure bien des histoires sur des comportements inappropriés lors de ces événements austeniens et sur des jeunes femmes quittant sa suite en larmes.

— Je ne sais peut-être pas nouer un bonnet, dis-je, la voix chargée de rancune, mais j'ai assez de bon sens pour ne pas me laisser séduire par un Don Juan vieillissant.

— Oh, bien sûr. Toutes mes excuses, mais je faisais référence à votre amie.

La professeure Carmichael désigna Lydia, qui pourchassait Morrie à travers la foule, lui criant de mettre son pantalon. J'acquiesçai.

— Vous avez raison. Si Hathaway est aussi mauvais que vous le dites... c'est un abus de pouvoir. Pourquoi personne ne le dénonce ?

— Quelques âmes courageuses ont essayé, mais il est très apprécié dans la communauté Jane Austen, et il sait comment retourner la situation et se faire passer pour une victime. Il se prend pour un beau Bingley ou Darcy, dansant avec toutes les filles et laissant une traînée de cœurs brisés dans son sillage. En réalité, il est pire que Wickham. Hathaway passe plus de temps à courir les jupons qu'à travailler sérieusement. C'est peut-être pour cela que son récent livre, *Chasteté et Sensualité*, a été si vivement critiqué.

— Vraiment ?

— Oh, oui. En dehors des cercles d'Austen, il est un peu la risée de tous. Ses travaux universitaires sont souvent puérils et pleins de lacunes, mais ce dernier ouvrage est particulièrement absurde, dit la professeure Carmichael en désignant la boutique. Mais je vous monopolise. Il semble qu'au moins deux de vos prétendants soient maintenant correctement vêtus. Ce fut un plaisir de vous rencontrer, Mina Wilde. J'espère vous voir à ma conférence.

Je jetai un coup d'œil à l'endroit où Lydia et Morrie dansaient au milieu de l'allée, tandis que l'orchestre à cordes dans le coin jouait une version Régence du dernier tube de Lady Gaga. Morrie ne portait toujours que ses collants et sa chemise. De jeunes femmes en bonnets se pressaient autour de lui, applaudissant avec joie tandis que Lydia essayait de lui pincer les fesses. Derrière eux, un groupe de dames plus âgées chuchotaient avec désapprobation devant ce spectacle.

Nous ne sommes même pas encore arrivés dans nos chambres que nous sommes déjà plus scandaleux que les Bennet au bal de Netherfield. Ça va être un week-end intéressant.

— Je ne manquerais ça pour rien au monde, répondis-je.

— J'espère que vous viendrez avec vos charmants amis, dit la professeure Carmichael en faisant une révérence. J'aurais au moins quatre personnes dans mon public.

— Vous savez quoi, je vous trouve un public si vous me cédez une part de vos droits d'auteure.

Elle s'esclaffa.

— Et si je vous offrais plutôt un verre demain soir au bal ? Vous y trouverez plus votre compte.

— Marché conclu.

Je lui rendis sa révérence, trébuchant presque à cause de mes chaussures ridicules.

— Et restez loin d'Hathaway !

Après un dernier signe de la main, la professeure disparut dans la foule.

IO

Une demi-heure et cinq paires de collants plus tard, Heathcliff et Morrie étaient correctement chaussés, ceinturés et cravatés. Ils étaient superbes, même si Heathcliff n'arrêtait pas de se gratter, et que la voix de Morrie avait monté d'une demi-octave à cause des collants trop serrés.

La performance de Lydia lui avait valu une foule d'admirateurs. Les jeunes filles lui faisaient des courbettes, excitées à l'idée de faire la connaissance de cette mondaine grégaire qui faisait rapidement parler d'elle. Mais son attention se portait plutôt sur trois étudiants diplômés, vêtus de la livrée rouge des officiers, qui rivalisaient pour attirer son attention et prenaient rendez-vous avec elle pour qu'elle s'assoie à leur table au petit-déjeuner. Lydia Bennet était dans son élément.

Après avoir arraché Lydia à son petit groupe, nous nous présentâmes à Cynthia, qui nous trouva convenablement habillés. Enfin, elle nous conduisit en haut du grand escalier et tout au bout d'un couloir lambrissé de couleur crème.

— Voici vos chambres.

J'inspirai profondément en entrant dans la suite extravagante. Un lit à baldaquin recouvert de draps roses et or et drapé de rideaux assortis se dressait sur un socle surélevé au centre de la pièce. De délicats paravents dans le coin entouraient une baignoire victorienne sur pieds, placée sous une fenêtre donnant sur l'allée principale et les parterres. Une alcôve sur la droite menait à un bureau haut de plafond et à une somptueuse salle de bains décorée de marbre blanc et doré.

— Voici la deuxième chambre.

Cynthia poussa une porte derrière le lit, révélant une deuxième pièce à l'agencement similaire, décorée de bleu sarcelle et d'or. Un ensemble de fauteuils et de canapés était disposé autour de la haute fenêtre donnant sur le parc. Sur la table devant se trouvaient une bouteille de champagne dans un seau en argent et un plateau de chocolats raffinés.

— Voici quelques gourmandises de notre part. Grey est désolé de ne pas avoir pu être là pour vous accueillir en personne. Ils poursuivent le développement de King's Copse, et il est sur place à toute heure pour essayer d'en faire le plus possible avant que la météo ne devienne complètement épouvantable.

— Dites-lui que nous serons heureux de lui sauver la mise à tout moment.

Morrie était déjà en train de déboucher la bouteille de champagne.

— Espérons que nous n'en arrivions pas là, dit Cynthia avant de leur tendre quatre cordons. Voici vos badges pour le week-end. Portez-les en permanence pour pouvoir accéder aux événements, sauf au bal. Vous trouverez des bracelets à ruban à l'intérieur pour cela – nous ne pouvons pas laisser ces horribles choses gâcher nos tenues ! Si vous avez besoin de quoi que ce soit, adressez-vous à l'un des membres du personnel et il satisfera tous vos désirs. Passez un moment Austentacieux !

Cynthia partit dans un tourbillon de parfum. Dès qu'elle fut hors de vue, Heathcliff desserra sa cravate. Je retirai mes chaussons de soie et enfilai mes Docs.

Ah, le confort, comme tu m'as manqué.

— Les Lachlan se surpassent pour nous offrir un traitement de star, dit Morrie en me tendant une coupe de champagne.

Je remarquai qu'il n'était pas pressé d'enlever sa tenue. Heathcliff était déjà en train de boire goulûment à sa flasque tout en piétinant sa cravate.

— Tant mieux. D'après votre petite performance en bas, j'imagine que cette suite va vite être remplie par les admirateurs de Lydia.

— Peut-être était-ce mon plan depuis le début, détourner son attention de mon propre corps fragile... en parlant de cette petite peste, dit Morrie en levant un troisième verre. Lydia, où es-tu ?

Lydia passa la tête par la porte.

— J'ai décidé que Lord Moriarty et moi prendrions la chambre rose avec le plus grand lit. Il convient mieux à mon teint.

La main de Morrie se figea.

— Nous ne partagerons pas de lit.

— Nous sommes quatre, et il n'y a que deux lits, fit remarquer Lydia. Comment proposes-tu que nous nous arrangions autrement ? À moins, peut-être, que tu ne sois le genre d'homme qui ne dort pas, car il reste éveillé toute la nuit pour s'acquitter de ses devoirs amoureux ?

— Je ne vois pas de quoi tu parles, dit Morrie d'un ton prudent.

— Espèce de sot ! Je veux dire que si tu ne partages pas mon lit, alors où dormiras-tu ? demanda Lydia avant de lâcher un rire aigu qui résonna dans la pièce. Tu ne peux tout de même pas partager le lit de Mina et Heathcliff. Qu'est-ce que les gens diraient ?

— Les gens ne diraient rien, parce que tu ne leur dirais rien, grogna Heathcliff. Notre façon de dormir ne les regarde pas.

— Et je suppose que votre véritable identité ne les regarde pas non plus ? demanda doucement Lydia, les yeux pétillants de malice.

Je jetai un coup d'œil à Morrie et Heathcliff, et lus tout ce que j'avais besoin de savoir sur leurs mines prudentes. La présence de Lydia avait mis en évidence un défaut majeur dans leur opération : leur honnêteté entre les mains du mauvais personnage de livre pourrait entraîner leur perte.

J'avais supposé que nous partagerions tous les trois le même lit et laisserions Lydia seule, mais je réalisai que même si Lydia était séductrice, elle ne réagirait sans doute pas bien à l'idée qu'une femme ait de multiples partenaires. Et si Lydia choisissait de rendre ses opinions publiques ou de se donner en spectacle, comme elle semblait encline à le faire, elle pourrait nous causer de gros ennuis à tous.

Je soupirai. *Peut-être y a-t-il un moyen de résoudre cela selon les conditions de Lydia ?*

— Aucun de nous n'est marié, Lydia. Ce ne serait pas convenable. Pense à ce que ton pauvre père dirait !

Elle frappa du pied.

— Au diable leur apparat et leur bienséance. Il y a le féminisme maintenant, tu me l'as dit. Et ils ne sont pas là ! Je ne les reverrai jamais.

— Quoi qu'il en soit, si tu partages ton lit avec Morrie, la rumeur se répandra que tu es engagée envers lui, et tes trois prétendants perdront rapidement tout intérêt. La clé est de susciter la jalousie, mais pas de les dissuader complètement.

— Oui, je suppose que c'est logique.

Ah, je l'ai eue.

— Toi et moi partagerons la chambre rose, et les garçons auront cette chambre.

Lydia tressaillit.

— Quoi ? demandai-je. Qu'est-ce qui ne va pas avec cette idée ?

— Deux femmes qui partagent une chambre ? Les gens ne vont-ils pas faire des commérages ?

— Exactement, dis-je en souriant.

Un lent sourire étira les lèvres de Lydia alors qu'elle réfléchissait à mes paroles.

— Oh, j'adore votre siècle !

Elle avala son champagne d'une traite et tendit son verre pour qu'on la resserve.

II

À eux deux, Morrie et Lydia finirent le reste du champagne, et nous nous séparâmes pour ranger nos affaires et nous préparer pour le programme de la journée. Je pris un moment pour envoyer un texto à Quoth et lui demander comment se passait sa journée. Un instant plus tard, mon téléphone vibra.

> *« Le premier client d'aujourd'hui a demandé un livre intitulé Loin de la foule déraillée. Il s'est mis en colère quand j'ai essayé de lui dire que le titre était en fait Loin de la foule déchaînée, et a insisté pour le prononcer incorrectement même quand je lui ai présenté la couverture du livre comme preuve. Il n'est même pas encore onze heures du matin et j'ai déjà envie de déféquer sur les gens. J'ai peur d'être devenu comme Heathcliff. »*

Retenant un fou rire, je lui renvoyai un texto pour lui dire à quel point il me manquait déjà.

Une fois que Lydia m'eut raccommodé mon bonnet et montré comment porter un manchon correctement, nous rejoignîmes Heathcliff et Morrie dans le couloir. Ils ne pouvaient pas être plus différents l'un de l'autre. Avec son col rigide et sa chemise noire, Morrie avait un air de clerc, ce qui était hilarant étant donné sa personnalité. Ses yeux d'un bleu glacé scrutaient ma tenue avec une attention intense qui, s'il avait été un vrai prêtre de la Régence, l'aurait fait excommunier sur-le-champ. Je ne pouvais m'empêcher de penser que tout ce noir serait également du plus bel effet sur Quoth.

La coupe militaire du manteau de Heathcliff mettait parfaitement en valeur son physique, attirant l'attention sur ses larges épaules et sa taille fine. Ses cheveux sauvages pendaient librement autour de son visage, la fine barbe de trois jours le long de son menton qu'il refusait de raser et la lueur dans ses yeux sombres lui donnaient un air dangereux. Ses boutons de bronze brillaient, et une mince épée pendait le long de ses jambes.

— Je croyais que Victoria avait ton épée ? demandai-je en touchant la garde élaborée.

— C'est une épée de rechange.

— Une épée de rechange ? Au cas où tu aurais plus de personnes à poignarder que d'armes à disposition ?

Heathcliff était sur le point de répondre, mais Lydia contourna Morrie, le traînant vers l'escalier.

— Vite ! Mon nouvel ami David me garde une place.

J'enroulai mon bras autour de celui de Heathcliff.

— Direction Pemberley !

Conformément à sa promesse de donner aux salles de l'événement des noms de lieux célèbres tirés des livres, Cynthia avait baptisé la grande salle de bal Pemberley. Elle était située à l'arrière du hall d'entrée, accessible par un large couloir entre les escaliers qui menaient à une antichambre en marbre (Uppercross) où se trouvaient les rafraîchissements et les goodies. De chaque côté du hall d'entrée se trouvaient deux salons qui devaient être utilisés pour les ateliers plus petits – Northanger Abbey et Mansfield Park, et juste à côté de Mansfield Park se trouvait Netherfield, que nous avions déjà eu l'occasion de visiter.

Nous suivîmes le cortège de personnes costumées jusqu'à Uppercross, où nous attendîmes que les portes de la grande salle de bal s'ouvrent. Pendant que Lydia entraînait Morrie pour faire des photos, Heathcliff et moi fîmes le tour de la salle (principalement pour profiter de la nourriture proposée). Une rangée de fenêtres hautes et étroites sur un côté laissait entrer la lumière vive des pelouses enneigées à l'extérieur.

Bien que majestueux dans ses proportions et sa décoration – le haut plafond arborait une peinture murale d'oiseaux chanteurs perchés parmi des vignes dorées – Uppercross portait davantage les touches de l'éclectisme de Cynthia en matière de décoration intérieure, avec quelques choix de meubles étranges. Des portraits dorés étaient accrochés aux murs, et des plaques à côté de chacun décrivaient les exploits de son sujet. C'est là que l'héritage anglais s'arrêtait et que le clinquant débutait. Un énorme foyer en pierre doré à l'or fin dominait l'un des murs. Il reflétait la lumière des immenses lustres en cristal. Devant le feu, sur un tapis crème à poils longs, se trouvait un fauteuil à oreilles rouge cerise vif, dont les ailes surdimensionnées pointaient vers le plafond comme si celui-ci espérait s'envoler et rejoindre les oiseaux.

— Tu crois que tout le monde dans cette pièce a le pantalon qui lui rentre dans les fesses ? marmonna Heathcliff à voix basse. Ou juste moi ?

— Au moins sept personnes m'ont regardée de travers parce que je portais mes Docs sous ma robe, ajoutai-je. On forme une sacrée paire.

— Tant que tu es aussi misérable que moi, murmura-t-il en retour, ce week-end ne sera pas complètement pourri.

— Tu veux qu'on remplisse nos poches de petits sandwichs ? demandai-je.

— Oh que oui, bon sang.

Heathcliff et moi nous dirigeâmes vers le buffet. Je remplis la poche avant de mon sac à main de mouchoirs en papier et y déposai plusieurs sandwichs et quatre tranches de brownie. Pendant ce temps, Heathcliff fourrait des macarons dans ses manches. Tout autour de moi, les conversations battaient leur plein, allant de l'exactitude historique des adaptations cinématographiques à des parties de « *fuck, marry, kill* *» avec leurs personnages masculins préférés. Des colliers en or scintillaient autour des gorges nues et des boucles d'oreilles en perles pendaient à chaque lobe.

Le Voleur de Bijoux d'Argleton pourrait être dans cette pièce en ce moment même, évaluant sa prochaine victime.

— ... le vieux Don Juan est de retour. Il me dégoûte.

Mes oreilles se dressèrent en entendant la professeure Carmichael. Elle se trouvait de l'autre côté de la table, la tête baissée, et parlait à une jeune femme asiatique vêtue d'une robe en mousseline bleu vif et d'un collier de perles colorées. Toutes deux froncèrent les sourcils en apercevant un homme blond au bout de la table. Il nous tournait le dos, mais à la façon dont il se penchait sans cesse pour toucher le bras d'une jeune Janeite et lui enlever une boucle rebelle du visage, je sus que j'avais devant moi le tristement célèbre professeur Hathaway.

De plus en plus curieuse, je me rapprochai de la professeure Carmichael et de l'autre femme. Je tendis ma main au-dessus d'un plateau de bonbons et de tranches de gâteau, faisant semblant d'hésiter entre le cupcake au chocolat rouge et la

____

* Le but de ce jeu est de choisir qui, entre plusieurs personnages de fiction ou célébrités, serait celui ou celle avec qui l'on souhaiterait avoir une aventure d'un soir, celui ou celle qu'on épouserait et celui ou celle que l'on tuerait.

mini-tarte au citron (en réalité, j'en avais quatre de chaque emballés dans mon sac à main).

— ... c'est la goutte d'eau qui fait déborder le vase, siffla la professeure Carmichael à son amie.

D'ici, je pouvais voir qu'il s'agissait d'une femme menue, aux pommettes saillantes et au menton affirmé, dont les traits coréens étaient mis en valeur par une robe simple qui sublimait parfaitement sa peau diaphane.

— Il paiera pour ce qu'il a fait. Je ne resterai pas les bras croisés plus longtemps. Je ne sais même pas si je peux attendre que votre article sorte.

— Vous êtes sûre ? dit l'autre femme en se penchant vers la professeure. Si vous rendez ces informations publiques, votre réputation sera en jeu. Vous savez comment se passent ces choses-là généralement. Ils diront que vous êtes jalouse de son succès, que vous essayez de salir sa réputation. Si vous pouviez faire parler une victime, ce serait mieux, mais même dans ce cas, c'est un gros risque.

— J'ai contacté toutes les personnes que je pouvais, mais personne ne veut témoigner contre lui, pour toutes les raisons que vous avez énoncées. Si je dois être la porte-parole qu'il en soit ainsi. Les preuves que j'ai à présenter sont scientifiquement indéniables...

Avant que j'aie eu le temps de me demander de quoi elles parlaient, les portes s'ouvrirent et la foule se précipita dans la salle de bal. Heathcliff et moi fûmes emportés par le mouvement. Pas moins de trois femmes me foudroyèrent du regard lorsque mes Docs écrasèrent leurs délicates pantoufles.

Heathcliff choisit des sièges au fond de la salle. Je plissai les yeux vers la scène, incapable de lire les mots sur le projecteur à cette distance. Je me levai pour avancer, mais Lydia traîna un Morrie à l'air abattu jusqu'à notre rangée et le planta à côté de moi. Un de ses nouveaux admirateurs la suivit et prit place à l'extrémité de notre groupe. Nous étions désormais piégés. Je me rassis.

— Je vous présente mon nouvel ami, David Winter, dit Lydia en cambrant le dos pour que son décolleté soit dans le champ de vision de ce dernier. David est étudiant diplômé et assistant personnel du grand professeur Hathaway. Il est aussi, m'a-t-on dit, un peu démoniaque sur la piste de danse.

— Enchantée, David.

Je tendis la main pour serrer la sienne. Je rougis lorsqu'il retourna ma main, la porta à ses lèvres et déposa un léger baiser sur le dessus de mes doigts. Il prenait vraiment les manières de l'époque de la Régence très au sérieux.

— Qu'est-ce que tu étudies ?

— L'histoire. Ma thèse porte sur la monnaie et les unités de mesure en Angleterre à l'époque de la Régence.

Son visage s'illumina, comme si l'idée de regarder de vieilles pièces de monnaie était excitante ou quelque chose du genre.

— À vrai dire, je donne une conférence sur le sujet cet après-midi, à Mansfield Park, si vous souhaitez en apprendre davantage sur le monde fascinant de la numismatique. C'est ainsi que nous appelons l'étude de la monnaie...

— Oui, oui, dit Lydia en agitant la main devant son visage. Bien que je sois sûre que c'est *très* fascinant, ce qui intéresse vraiment Mina et moi, c'est de trouver des partenaires pour le bal. Je suis une danseuse très accomplie et j'ai besoin de quelqu'un qui puisse suivre le rythme, alors que le manque total de grâce et de raffinement de Mina devra être tempéré par un partenaire expérimenté, et son Heathcliff n'est pas à la hauteur.

— Ce n'est pas vrai du tout..., commençai-je, mais mon coude fit tomber mon sac à main du bout de ma chaise, et Lydia me fit un sourire triomphant.

— Tu dois me réserver une danse, Lydia.

Les yeux de David se dirigèrent vers l'avant de la salle, où ils se posèrent sur une silhouette mince et blonde qui discutait avec quelques-uns des universitaires plus âgés, sur le côté de la scène.

— Cependant, je suis désolé d'annoncer à Mina que je suis pris pour le reste du bal. Je danserai la plupart des danses avec Christina...

— Mais bien sûr. Mina s'en fiche, n'est-ce pas, Mina ? Elle ne sait même pas danser. Alors que moi, je danse pratiquement depuis que je sais marcher...

David hocha la tête pendant que Lydia bavardait, les yeux rivés sur la tête de la blonde. *Il est fou d'elle. Qui que soit cette blonde, j'espère pour son bien qu'elle s'intéresse un peu à la monnaie.*

À côté de moi, Heathcliff se pencha.

— Dommage que tu n'aies pas mis de pièces en chocolat dans ton sac à main, chuchota-t-il. Tu serais obligée de le repousser avec un bâton.

Je me mis à rire.

Lydia fronça les sourcils en voyant la manche de Heathcliff.

— Qu'est-ce que tu as sur ta manche ?

— Des miettes de macaron ? dit Heathcliff en jetant quatre biscuits légèrement écrasés sur ses genoux. Tu en veux un ?

— Je préfèrerais qu'on me fracasse la tête plutôt que de manger quelque chose qui se trouve dans ta manche.

— On peut s'occuper de ça.

Je fis signe à la professeure Carmichael alors qu'elle s'avançait pour s'asseoir au premier rang. La Coréenne à qui elle parlait s'installa sur un siège juste devant moi. Sa robe bleue audacieuse se démarquait des couleurs pastel. Elle sortit un bloc-notes aux couleurs de l'arc-en-ciel et installa une application dictaphone sur son téléphone. D'après la conversation que j'avais entendue plus tôt, je compris qu'elle n'était pas une grande fan d'Hathaway, ce qui laissait deux options possibles : universitaire ou journaliste.

Après quelques instants, Cynthia monta sur scène et tapota sur le micro pour attirer l'attention de tout le monde.

— Bienvenue aux universitaires et aux créateurs, mesdames et messieurs, aux Janeites et leurs partenaires qui souffrent depuis longtemps, à la première édition annuelle de l'Expérience Jane Austen ici à Baddesley Hall. Je sais que vous êtes tous impatients de découvrir une belle demeure où Jane elle-même a passé un Noël magique avec ses amis. Ici, elle a dansé, dîné et joué du pianoforte après le petit-déjeuner, bien que jamais en société...

Des rires étouffés résonnèrent dans la salle.

— C'est une référence à la biographie de sa nièce Caroline Austen, entendis-je Mme Maitland expliquer à son amie coiffée d'un bonnet, deux rangées devant nous. Jane a été initiée au piano à l'école Abbey, à l'âge de neuf ans. Caroline a alors dit : « Tante Jane commençait sa journée par de la musique, bien qu'elle n'ait personne pour lui enseigner ; elle n'a jamais été encouragée à jouer en société ; et aucun membre de sa famille ne s'y intéressait beaucoup. »

À côté de moi, Heathcliff gémit. Je lui donnai un coup de coude.

— Buvons un coup chaque fois que quelqu'un fait une référence obscure, chuchotai-je.

— Quoi, pour s'effondrer avant l'heure du déjeuner ? renifla-t-il. Laisse-moi au moins survivre jusqu'à ce que je puisse retirer ces collants de mon cul...

— Chut ! siffla Lydia.

Cynthia continua.

— ... peut-être a-t-elle même écrit quelques pages sous ce même toit. Mon équipe et moi avons fait tout notre possible pour recréer un événement magique de la Régence, avec des conférences sur tous les aspects du monde de Jane Austen, des ateliers d'artisanat, une promenade en costume et, bien sûr, le bal de demain soir.

À la mention du bal, le public applaudit. Heathcliff me chuchota à l'oreille :

— On pourrait boire chaque fois que les gens applaudissent pour des choses qui ne méritent pas d'être applaudies.

— À ce rythme-là, on sera bourrés avant la fin de la conférence.

Les applaudissements s'estompèrent et Cynthia balaya la scène d'un geste théâtral.

— J'ai le plaisir d'ouvrir notre événement en invitant notre invité d'honneur à présenter sa conférence primée sur le sexe et la sensualité dans les œuvres de Jane Austen. Veuillez accueillir sur scène le professeur Julius Hathaway.

Une musique de piano entraînante jouée par un groupe dans le coin retentit alors que l'homme que j'avais remarqué plus tôt s'avançait d'un pas assuré sur scène, escorté par la blonde qui intéressait David. Pas étonnant qu'il ne se soit pas laissé impressionner par la poitrine généreuse de Lydia. De face, je pus voir à quel point la fille était jolie. Elle avait une silhouette faite pour les robes à taille Empire. Ses cheveux blonds étaient coiffés en chignon avec des boucles qui lui allaient à ravir, et un soupçon de rouge à lèvres colorait ses lèvres pulpeuses.

Elle avait la même structure faciale et la même couleur de cheveux que le professeur Hathaway, qui avait une chevelure blond paille et des yeux brillants et intelligents. Était-ce sa fille ? Sa nièce ? Une étrange coïncidence ?

Les paroles du professeur Carmichael tournaient en boucle dans mon esprit alors que je regardais le célèbre historien monter sur scène. Le professeur semblait grandir à mesure que les applaudissements se faisaient entendre. Lorsqu'il atteignit le podium, il arborait un sourire si suffisant qu'il aurait pu faire de l'ombre à Morrie.

— Merci, dit-il en souriant à la foule.

Évidemment, il avait l'une de ces voix snobs d'Oxbridge. Il passa une main dans ses cheveux blonds et mélangea ses notes, et pendant un moment je compris pourquoi il avait le pouvoir de séduire les jeunes femmes. L'intelligence combinée à une arrogance hautaine et une voix rauque faisait facilement fondre un certain type de femme (c'est-à-dire moi). C'était la raison pour laquelle je me retrouvais sans cesse dans le lit de Morrie, même si tout indiquait qu'il était un connard inaccessible sur le plan émotionnel.

— Je dirais que c'est un plaisir d'être ici, mais en réalité, le plaisir est entièrement vôtre.

Les femmes dans la foule gloussèrent. Évidemment. Heathcliff fit semblant de se pendre, et j'étouffai un rire alors qu'une femme deux rangées plus haut nous lançait un regard noir.

Le professeur Hathaway se lança dans une conférence obscène et hilarante, qui consistait principalement à sortir de leur contexte des dialogues tirés des livres et à faire des remarques suggestives sur la taille des seins de Jane Austen. Son discours était un tel triomphe d'esprit et de charisme que je doutais que quiconque dans la salle ait remarqué à quel point il n'avait que peu de connaissances.

Tous, sauf une personne. Après que le professeur Hathaway eut mentionné son nom pour la énième fois, Lydia se pencha vers moi.

— Pour qui se prend-il, ce monsieur ? chuchota-t-elle. Pourquoi n'arrête-t-il pas de parler de moi comme si j'étais une espèce de chien enragé ?

— C'est un historien renommé et un spécialiste d'Austen. Il croit en savoir plus que toi sur tes habitudes. Il a même écrit un livre sur toi.

— Mais c'est ridicule, sinon il ne m'aurait pas traitée de « catin qui miaule » ! s'écria Lydia. Je suis très offensée. J'ai une voix douce et agréable ! J'ai bien envie de me lever et de lui dire ce que je pense.

Désormais, de plus en plus de têtes se tournaient pour nous regarder d'un air renfrogné.

Morrie leva la main.

— Si tu fais ça, tu risques de tous nous exposer. N'oublie pas que personne ne doit savoir que tu es la vraie Lydia Bennet. Maintenant, assieds-toi et reste *silencieuse*. Sinon, nous t'enverrons le professeur Hathaway. J'ai entendu dire qu'il avait la réputation d'aimer les jeunes femmes.

— Ah oui ? dit Lydia, regardant le professeur avec intérêt, oubliant son indignation. Il est terriblement riche.

— Morrie, ne plaisante même pas avec ça, répliquai-je. Si ce qu'on dit de cet homme est vrai, il abuse de son pouvoir et harcèle sexuellement les jeunes femmes. Ce n'est pas drôle.

— Ce qui est drôle, c'est qu'un homme aussi vieux puisse encore être assez dur pour faire tout ce dont on l'accuse, songea Morrie, la voix un peu trop forte à mon goût.

— Il n'est pas si vieux que ça. Il a seulement la cinquantaine...

— Si, il l'est, renchérit Morrie. Il a l'air d'avoir l'âge parfait pour Jane Austen elle-même, et elle est *morte*.

— J'ai entendu de source sûre qu'il est fan de petites pilules bleues, intervint une voix inconnue.

Je me retournai pour croiser le regard perçant de la Coréenne. De près, je pouvais voir qu'elle avait l'un de ces visages à la symétrie saisissante et aux pommettes intenses qui faisaient s'arrêter les hommes sur leur passage. Elle serrait son téléphone dans sa main et le dictaphone continuait d'enregistrer. Les pages de son carnet ouvert étaient déjà remplies de gribouillis. Autour de son cou, elle portait son badge et un appareil photo que je reconnus comme étant le même modèle que celui que mon amie Ashley utilisait pour prendre ses selfies sur les réseaux sociaux.

Je reniflai.

— Ça ne me surprend pas.

— Je n'arrive pas à croire que je dois m'asseoir ici et écouter cet homme qui gaspille de l'oxygène parler.

Elle fit tourner son tour de cou pour me montrer ses accréditations de presse. Alice Yo – elle était avec le *Custodian*, un site d'information en ligne célèbre pour son journalisme primé. Ils avaient déjà fait un reportage sur les mannequins transgenres qui avait failli faire dérailler la Fashion Week de Paris.

J'étirai la jambe et soulevai l'ourlet de ma jupe pour lui montrer mes bottes.

— Ce n'est pas vraiment mon genre non plus, dis-je en souriant. Je suis bien plus à l'aise avec des bottes qu'avec des bonnets. Tu veux un sandwich ?

Je tendis mon sac à main. Alice secoua la tête en souriant et me montra la poche de sa veste, également remplie de serviettes de table et d'une variété d'aliments.

— Au moins, la nourriture est correcte.

Alice leva les yeux au ciel.

— C'est une bonne chose, car mon frigo est complètement vide. Peut-être que ça pourrait être mon titre : LES JANEITES N'ONT QU'À MANGER DE LA BRIOCHE. Mon patron n'avait même pas d'approche pour cet article. Il veut juste que j'écrive un papier sur ces pauvres vieilles filles et ces LARPeurs* vierges. J'ai été dans des zones de guerre et j'ai couvert la politique internationale, mais j'ai dû accepter parce que j'ai besoin de ce

---

* Vient de l'anglais Live Action Role Playing, les LARPEurs sont des personnes qui participent à des jeux de rôle grandeur nature.

travail. C'est ce qui arrive quand on est une femme dans mon métier. On nous donne les sujets les plus futiles.

— Es-tu sûre que ce n'est pas simplement parce qu'aucun des journalistes masculins ne sait comment nouer une cravate ?

Nous gloussâmes toutes les deux. J'aimais déjà cette journaliste. Depuis la scène, le professeur nous lança un regard noir, mais continua à pérorer.

— Je m'appelle Mina Wilde. Je travaille à la Librairie Nevermore, dans le village. Même si j'ai travaillé dans la mode, je connais donc un peu la misogynie institutionnalisée dans l'industrie.

— Je reconnais ton nom. Tu es à ma table pour le bal. Mon rédacteur en chef m'a obtenu ces billets VIP hors de prix. Un laissez-passer illimité, m'a-t-il dit. Ce sera comme Woodstock, mais avec des bonnets. Tu vas adorer, Alice, dit-elle en imitant sa voix.

Puis elle se pencha en avant, les yeux pétillants.

— Il s'attend à une histoire mielleuse sur le côté délicieusement colonial de ce week-end, mais j'ai un bien *meilleur* sujet.

— Oh, intrigant.

— Je ne peux rien dire pour l'instant, mais un scandale se prépare parmi les Janeites, et j'ai l'intention de le révéler.

Une femme dans la rangée devant Alice, arborant un magnifique bonnet resplendissant de fleurs en tissu, se tourna sur son siège pour nous faire taire. Alice se retourna vers la scène. Je me redressai et essayai de prêter attention au professeur Hathaway.

— ... et lorsque le capitaine Wentworth touche Anne Elliot pour la première fois après leur querelle, c'est avec une autorité qui la laisse parfaitement sans voix et il provoque en elle un véritable trouble. L'homme en charge laissait n'importe quelle femme de la Régence brûlante sous son corsage...

PAF !

La porte de la salle de bal s'ouvrit en grand. Je sursautai sur mon siège lorsqu'un homme rondelet arborant une impressionnante barbiche et un trench-coat en cuir noir arpenta l'allée en trombe, suivi de trois femmes vêtues de robes noires et de corsets de style gothique.

— Pour reprendre les mots de l'une des plus grandes écrivaines de la langue anglaise, Jane Austen n'était rien d'autre qu'un portrait précis et daguerréotypé d'un visage banal, ricana-t-il.

L'expression du professeur Hathaway resta impassible, mais la colère brilla dans ses yeux.

— Que fais-tu ici, Gerald ? Cet événement est réservé aux Janeites.

— Pas du tout. Cet événement est ouvert à tous ceux qui ont un billet, dit Gerald en brandissant son badge avec joie. Et puisque je suis en possession d'un tel billet, la branche d'Argleton de la Brontë Society profitera du week-end comme nous le souhaitons.

L'homme sur scène se hérissa.

— Très bien. Prenez place, alors, car je souhaite poursuivre ma conférence.

Gerald leva le doigt en l'air.

— Pas si vite. Nous aimerions te corriger sur un ou deux points. À savoir, que ton M. Darcy n'est en aucun cas un héros romantique ou sexuel.

— Lord Fitzwilliam Darcy était le plus grand héros romantique de tous les temps, s'insurgea Mme Maitland en se levant, le visage rouge de colère.

— Darcy était un connard ! hurla une fille vêtue d'un haut en résille noir par-dessus un soutien-gorge en PVC. C'est un snob coincé et arrogant qui prend son pied à manipuler les gens, et qui doit revoir ses privilèges !

— Il était aussi d'un ennui monumental lors des fêtes, ajouta une autre fille vêtue d'une robe Beetlejuice à rayures noires et blanches dont je fus profondément jalouse. Heathcliff lui au moins corserait le punch et participerait à des manigances imprudentes.

Heathcliff se pencha en avant.

— Ah, là ça m'intéresse, chuchota-t-il.

— Pour ton information, je te choisirais toujours toi plutôt que Darcy, chuchotai-je en retour. Et pas seulement parce que cette robe est terriblement peu pratique pour courir dans les landes.

— Même si j'admire ton enthousiasme, Gerald, et même si certains d'entre nous peuvent secrètement penser qu'Emily Brontë est l'écrivaine la plus douée, Heathcliff n'a jamais été censé être érigé en exemple de héros romantique, déclara la professeure Carmichael depuis le devant de la salle. *Les Hauts de Hurlevent* est une histoire d'obsession toxique et de vengeance amère, et de la génération suivante qui lave les péchés du passé...

— Tout ce que Heathcliff savait faire, c'était donner des coups de tête aux arbres et rouler des pelles aux squelettes, ricana le professeur Hathaway, interrompant grossièrement sa collègue. Si tu aimes que tes partenaires sexuels soient rongés par la jalousie et enlaidis par leur désir de vengeance, Hannah, eh bien, je comprends pourquoi tu as choisi Gerald.

Gerald devint tout rouge. Il se dégagea de l'étreinte d'Hannah et se précipita vers la scène, les mains serrées en poings sur les côtés. La foule se mit à bouger lorsqu'il devint évident qu'une bagarre était sur le point d'éclater. David se leva d'un bond et se précipita vers la scène. Deux des étudiants en master admirateurs de Lydia se placèrent devant les marches qui donnaient accès à la scène. Gerald fit volte-face.

— Descends ici et dis-le-moi en face, vieil homme, dit Gerald d'un ton lourd de menaces.

— Rentre chez toi, Gerald, dit Hathaway. Je sens ton haleine chargée d'alcool d'ici. Ce n'est pas le lieu pour semer la discorde à propos de notre cher M. Darcy.

— Ouais ! s'écria une Janeite au milieu de la pièce en se levant. Darcy est un homme foncièrement décent sous son apparence pompeuse, bien plus digne d'admiration que ce sociopathe cruel qui tue des chiens...

—Aïe, marmonna Heathcliff.

— *Décent ?* ricana Hannah. Si c'est la décence qui vous excite, madame, alors pourquoi êtes-vous tous ici à vous prosterner devant *cet* homme ? dit-elle en pointant un doigt accusateur vers le professeur Hathaway. Rien de ce qu'il fait avec les étudiantes diplômées ne pourrait être décrit comme décent...

— Attention, avertit Hathaway. C'est une accusation contre ma bonne réputation qui pourrait ruiner ma carrière. Si j'étais un homme moins sympathique, j'envisagerais des poursuites judiciaires pour cette accusation sans fondement...

— Ce n'est pas sans fondement ! hurla Carmichael. Vous allez bientôt découvrir à quel point tout le monde a peu de tolérance pour votre comportement.

— Vous me menacez, professeure ? dit Hathaway qui semblait amusé. Si c'est une vengeance parce que j'ai rejeté vos avances sexuelles, alors c'est très mesquin, un peu comme le héros de Gerald, Heathcliff.

—Je n'apprécie pas beaucoup, marmonna Heathcliff.

— Ça n'est jamais arrivé ! rugit Carmichael. Vous mentez, tout comme vous avez menti à votre fille ! Mais nous vous aurons.

Devant moi, Alice se raidit. Je me demandai si le commentaire de Carmichael avait un rapport avec ce dont elles avaient discuté plus tôt.

Hathaway doit être le sujet de l'article d'Alice.

— Vas-y, poursuis-nous en justice, vieil homme ! hurla

Gerald. Je n'ai pas peur de toi et de ta horde de sycophantes d'Austen !

— Ça suffit ! hurla Cynthia. Messieurs, mesdames, restez courtois. Malheureusement, je ne peux pas vous autoriser à bloquer l'allée de cette façon, car cela présente un risque d'incendie. Je vois des sièges vides près du fond. Si vous et votre entourage vouliez bien vous asseoir et vous taire, nous pourrions poursuivre la conférence. Vous aurez tout le temps de débattre des mérites discutables de Heathcliff en dehors des séances plénières.

Gerald jeta un regard à Hathaway et Cynthia, puis à la jeune fille blonde – la fille de Hathaway, sans doute – recroquevillée dans les bras de David. Ses épaules se détendirent.

— Très bien. Mais je te surveille, toi et tes mains baladeuses, vieil homme.

Alors que le groupe se glissait dans les sièges en face de nous, je remarquai qu'Alice griffonnait frénétiquement. Je me penchai au-dessus de sa chaise et lui tapotai l'épaule.

— Sais-tu ce qui vient de se passer ? lui demandai-je.

— Je pensais que tu reconnaîtrais Gerald Bromley, répondit-elle. C'est un personnage local. Il est président de la Brontë Society locale. Ces beautés gothiques sont son comité exécutif et elles sont constamment suspendues à ses lèvres. Apparemment, il était l'un des étudiants diplômés de Hathaway, avant qu'ils ne se brouillent et que Gerald ne soit renvoyé de son programme d'études supérieures. Il travaille localement en tant que consultant pour les propriétés et les grands domaines du patrimoine anglais, en les aidant à organiser des événements et des visites avec une précision historique. Cynthia lui a offert une belle somme pour faire partie du comité de cet événement, mais lorsqu'il a appris que Hathaway était l'invité d'honneur, il a fait un scandale et a démissionné.

— Alors pourquoi est-il ici ?

Elle haussa les épaules.

— Les Janeites et les Brontians ont une rivalité célèbre, mais là, je soupçonne que ce soit quelque chose de personnel. Gerald est probablement là juste pour énerver le professeur Hathaway.

Si c'était l'intention de Gerald, il y était bien parvenu. Hathaway continua maladroitement son discours sans sa joie de vivre précédente. David dut même lui indiquer où se repérer dans ses notes à deux reprises.

Le public resta silencieux après l'irruption de Gerald, ne tapant plus dans ses mains et ne riant plus à chaque référence à Jane Austen. Gerald et ses trois copines gothiques chuchotèrent entre eux tout au long de la conférence, se passant une flasque.

Je ne parlai pas non plus à Alice durant le reste de la conférence et je la perdis dans la foule à la fin. J'espérais la revoir — elle semblait être mon genre de personne.

Après la séance plénière, nous eûmes le choix entre des conférences sur divers aspects de l'univers d'Austen ou une démonstration d'escrime sur la pelouse arrière. Je n'avais pas l'intention de sortir par ce froid glacial, mais Cynthia nous dépassa dans les escaliers et m'informa qu'en tant que VIP, nous étions invités à regarder le spectacle depuis le balcon couvert de son bureau au premier étage. Désireuse d'explorer davantage la maison et de regarder des hommes manier l'épée, j'entraînai Heathcliff derrière elle. Morrie et Lydia nous suivirent, précédant une file d'admirateurs de Lydia.

Un toit au-dessus du balcon protégeait de la neige. Je me dirigeai vers le grand brasero à une extrémité, où un homme en costume d'époque distribuait de petites tasses de chocolat chaud. J'en pris deux pour moi et me penchai sur le côté pour voir les escrimeurs en contrebas tout en écoutant les commentaires sur les techniques d'escrime de la Régence. Dans la cour ouverte en contrebas, l'ami de Lydia, David, parait un coup avec un autre homme en costume d'époque. Il dévia une estocade et se jeta sur son adversaire, touchant le cœur de l'homme avec la pointe de son épée. Ils s'inclinèrent l'un devant l'autre et débutèrent un autre duel.

Après plusieurs rounds, il était clair que l'étudiant timide n'était pas un amateur. Il priva son adversaire de son arme à plusieurs reprises et le fit tomber deux fois à terre. Il ne se moqua pas une seule fois et s'excusa même, se disqualifiant lui-même d'une victoire à cause d'une infraction imaginaire.

Quel gentleman. Il aurait pu être digne de pâmoison si son métier n'impliquait pas d'étudier les pièces de monnaie.

Après vingt minutes de combat, David retira son masque d'escrime pour boire un peu d'eau. La fille blonde de Hathaway se précipita vers lui, lui offrant un mouchoir brodé pour essuyer la sueur de son visage.

— Que penses-tu du combat ? demanda Heathcliff.

— C'est excitant, mais plutôt violent, remarquai-je.

— Pitié, lança Morrie. Je pourrais tous les abattre avec mon majeur.

— Tu pratiquais l'escrime ? dis-je en haussant un sourcil.

— J'étais champion de mon université à Oxford. Bien que j'aie toujours préféré me battre avec une canne. Elle fait un bruit satisfaisant lorsqu'elle fend le crâne d'un homme.

À côté de lui, Lydia frissonna de plaisir.

— Lord Moriarty, tu dis des choses si scandaleuses !

— Et toi ? demandai-je à Heathcliff. Tu as une épée suspendue à ta ceinture. Sais-tu t'en servir ?

— Je ne suis pas formé à ce genre d'escrime fantaisiste avec des fleurets fragiles, marmonna-t-il. Mais j'ai déjà ouvert un homme en deux avec une lame, si c'est ce que tu demandes.

Je frissonnai. Contrairement à Lydia, ce n'était pas de plaisir.

— Quand as-tu fait ça ?

— Il y avait suffisamment de lames qui traînaient dans le

Nord, et je suis un homme en colère qui a déclenché beaucoup de bagarres, répondit-il. Je n'en suis pas fier, mais tu ne dois jamais oublier que je suis Heathcliff. Comment cette femme m'a-t-elle décrit tout à l'heure ? Comme un sociopathe cruel qui tue des chiens.

— Je sais que ce n'est pas ce que tu es.

Heathcliff détourna la tête. Je posai ma main sur la sienne, mais il la repoussa. Je n'avais pas réalisé que ce week-end pourrait être difficile pour lui, en étant confronté à l'héritage des actes qu'il avait commis dans les pages d'un livre.

Je voulais tellement que Heathcliff voie l'homme que je voyais en lui : celui qui avait recueilli une chatte errante et pris soin d'elle, qui avait enfermé son cœur dans un coffre en fer et jeté la clé parce qu'il avait été rabaissé et transformé en bête par un frère qui aurait dû l'aimer. Qui était peut-être un peu grognon (enfin, beaucoup grognon) mais qui irait jusqu'au bout du monde pour protéger les personnes qui lui étaient chères.

Parfois, je percevais une lueur d'espoir dans les yeux de Heathcliff, et la passion sauvage avec laquelle il m'embrassait me disait que peut-être ses barrières se fissuraient. Mais ensuite...

Mais ensuite, il prenait un air sombre et dangereux – comme maintenant – et je ne savais plus quoi croire.

J'avais besoin de lui parler, mais je ne pouvais pas avec Morrie, Lydia et tous les Janeites autour. Je changeai donc de sujet.

— Je me demande qui est cette fille blonde. Je vois une ressemblance familiale, mais la professeure Carmichael a dit qu'il aimait sortir avec des étudiantes diplômées.

— Même s'il serait exactement son type, il est très peu probable qu'ils sortent ensemble, dit alors une voix au doux accent américain derrière moi. C'est Christina Hathaway.

Je jetai un coup d'œil autour de moi et vis la professeure

Carmichael qui tenait un chocolat chaud à la main. Une toque doublée de fourrure était nouée autour de ses cheveux poivre et sel.

— Laissez-moi deviner, elle est de la famille de l'éminent professeur ? demanda Morrie.

— C'est sa fille, dit la professeure en reniflant. Il l'a élevée pour qu'elle soit la parfaite jeune fille de l'époque de la Régence, en se basant sur ses propres études sur l'éducation et la paternité dans les livres de Jane Austen. La pauvre fille croit probablement qu'elle a besoin de sa permission pour pouvoir même prendre un café seule avec le jeune David.

— Vous êtes sérieuse ?

— Oh oui. Christina a été complètement endoctrinée. Elle est aux côtés de Julius à chaque événement et séance de dédicace. Elle semble n'avoir aucune vie en dehors de lui et de ses intérêts, et elle s'en remet toujours à lui. À bien des égards, elle est plus sa femme que sa fille. Bien sûr, il a veillé à ce qu'elle reçoive une éducation complète dans tous les domaines jugés appropriés pour les jeunes filles, et elle est très douée au piano, à la couture, à la broderie, ce genre de choses. Elle a ce je-ne-sais-quoi, dans sa démarche, dans sa façon de s'exprimer, qui inciterait même M. Darcy à lui décerner le titre de « femme accomplie ». Mais je ne crois pas qu'elle ait jamais regardé *Gilmore Girls* d'une traite ou embrassé quelqu'un de totalement inapproprié après avoir bu trop de vin.

Je m'esclaffai face à sa description.

— Ça ressemble à une vie très solitaire.

— En effet. Bien que pour beaucoup ici ce week-end, c'est la vie à laquelle on devrait aspirer.

— Mais pas vous ?

Elle fit un geste de la main.

— Oh, ne te méprends pas. Je suis une Janeite jusqu'au bout des ongles. Malgré toutes mes prétentions académiques selon lesquelles la popularité d'Austen serait une sorte de nostalgie morale, je suis tombée amoureuse de ses héros quand j'étais petite. Si M. Darcy me demandait en mariage, j'accepterais sans hésiter. C'est juste que je ne suis pas fan de toute cette *cérémonie futile*, dit-elle avant de pointer le bout de ma botte qui dépassait de l'ourlet de ma robe. Je vois que nous partageons le même avis.

Je ris à nouveau, ravie de voir que toutes les Janeites rebelles semblaient croiser mon chemin.

La cloche sonna à l'intérieur de la maison, nous avertissant que l'heure était venue de passer à notre prochaine activité de choix. Lydia insista pour prendre des cours de danse Régence.

— Je vais vous montrer comment nous dansions à Netherfield, déclara-t-elle. Mais d'abord, nous devrions faire un saut à la conférence de David. Je voudrais lui offrir mon ruban pour avoir gagné tous ses duels.

Lorsque nous entrâmes dans Mansfield Park, le regard de David s'illumina. Il se tenait debout au fond de la pièce, disposant des plateaux de vieilles pièces de monnaie nichées dans des pochettes de velours. Même s'il était trempé de sueur quelques minutes auparavant, il avait l'air frais, les cheveux parfaitement disciplinés et ses vêtements impeccables, jusqu'à sa cravate à volants. À part un vieil homme qui regardait les pièces avec un léger intérêt pendant que sa femme lui tirait le bras, nous étions les seules autres personnes.

— Lydia, je suis si heureux que tu sois venue, dit David en s'inclinant profondément. Je commençais à penser qu'ils avaient prévu ma conférence en même temps que les cours de danse car ils étaient certains que personne ne serait assez intéressé pour venir, mais je savais que le monde de la numismatique était trop passionnant pour te tenir à l'écart...

— Nous ne restons pas, dit Lydia. Mes amis ont désespérément besoin de cours de danse, et je souhaite y assister pour rire de leurs bévues. Mais nous voulions d'abord te rendre visite et te féliciter pour tes prouesses à l'escrime.

— Oui, c'était une performance impressionnante, ajouta Morrie. Dis-moi, comment te débrouilles-tu avec une canne de gentleman ? Ou les poings nus ?

— La boxe à mains nues est illégale dans ce pays, dit David.

Il tendit le bras à Lydia, qui le prit avec un sourire et un hochement de tête.

— Viens, Lydia. Laisse-moi te montrer rapidement ce monde fascinant de la numismatique. Les pièces de monnaie font vraiment revivre l'époque de la Régence...

Nous nous attroupâmes autour de lui et essayâmes de paraître intéressés pendant que David brandissait différentes pièces et expliquait leur valeur, leur composition minérale et la signification de leurs motifs. Heathcliff fit semblant de se pendre dans le dos de David. L'ignorant, je me penchai pour examiner les minuscules pièces.

— Euh, Mina ? Tu ne devrais pas t'approcher autant, dit David. Ton haleine contient des gouttelettes d'eau, qui peuvent endommager le métal délicat.

—Oh.

Je me levai si vite que je percutai le vieil homme, qui trébucha sur sa femme. Ils me lancèrent tous les deux un regard noir et s'éloignèrent précipitamment.

— Maintenant, tu as fait fuir mes seuls autres participants, dit David tristement. Cet homme allait acheter un exemplaire de mon livre.

Je remarquai une table dans le coin avec une énorme pile de livres. Mes joues étaient brûlantes. Je n'avais pas réalisé que je regardais si attentivement. Instinctivement, ma main se porta à ma poitrine, où la lettre de mon père reposait toujours entre mes seins, me rappelant que c'était de *sa* faute.

— Bien qu'il soit très fascinant de regarder Mina renifler les pièces, dit Lydia, j'utilise cette monnaie tous les jours et je n'ai pas besoin qu'on me l'explique alors que je pourrais danser. J'espère te voir ce soir, David. J'ai hâte de danser le quadrille avec toi.

Nous sortîmes tous les quatre précipitamment du salon. En me retournant, j'aperçus David qui nous suivait du regard, les yeux écarquillés et tristes. Mais après qu'il eut attiré l'attention sur ma mauvaise vue, je ne ressentis aucune sympathie pour lui.

— Oh, quel ennui ! s'esclaffa Lydia. Si elle était là, je pense que je pourrais lui proposer ma sœur Mary. Elle semble être tout à fait son genre. Pourquoi garde-t-il son argent dans des petites poches et ne le dépense même pas ? Quel idiot.

— Pourquoi les gens d'aujourd'hui trouvent-ils les pièces de monnaie si fascinantes ? songea Morrie. Le seul moment où la monnaie m'intéresse, c'est quand j'essaie de la blanchir.

— Tu laves ton argent ? s'étonna Lydia. Mais pourquoi ?
Je levai les yeux au ciel.

— Pas ce genre de blanchiment, Lydia.

— Eh bien, quel genre de blanchiment ?
Que Isis nous vienne en aide.

— Oh, regarde, nous sommes arrivés à la salle de bal, dit Morrie en offrant son coude à Lydia, qui se tut immédiatement. On y va ?

— Tu es sûre de vouloir entrer là-dedans ? demandai-je à Heathcliff.

Son regard pensif durant l'escrime et la façon dont il s'était éloigné de moi me trottaient encore dans la tête.

— On peut aussi aller dans un endroit calme et discuter...
Heathcliff soupira.

— Si tu insistes pour aller à ce bal affreux, je pense qu'il vaut mieux ne pas se ridiculiser.

Étant donné que le bal était le lendemain soir et que la

seule danse que je savais faire consistait à me jeter dans un cercle lors d'un concert punk, je convenais que c'était une bonne idée. Alors que nous traversions le hall d'entrée, j'aperçus Christina Hathaway debout avec son père, qui signait des autographes à une bande de Janeites qui gloussaient.

— Attends ici, dis-je à Heathcliff, curieuse de rencontrer le professeur.

Je me frayai un chemin à travers la foule et tendis la main.

— Ravie de vous rencontrer, professeur Hathaway, dis-je. J'ai apprécié votre conférence. La première partie, du moins.

Il me tint longuement la main, un peu plus que la politesse ne l'exigeait, son doigt glissant sur mes jointures d'une façon qui me donna la chair de poule.

— Merci, ma chère. Dites-moi, vous considérez-vous comme une spécialiste de la société de la Régence, ou êtes-vous ici pour le plaisir et la frivolité ?

— Oh, non. Je suis juste venue parce que j'aime les livres. « Je déclare qu'après tout, il n'y a pas de plaisir qui vaille la lecture » ».

Fière d'avoir glissé une citation d'Austen, je tapotai l'épaule de Heathcliff.

— Nous sommes de la Librairie Nevermore, dans le village.

— Vraiment ? dit-il ses yeux s'illuminant, tel un prédateur. L'ancien établissement de M. Simson ? Je suis sûr que cet endroit est si ancien qu'il existait probablement déjà lorsque notre chère Jane visitait le village. C'est agréable de le voir entre des mains jeunes et aussi *délicieuses*. Vous devriez demander à David d'organiser une dédicace. Je serais ravi de soutenir les arts locaux de toutes les manières possibles.

Il accompagna ses paroles d'un clin d'œil super grossier.

Dégoûtant. Je détournai l'attention du professeur en saluant Christina d'une révérence.

— Pardon, mais je ne crois pas avoir encore eu le plaisir de te rencontrer.

— Christina Hathaway, dit-elle en me rendant ma révérence.

J'aperçus ses pieds délicats dans une paire de chaussons en soie immaculée. Pas de Docs pour Christina Hathaway.

Je cherchai quelque chose à lui dire pour ne pas avoir à discuter à nouveau avec Hathaway.

— J'ai entendu dire que tu étais une musicienne talentueuse. Nous feras-tu l'honneur d'une chanson ce week-end ?

— Oh, je ne pourrais pas, dit Christina en regardant son père.

— Mais si, voyons. Tu devrais nous jouer une chanson ou deux. Christina est douée dans tout ce qu'elle fait, rayonna le professeur. Elle a une connaissance approfondie de la musique, du chant, du dessin, de la danse et de plusieurs langues. Ses broderies remportent des prix nationaux, son interprétation au pianoforte est exquise, et elle fabrique tous ses vêtements, ainsi que ma modeste garde-robe.

J'avais sur le bout de la langue une citation de M. Darcy selon laquelle le mot accompli « s'applique à quantité de femmes qui ne le méritent pas autrement que pour savoir tricoter une bourse ou broder un paravent », mais je remarquai alors le gilet brodé et la cravate en dentelle du professeur. Le travail qui avait dû être nécessaire pour réaliser cette tenue était stupéfiant. Christina devait en effet être très accomplie.

— Mina, te voilà.

Cynthia me saisit par l'épaule et me fit tourner sur moi-même.

— Je racontais justement à Michaela ici présente ton talent pour résoudre les meurtres.

L'expression haranguée de la professeure Carmichael devint soudain plus sympathique lorsqu'elle me reconnut.

— J'ai juste eu de la chance, dis-je, cherchant dans la pièce Heathcliff ou Morrie, quelqu'un qui pourrait être capable de me sauver.

Gerald se tenait dans le coin, un verre de vin posé à ses lèvres. Quand il remarqua notre joyeux groupe, il se rapprocha.

À quoi joue-t-il ? Pourquoi quelqu'un paierait-il des centaines de livres pour des billets d'un événement auquel il ne veut même pas assister juste pour faire flipper son vieux professeur ? Gerald a-t-il prévu autre chose ?

Je fus ramenée à l'instant présent par les éloges de Cynthia à mon sujet.

— ... non, non, Mina fait preuve de modestie. Ces détectives incompétents allaient faire accuser Grey et moi du meurtre de ma chère amie, Gladys Scarlett. Pouvez-vous imaginer une telle chose ! Pendant que nous étions au poste, à nous démener pour que justice soit faite, Mina a pourchassé à elle seule non pas une, mais *deux* des meurtrières. Et il y a à peine cinq semaines, elle a découvert que le garçon de courses du supermarché local avait tué une jeune fille dans la librairie. Je vous le dis, le Voleur de Bijoux d'Argleton ferait mieux de faire attention si Mina décide un jour de s'occuper de son cas. N'est-ce pas, Michaela ?

Cynthia s'interrompit assez longtemps pour reprendre son souffle. La professeure Carmichael ne semblait pas réaliser que c'était à son tour de reprendre la conversation. Son corps était raidi par la colère alors qu'elle fixait le professeur Hathaway du regard.

— Michaela, dit-il d'un ton professionnel, esquissant ce sourire effrayant.

—Julius, répliqua-t-elle d'un ton glacial.

La conversation s'enlisa, les deux universitaires se regardant en chiens de faïence. Cynthia ouvrit la bouche, prête à continuer ses éloges enthousiastes sur mes prouesses en matière de résolution de mystères. Pour l'interrompre, je me tournai vers Christina.

— Tu as beaucoup de talent. Je m'y connais un peu en mode. J'ai étudié à la New York Fashion School et j'ai travaillé avec le créateur Marcus Ribald pendant un an. Je sais combien de compétences ont dû être investies dans ces tenues.

— Merci, dit-elle avec un grand sourire. Tu vivais toute seule à New York ?

— Bien sûr ! Enfin, je vivais avec mon amie Ashley. Nous avions un petit appartement près de Greenwich Avenue, donc nous étions proches de West Village et de tous les super magasins et bars. J'ai pu travailler pendant la Fashion Week, et c'était génial.

— Mais tu n'avais pas peur ? J'ai lu que New York est une ville dangereuse pour une jeune femme seule. N'avais-tu pas d'escorte ?

— Ça peut être dangereux. Il faut juste être prudente et préparée. Ashley et moi avons suivi un cours d'autodéfense. J'ai appris à frapper un homme dans les parties génitales. Je suis un peu déçue de ne jamais avoir eu à m'en servir.

— Moi, j'ai pris des cours d'escrime ! s'exclama soudain Christina.

Elle parut choquée par sa confession. À côté d'elle, Hathaway se raidit.

— Mais Père préfère que je me consacre à des activités plus féminines.

Hum, d'accord.

— Eh bien, si tu veux que l'on déjeune ou dîne ensemble, je pourrais tout te raconter sur l'école de mode. Je pourrais même te donner quelques conseils pour ta candidature si tu veux y entrer, dis-je avant de me tourner vers Cynthia. Christina et son père seront-ils assis près de nous au bal demain ?

— Bien sûr. Vous êtes toutes les deux à la table VIP réservée à nos invités les plus prestigieux, dit Cynthia avec un grand sourire.

— Parfait. Nous pourrons en parler davantage au bal, alors.

Christina sourit.

— J'aimerais beaucoup...

— Merci, mais Christina a déjà un week-end bien rempli, dit le professeur Hathaway en touchant la main de sa fille. Accompagne-moi jusqu'à ma chambre, ma chérie. Je ne veux pas perturber la répétition de danse par ma présence. Quand les dames me voient sur la piste, elles ont tendance à devenir un peu sottes.

Christina reprit un air neutre.

— Bien sûr, père. Veuillez nous excuser.

Il lui prit le bras, se pencha vers elle pour lui murmurer quelque chose à l'oreille, et ils montèrent l'escalier.

Heathcliff les regarda partir.

— Ce scélérat.

— Qui ?

— Hindley, chuchota-t-il.

Son corps frissonna de rage.

— Comment ça ?

Hindley était le frère de Catherine Earnshaw et l'ennemi juré de Heathcliff dans son livre, mais je ne savais pas pourquoi il mentionnait son nom actuellement.

— Regarde-la s'éloigner, dit Heathcliff en serrant les dents. Tu vois comment son corps se raidit à son contact ? Tu vois comment elle se recroqueville lorsqu'il se penche vers elle ?

Je suivis son regard vers Christina et le professeur Hathaway qui montaient l'escalier, plissant les yeux pour essayer de suivre ses mouvements. Ma vision périphérique rétrécie limitait mon champ de vision, mais je crus la voir s'écarter pour laisser un centimètre d'espace entre son bras et le sien.

— Je crois que je vois ce que tu veux dire, murmurai-je. Mais je ne comprends pas ce que cela a à voir avec Hindley.

— Il ne la voit pas, murmura Heathcliff, la voix tendue. Il ne voit que ce qu'il veut voir. La douleur qu'il cause en raison de sa propre misère la brisera aussi.

Je repensai aux *Hauts de Hurlevent*, à la haine de Heathcliff pour l'homme qui le terrorisait, et comment cette haine, combinée à la douleur de la mort de Cathy, avait piégé Heathcliff dans son schéma destructeur. Il insinuait que Christina était prisonnière des idéaux de Régence de son père, et je ne pouvais qu'être d'accord.

Un frisson parcourut le corps d'Heathcliff. Une ligne de sueur traversa son front. Un orage faisait rage dans ses yeux alors qu'il regardait devant lui, là où Hathaway et Christina s'étaient tenus un peu plus tôt.

Je claquai des doigts devant son visage.

— Hé, reviens sur terre. Ce n'était pas Hindley.

Heathcliff cligna des yeux.

— Quoi ?

— Tu étais un peu ailleurs, là. Je crois que tu as vraiment cru que le père de Christina était Hindley.

Heathcliff passa une main dans ses cheveux ébouriffés.

— Oui. C'est vrai. Ses manières avec sa fille... la façon dont il cherchait à la contrôler... Je suis de retour maintenant. Je crois que c'est tous ces costumes, toute cette grandeur. Ça me monte à la tête.

— Allez, dis-je en prenant Heathcliff par la main. Arrête de penser à Hindley. Nous ne sommes pas dans Les Hauts de Hurlevent. Ici, c'est Jane Austen, où tout peut être pardonné avec un bal et une demande en mariage. Si nous voulons assister à la soirée demain, tu vas devoir apprendre tous les pas.

12

— Aïe, marmonna Heathcliff alors que je lui marchais à nouveau sur le pied.

— Tu n'as pas besoin de dire ça à chaque fois que je te marche dessus, murmurai-je alors qu'Heathcliff et moi nous croisions. Ça ne fait pas *si* mal que ça.

— Ce n'est pas toi qui te fais marteler les tibias par des orteils en acier, grogna Heathcliff en se retournant vers l'homme derrière lui.

Je me retournai aussi, mais je me trompai de direction et finis par me cogner contre l'épaule d'une femme.

— Au moins, maintenant, on sait pourquoi les femmes portaient ces délicates pantoufles. C'était pour éviter de faire trébucher les hommes dans la pièce.

— T'es vraiment un crétin.

Je tendis la main vers lui pour qu'il me rejoigne au centre.

— Ferme-la et fais-moi tourner, ajoutai-je.

Alors que je passais sous le bras de Heathcliff en décrivant un cercle maladroit, Morrie et Lydia nous dépassèrent en levant les bras pour changer de partenaire. *Au moins, il y en a un qui n'a aucun mal à apprendre les mouvements.* Je leur lançai un regard noir alors que je contournais Heathcliff et marchais à nouveau sur son pied. Cela ne me surprenait pas : Morrie devait contrôler tous les aspects de sa vie, il avait donc naturellement un sens parfait du rythme et de la grâce.

Alors qu'il se retournait vers l'estrade, son regard croisa le mien. Ce que j'y lus me surprit. Il avait l'air effrayé.

Étrange. La peur n'était pas une émotion que Morrie connaissait. Même lorsqu'il avait bondi sur Darren alors qu'il essayait de me poignarder, ses yeux brillaient d'une sorte d'intensité brutale. Morrie savait exactement ce qu'il faisait à chaque instant. Il avait une solution à tout. Il n'avait jamais eu de raison d'avoir peur.

Qu'est-ce qui le rend si nerveux à propos de ce bal ? Je repensai à la lettre que Morrie avait reçue plus tôt dans la semaine, la lettre dont il refusait de parler à qui que ce soit. *Cela ne peut pas avoir un rapport avec ce bal, si ?*

Toujours en pensant à Morrie, je perdis le rythme et percutai David.

— Aïeuuuh ! s'exclama David en grimaçant, oubliant aussitôt son flegme de style Régence pour saisir son pied endolori, seulement protégé par une chaussure en tissu à boucle.

Il avait finalement perdu tout espoir que quelqu'un assiste à sa conférence sur la numismatique et s'était joint à la danse quinze minutes plus tôt, une décision qu'il regrettait probablement en ce moment même alors qu'il vacillait sur la piste. Il heurta alors Cynthia, la projetant contre un serveur, qui renversa un plateau de verres.

—Je suis désolée !

Je me penchai pour aider Cynthia à se relever.

— Merci, Mina, dit Cynthia en époussetant sa robe en mousseline. Mon Dieu, cette danse est plus difficile que je ne l'imaginais.

— Tu étais censée passer *en dessous*, me dit Heathcliff avec un sourire narquois. Pas tomber et entraîner tout le monde dans la pièce avec toi.

— Je ferai mieux la prochaine fois, grognai-je en regardant Morrie et Lydia s'éloigner en tournoyant.

Je ne pouvais pas voir son visage.

— Non, tu ne le feras pas. Nous allons quitter cette piste de danse avant que tu ne crèves l'œil de quelqu'un.

Heathcliff me prit sous le bras et me traîna. Derrière moi, les danseurs applaudissaient.

Bande d'ingrats.

Je traînai Heathcliff vers l'avant de la salle, où Morrie et Lydia dansaient toujours.

— Il s'avère que cette danse de l'époque Régence est bien plus compliquée que de se déchaîner sur de la musique punk.

Je foudroyai Morrie du regard alors qu'il faisait tourner Lydia en rythme. Morrie me regarda et il se raidit. Bien qu'il ne perdît pas le rythme, son attention vacilla un instant, et ses traits parfaits se contractèrent en une expression si désespérée que j'en eus des frissons dans le dos.

Pourquoi me regarde-t-il ainsi, comme si je venais de piétiner son chiot ? Il ne peut quand même pas avoir enfin réalisé que son comportement m'a contrariée – on parle de Morrie, là. Il n'en aurait rien à faire. Alors, qu'est-ce qui ne va pas ?

Heathcliff posa le pied sur ma botte.

— Qu'est-ce que tu regardes ?

— Morrie. Quelque chose ne tourne pas rond en ce moment.

Heathcliff jeta un coup d'œil à notre ami alors que lui et Lydia échangeaient leurs places. En la dépassant, il lui pinça les fesses. Elle poussa un cri avec ravissement et courut après Morrie pour le rattraper, ce qui fit perdre leur temps à deux danseurs qui se percutèrent.

— C'est vrai. Il est encore plus con que d'habitude.

— Non, ce n'est pas ça.

Je plissai les yeux vers Morrie alors qu'il faisait le tour pour faire la pirouette et échanger à nouveau de place. Son regard croisa le mien. Il afficha son habituel sourire sublime, mais trop tard : j'avais vu l'obscurité qui s'y cachait.

— Tu as raison. Il a vraiment été con ces derniers temps, mais je pense qu'il y a autre chose. Il y a eu cette lettre bizarre qu'il a reçue l'autre jour, et certaines choses qu'il a dites et faites.

Comme la façon dont il s'est enfui après notre plan à trois...

En repensant à cette nuit-là – être prise en sandwich entre Morrie et Quoth pendant qu'ils faisaient des choses délicieuses à mon corps, me laisser emporter par mes sens pour m'attarder dans ces endroits sombres sous leurs mains et leurs lèvres – un délicieux frisson parcourut mon corps. *Par Aphrodite, pas maintenant. J'essaie de comprendre Morrie, pas de revivre l'un des moments les plus torrides de ma vie pour me liquéfier sur le sol de la salle de bal...*

— De MENSA, dit Heathcliff, interrompant mes souvenirs.

— Quoi ?

— J'ai vu l'enveloppe dans la poubelle, dit Heathcliff en haussant les épaules. Elle venait d'une organisation appelée MENSA*. J'ai supposé que Morrie les faisait chanter.

MENSA ? Je n'étais pas surprise que Morrie en soit membre. Il aimait que les gens sachent exactement à quel point il était intelligent. Mais j'étais surprise qu'il garde la lettre secrète. Morrie n'aurait normalement pas perdu de temps pour dire à tout le monde à Argleton qu'il avait été accepté au MENSA.

---

* Mensa est une organisation qui regroupe des personnes ayant un quotient intellectuel (QI) supérieur à un certain seuil, généralement fixé à 130 ou plus sur l'échelle standard de QI.

Alors pourquoi avait-il caché la lettre ? Et quel était le rapport avec son comportement étrange ?

— Et s'il avait passé un test de QI et qu'il avait échoué ?

Mon esprit s'emballa. Oui, cela pourrait expliquer pourquoi Morrie était si brusque, surtout quand l'un de nous laissait entendre qu'il n'avait pas la réponse à quelque chose.

— Peut-être qu'il a peur de ne pas être aussi intelligent qu'il le pense et qu'il s'en prend à nous ?

— Mais cette attitude étrange a commencé bien avant l'arrivée de cette lettre, fit remarquer Heathcliff.

— C'est vrai. Tu penses qu'il...

— Tu veux boire quelque chose ? grogna Heathcliff dans mon oreille.

— Oh que oui.

Il me saisit la main et m'entraîna hors de la piste de danse. Cynthia nous cria de revenir danser au prochain tour, mais j'avais tellement mal aux tibias que je m'en fichais. Heathcliff me traîna dans l'antichambre d'Uppercross, désormais vide de tout occupant, à l'exception des deux membres du personnel qui ramassaient les serviettes et les pics à cocktail. Heathcliff s'appuya contre la cheminée dorée et enfonça ses mains dans le devant de sa culotte. Un instant plus tard, il en sortit une flasque en argent, enleva le bouchon et me l'offrit.

— Je ne bois pas ça. C'était collé à tes testicules.

— Comme tu veux, dit Heathcliff avant d'avaler une gorgée. Il y a à peine la place de cacher de l'alcool dans ces vêtements ridicules. Donne-moi un manteau et un pantalon correct et je pourrais te préparer un cocktail chic.

— À la fin des *Hauts de Hurlevent*, tu étais un vrai gentleman, le taquinai-je. Tu aurais porté des vêtements comme ça tout le temps.

— Heureusement, je suis parti avant que ma vie ne devienne aussi catastrophique.

Heathcliff but une autre gorgée. Je me tus un instant, me demandant si je devais l'interroger sur son étrange réaction un peu plus tôt, mais il dit alors :

— J'ai réfléchi à la lettre de ton père.

— Ah oui ?

Instinctivement, ma main se porta à ma poitrine, où la lettre de mon père était coincée entre mes seins. Entre tous les costumes, les universitaires en guerre et le fait de courir après Lydia, je n'y avais presque pas pensé de la journée, pas plus qu'à la dispute avec ma mère. À ce moment-là, tout me revint en mémoire : j'étais à Baddesley Hall, vêtue de cette tenue ridicule, et j'obligeais Heathcliff à endurer l'épreuve d'un bal de style Régence parce que je cherchais désespérément à éviter le sujet.

Je n'avais toujours pas parlé à Heathcliff, à Morrie ou à ma mère des feux d'artifice et de ce que la docteure Clements avait dit. Je n'avais même pas essayé de faire des recherches sur la lettre au-delà de l'examen du papier par Morrie. J'avais été tellement distraite par les bals et les bonnets que je n'avais plus pensé à mon père et à la pièce qui voyageait dans le temps, ni au commentaire de Victoria sur le fait que je serai couverte de sang. Pour quelqu'un qui avait affronté trois meurtriers, je fuyais vraiment beaucoup de choses. En examinant mon comportement de l'extérieur, je réalisai que je faisais autant preuve de bon sens que Morrie en ce moment. Toute ma vie, j'avais voulu savoir qui était mon père. La seule chose qui m'avait empêchée de partir sérieusement à sa recherche était de savoir à quel point cela blesserait ma mère et à quel point je serais déçue de découvrir qu'il était bien un criminel.

Mais si mon père était *réellement* Herman Strepel, le libraire voyageur dans le temps, et que la fausse identité qu'il avait présentée à ma mère lui avait permis de se cacher de cet ennemi sans nom, alors la prochaine étape me paraissait évidente : je *devais* le trouver.

Heathcliff claqua des doigts devant mon visage.

— Là, c'est toi qui es partie ailleurs.

— Oui, désolée. Tu disais ?

— Ton père et M. Simson ont tous deux dit que tu étais en danger. Victoria a également dit que ton père lui avait acheté des ouvrages occultes. M. Simson a acquis une grande collection de livres occultes dans la boutique. Il va de soi qu'ils se connaissaient.

— Tu as raison.

Je n'avais pas fait le rapprochement. Encore une coïncidence qui ne pouvait pas en être une. Je tapotai le bras d'Heathcliff.

— C'est très intelligent. *Trop* intelligent pour quelqu'un d'aussi peu gentleman que toi. Est-ce que toi et Morrie avez échangé vos corps dans la chambre à voyager dans le temps ? Ça expliquerait pourquoi tu es si intelligent et lui si grognon.

— Mais je *suis* intelligent, grogna Heathcliff.

— Oui, mais ton intelligence se cache derrière ton côté revêche et casse pied.

— Très bien. Je te donne raison. Mais grincheux ou pas, je suis sur une piste. Si ton père tient à rester loin de toi, peut-être devrions-nous essayer de pister le vieux bibliothécaire ? Tu as dit qu'il te traitait comme sa petite assistante quand tu étais enfant. C'était peut-être sa façon de te protéger. Morrie pourra au moins se renseigner sur sa vie, voir dans quelle maison de retraite il s'est réfugié, dit Heathcliff en haussant les épaules. Si nous le trouvons, M. Simson pourra peut-être nous en dire plus sur ce supposé danger.

— Tu as raison. Nous le ferons dès notre retour. Peut-être même avant, si j'en ai marre de porter ces vêtements et que je décide de partir plus tôt.

— Oui, s'il te plaît. Et... Mina ?

Heathcliff se pencha plus près de moi. Sa voix grave résonna dans ma poitrine. J'adorais quand il disait mon prénom.

— Oui ?

Une décharge électrique jaillit de mon corps vers le sien.

— J'ai repensé à l'autre nuit, dans la chambre du voyage dans le temps.

Mon cœur se mit à battre la chamade. J'y avais aussi pensé, sans arrêt, tout le temps. Si Victoria Bainbridge ne nous avait pas interrompus et si Morrie n'avait pas été un tel con, nous aurions pu... les choses auraient pu...

J'aurais pu coucher avec les trois.

En même temps.

Je déglutis. Pourquoi cette idée me faisait rougir de désir et trembler de peur en même temps ?

J'avais déjà été avec Morrie et Quoth ensemble, et avec Heathcliff la même nuit. Mais c'était assez exceptionnel et j'étais ligotée alors que là, c'était... tout autre chose.

Il y avait la façon dont Heathcliff s'abandonnait quand nous étions ensemble, comme si être avec moi le maintenait au bord de la folie. Il y avait la gentillesse impossible de Quoth et son appel désespéré et silencieux à être aimé, et Morrie qui luttait pour contrôler ses émotions et dissimuler sa double nature. Il y avait la façon dont ils me donnaient tous les trois l'impression d'être invincible, de pouvoir tout faire. Quand j'étais avec eux, je n'étais pas la pauvre Mina sans amis, la triste fille qui devenait aveugle. J'étais une déesse. Et par Astarté, ça faisait du bien.

Je ne pourrais jamais choisir l'un d'entre eux. J'avais besoin d'eux trois, comme j'en étais venue à soupçonner qu'ils avaient besoin de moi. Mais est-ce que cela signifiait que nous pourrions être tous les quatre, au lit, ensemble ? Est-ce que cela fonctionnerait ?

— À quoi penses-tu ? parvins-je à dire.

Un autre gars aurait pu décliner une telle proposition, mais là, c'était *Heathcliff*. Ses yeux brillaient et me transperçaient comme s'ils avaient l'intention de sonder une partie de mon âme.

— J'ai déjà envoyé un texto à Quoth pour lui dire de se rendre directement à Baddesley Hall après avoir fermé la boutique. Si tu veux finir ce que nous avons commencé, tu devras attendre que Lydia dorme et te faufiler dans notre chambre ce soir.

— D'accord, chuchotai-je, mon cœur battant dans ma gorge.

Derrière Heathcliff, les portes de la salle de bal s'ouvrirent en grand. Les participants se déversèrent à l'extérieur, bavardant et riant, se montrant leurs pas de danse. Les serveurs firent irruption pour offrir des rafraîchissements, et les domestiques se précipitèrent dans la salle de bal pour nettoyer après la séance. Le bruit tourbillonnait autour de nous, rebondissant sur le haut plafond. Tout ce que je voyais, c'était les yeux sombres de Heathcliff, plongés dans les miens, me dévorant du regard. La chaleur s'accumula entre mes jambes alors que j'acceptais la promesse de ce que j'allais recevoir ce soir de la part de mes trois hommes fictifs.

13

« Un couple vient de quitter le magasin. La femme portait ses plus beaux atours et m'a informé qu'ils étaient venus pour le festival. Elle a fait le tour du magasin, s'extasiant sur chaque petit détail, et a fini par acheter l'ensemble complet des livres de Austen de la Folio Society que tu avais mis en avant pour 150 £. Le mari traînait les pieds derrière elle à force de porter les sacs de courses. Il s'est penché sur le comptoir avec un air complètement désespéré et m'a demandé si nous avions des livres dans la section artisanat sur la façon de fabriquer une arme, car il souhaitait se tirer une balle dans la tête. Sur une note positive, absolument personne n'a cité « Le Corbeau » aujourd'hui, et j'attends avec une rare et radieuse impatience de vous voir ce soir. »

Après avoir parlé avec Heathcliff, j'avais lu le texto que m'avait envoyé Quoth sur mon téléphone. Cela n'avait fait qu'accentuer le tourbillon d'excitation et de nervosité qui me nouait l'estomac.

Je n'écoutai pratiquement pas un mot de la journée. J'assistai à deux autres conférences avec l'invitation de Heathcliff qui résonnait dans mon crâne. Chaque fois que Morrie passait devant moi dans le couloir, sa main effleurait le bas de mon dos.

Nos billets VIP incluaient le dîner. J'étais tentée de le sauter, mais Heathcliff fit remarquer que si nous faisions faux bond à Lydia, elle nous traînerait probablement par les oreilles ou pire, s'assiérait seule et révélerait tous nos secrets.

Alors que nous prenions place, la main d'Heathcliff effleura ma cuisse sous la table, et je retins mon souffle.

Morrie, qui ne voulait pas être en reste, laissa tomber sa fourchette sur le sol.

— Oups, je suis vraiment maladroit.

Ses yeux pétillèrent tandis qu'il glissait sous la table, son corps dissimulé par la nappe qui descendait jusqu'au sol. Alors que j'allais attraper la corbeille à pain, des mains soulevèrent frénétiquement ma jupe et repoussèrent mes sous-vêtements. Je poussai un cri lorsque Morrie enfouit son visage entre mes cuisses.

— Quelque chose ne va pas ? demanda Cynthia, me regardant avec inquiétude.

— Non, non, dis-je en levant mon verre de vin. Le vin était juste euh... moins frais que ce à quoi je m'attendais.

Je n'arrive pas à croire que c'est ce qui est en train de se passer. Je n'arrive pas...

La langue de Morrie virevoltait sur mon clitoris, telle une ballerine qui monte sur scène pour un fouetté à couper le souffle. L'audace pure de son geste, combinée à ce rythme implacable, me fit tourner la tête et mon corps se mit à palpiter d'un désir qui avait besoin d'être apaisé. Je tentai de prendre mon couteau pour beurrer mon pain, mais Morrie martela sa langue contre moi et je finis par étaler le beurre sur le devant de la veste d'Heathcliff.

Oh Isis, oh Isis sa langue...

— ... Grey aime plaisanter en disant que je suis sa Lady

Catherine de Bourgh, mais je pense vraiment que ma personnalité est plus en phase avec la nature bienveillante et calme d'Anne Elliot, n'est-ce pas, Mina ?

— Hum... haletai-je, en m'agrippant au bord de la table alors que la chaleur s'accumulait dans mon ventre.

Morrie alimentait ce désir grandissant en moi, me rapprochant... encore plus...

— Ça fait un sacré bout de temps que ton ami cherche sa fourchette, dit Cynthia en se penchant. J'espère qu'il ne s'est pas évanoui là-dessous.

—Je suis sûre... qu'il va bien... soufflai-je.

Juste là... s'il te plaît... continue...

Cynthia souleva le bord de la nappe. Morrie se retira immédiatement, sortant de sous la table avec sa fourchette à la main. Mon corps entier frissonna de désir.

Bon sang j'y étais presque...

Je mourrais d'envie de glisser mes doigts entre mes jambes et de finir le travail. Il suffisait d'un seul contact pour que je bascule. Je serrai les jambes, mais cela ne fit qu'accentuer mon désespoir.

— Tes cheveux sont tout ébouriffés, dit Lydia, réprimandant Morrie. Tu ferais mieux de laisser les servants courir après les fourchettes perdues.

J'eus envie de la corriger quant à l'utilisation du terme « servants », mais mon corps bourdonnait trop. Je savais que si j'ouvrais la bouche, je pourrais hurler de frustration. De l'autre côté de la table, Morrie me fit un sourire narquois et leva son verre.

Espèce de connard. Tu l'as fait exprès.

J'engloutis mon dîner aussi vite que possible, bus trois verres de vin coup sur coup et attendis, les ongles enfoncés dans mes paumes, le moment opportun pour quitter la table. À côté de moi, ni Heathcliff ni Morrie ne semblaient perturbés par le fait que le dîner traînait depuis sept siècles. Le temps que Cynthia se lève pour faire le point sur les événements du lendemain, j'étais sur le point de m'évanouir.

— Je me sens un peu faible, parvins-je à dire d'une voix étranglée, alors que les serveurs arrivaient avec des plateaux de gâteaux et se déplaçaient lentement dans la pièce. Je pense que c'est à cause de toutes ces danses énergiques. Merci à tous pour votre compagnie ce soir, mais je pense que je vais monter dans ma chambre et m'allonger.

— S'il te plaît, Mina, tu devrais rester, chuchota Cynthia. Après le dessert, certains étudiants présenteront une production amatrice d'une histoire tirée des *Juvenilia*.

Lydia fronça les sourcils.

— Qu'est-ce que les *Juvenilia* ?

— C'est un recueil d'histoires, de scènes et de fragments de romans que Jane Austen a écrits entre onze et dix-sept ans, expliqua David. Ils offrent un aperçu unique des origines littéraires de Jane et de son humour imprévisible et sarcastique. Lorsqu'ils vivaient au presbytère, Jane et sa famille adoraient jouer des pièces et réciter des poèmes pour le plus grand plaisir de leurs voisins. Notre expert, le professeur Hathaway, est certain que des représentations similaires auraient été données par la famille et les invités pendant le séjour de Jane à Baddesley Hall...

— Il n'y a aucune trace de cela, le coupa la professeure Carmichael depuis la table derrière nous.

David continua comme si de rien n'était.

— ... il est donc tout à fait normal que nous, les Janeites, perpétuions la tradition.

— Cela semble charmant.

Lydia accepta une deuxième assiette de dessert.

— J'y assisterai sans aucun doute. Bonne nuit, Mina. J'espère que tu te sentiras plus en forme pour danser demain, car tu dois encore beaucoup t'entraîner.

— Merci, Lydia.

Je saluai tout le monde à table et sprintai quasiment à travers la pièce.

Alors que je montais l'escalier, Heathcliff et Morrie apparurent soudain à mes côtés.

— Tu es sûre que tu ne veux pas regarder la pièce amatrice, ma belle ?

— Certaine, dis-je en joignant mes bras aux leurs. Comment as-tu réussi à te débarrasser de Lydia ?

— David l'escorte. Je suppose qu'elle ne peut rien dire de trop scandaleux à ce pauvre type, bien que j'aie entendu une rumeur selon laquelle l'un de ses autres prétendants a l'intention de la lui voler.

Nous croisâmes Gerald qui descendait les escaliers, en grande discussion avec Mademoiselle Résille. Elle leva la tête au moment où nous passions, ses yeux suivant Heathcliff du regard. Sa langue s'étira pour lécher ses lèvres écarlates. Je m'attendais presque à ce qu'elle soit fourchue.

Nous montâmes le grand escalier aussi vite que ma tenue me le permettait. Morrie ouvrit la porte de leur chambre en grand et me poussa à l'intérieur. Quoth était déjà allongé sur le lit, en train de zapper entre les chaînes de télévision, un bol de myrtilles à côté de lui.

— Tu n'as pas une représentation théâtrale amateur à laquelle assister ? s'étonna-t-il en haussant un sourcil parfait.

Je me jetai sur le lit, tournai le visage de Quoth vers le mien et dévorai ses lèvres. Sa langue avait un goût acidulé, comme les baies. Mon corps brûlait d'envie qu'il me touche.

Le lit grinça lorsque les deux autres hommes montèrent. Les bras puissants de Heathcliff m'enlacèrent, déliant ma robe délicate de ses mains habiles. Morrie pressa sa poitrine contre mon dos, ses mains glissant sur mes épaules et sous l'encolure pour saisir mes seins nus.

— Comme tu n'as jamais mentionné ce qui s'était passé entre nous, je pensais que...

Les mots de Quoth s'éteignirent sous mes baisers.

— Ne pense pas, répondis-je à voix basse, en retirant mes Docs et en laissant Heathcliff m'enlever mes chaussettes. Moi, je ne le fais pas.

Je fermai les yeux, m'abandonnant aux lèvres de Quoth et aux caresses et baisers pressants de Heathcliff et Morrie. Mon esprit fourmillait de questions. Était-ce une bonne idée ? Était-ce vraiment ce que je voulais ? Cela nous rapprocherait-il ? Est-ce que cela ferait tomber les barrières de Morrie et aiderait Heathcliff à s'ouvrir ? Est-ce que Quoth verrait alors à quel point il était vraiment beau ? Ou serait-ce la fin de cette relation spéciale ?

Cela me donnerait-il la force d'affronter tout ce que je fuyais ? Ou est-ce que m'abandonner à eux n'était qu'une autre façon de fuir ?

Non. Ne pense pas. Je me concentrai sur ma respiration haletante, sur les dents de Morrie qui raclaient ma clavicule, sur Heathcliff qui faisait glisser la robe par-dessus ma tête, ses lèvres se refermant sur mon téton, le faisant rouler et le suçant jusqu'à ce que je gémisse et que toutes mes pensées et mes doutes s'envolent.

— Comment te sens-tu, ma belle ?

Le souffle de Morrie caressa mon lobe d'oreille.

— Je me sens putain de bien maintenant que j'ai enlevé la robe, lui répondis-je à voix basse, mes mots se transformant en gémissement lorsque les lèvres de Quoth prirent mon autre téton.

— Tu n'es pas la seule à vouloir désespérément enlever ces vêtements ridicules, marmonna Heathcliff.

Après quelques tâtonnements et jurons, Heathcliff et Morrie jetèrent tous deux leurs manteaux et leur culotte sur le sol, et Quoth se débarrassa de son caleçon en soie. Je me couchai sur l'oreiller. Heathcliff se pencha sur moi, sa bouche réclamant la mienne avec l'un de ses baisers passionnés et haletants. Les mains de Morrie remontèrent le long de mes jambes nues, laissant une traînée de feu à l'intérieur de mes cuisses.

— Donnons un peu d'inspiration à ces écrivains érotiques de Jane Austen en bas, murmura-t-il en plongeant son visage entre mes jambes.

Excitée par ce qu'il m'avait fait à table, mon clitoris bourdonnait et palpitait sous les lèvres de Morrie. Chaque légère caresse de sa part me faisait frissonner de plaisir. Je gémissais contre les lèvres implacables de Heathcliff alors que Morrie me rapprochait de l'extase.

Quoth s'adossa, les jambes croisées, les yeux rivés sur les miens.

— Tu es si belle, murmura-t-il, les mots se bloquant dans sa gorge.

Je tendis la main vers Quoth et pris la sienne dans la mienne, la plaçant sur ma poitrine, au-dessus de mon cœur. Morrie plongea sa langue en moi, attisant ce désir qui en redemandait, avant de marteler mon clitoris désespéré et palpitant. Je serrai les doigts de Quoth tandis qu'un orgasme me traversait.

Je me cambrai. Des frissons chauds explosèrent entre mes cuisses, se propageant le long de mes membres jusqu'à toucher mes doigts et mes orteils. Le monde s'estompa et s'obscurcit, et une traînée de néon bleu vif traversa ma vision. Mon propre feu d'artifice personnel, cadeau de mes hommes.

Aussi vite que la lumière bleue apparut, elle s'éteignit, et je pus voir à nouveau. Morrie se redressa, me lançant un sourire malicieux. Heathcliff continua à m'embrasser, comme si personne d'autre n'était dans la pièce. Quoth se contenta de regarder, les yeux brillants de choses qu'il voulait désespérément dire et faire.

J'aimerais... J'aimerais qu'il se sente aussi libre avec Morrie et Heathcliff qu'il l'est quand nous sommes tous les deux seuls... Peut-être qu'il y a un moyen de faire remonter le vrai Quoth à la surface...

Quand j'eus récupéré suffisamment de forces pour bouger à nouveau, je me jetai en avant et enroulai mes bras autour des épaules de Quoth, l'attirant vers moi. Je l'adossai contre les oreillers, posant mes lèvres sur les siennes, emmêlant mes mains dans ses cheveux somptueux alors que nous nous nourrissions l'un de l'autre.

Quand Quoth m'embrassa, une vague d'émotion bouillonna dans mon estomac, s'élevant dans ma poitrine pour couler dans ma bouche, le long de ma langue. Je lui offris toutes les pensées sombres qui se cachaient en moi, et il me donna les siennes. Je goûtais à son âme, pas à son corps. Toutes les émotions qu'il reflétait habituellement dans ses œuvres d'art se déversaient en moi, sombres, brisées et terrifiantes. Mais je n'avais pas peur de lui. Comment le pourrais-je, alors qu'il se souciait tant et si profondément de moi ?

C'était Quoth, mon oiseau en cage, qui apprenait lentement, très lentement, à être libre.

Je m'agenouillai et enroulai mes mains autour de son membre. Quoth entrouvrit les lèvres. Ses cils noirs s'entremêlèrent alors qu'il me regardait à travers ses yeux aux paupières lourdes. Je me penchai en avant et je pris Quoth dans ma bouche, goûtant sa douceur, faisant courir ma langue autour du bout de son sexe. Il soupira, laissant échapper un son si plein de bonheur qu'il me brisa le cœur.

Je gardai les yeux rivés sur les siens, exigeant qu'il me regarde, sachant qu'il savait que je le regardais prendre son plaisir en moi. Je voulais que Quoth sache que je trouverais un moyen de le rendre aussi heureux qu'il me rendait heureuse. Qu'il valait la peine qu'on s'occupe de lui.

Me balançant d'avant en arrière sur mes pieds, j'accueillis Quoth plus profondément en moi, savourant l'étirement de mes lèvres autour de lui, la façon dont sa queue se tendait et se contractait contre ma langue. Il avait un goût incroyable, comme le vent et le beurre, aussi doux qu'une chute dans un tas de feuilles à l'automne.

— Mina, dit Quoth d'une voix frissonnante.

Il agrippa les draps des mains. Je me déplaçai au même rythme lent que celui adopté par Morrie, aspirant Quoth profondément dans ma gorge avant de le libérer dans une longue et lente caresse. Chaque fois que son sexe glissait dans ma bouche, je m'imaginais aspirer toute son obscurité en moi, ne lui laissant que la lumière vive et brillante de son cœur.

Des mains chaudes se mirent à caresser mes jambes nues. *Heathcliff.* Je reconnus son toucher effréné, la façon dont il s'accrochait à moi comme si j'étais la seule chose qui le maintenait debout. L'emballage d'un préservatif se déchira, puis Heathcliff passa un bras autour de ma poitrine et son sexe frotta entre mes jambes, cherchant l'entrée.

— Oui, dit Morrie, quelque part à droite. C'est très sexy tout ça.

— Attends ton tour, grogna Heathcliff, sa voix grave résonnant dans tout mon corps. Alors que j'accueillais Quoth, j'écartai davantage mes jambes pour permettre à Heathcliff de s'insérer plus facilement. Tout mon corps me faisait mal à force de le désirer, de les désirer.

Heathcliff maintint mon torse et entra en moi d'un seul coup profond. Je haletai contre le sexe de Quoth alors que mon corps l'accueillait.

J'avais deux d'entre eux en moi.

Ouah.

C'est incroyable.

Avec un grognement bestial, Heathcliff se déplaça, se retirant et plongeant à nouveau profondément, écartant mon corps et mon cœur de la meilleure façon qui soit. Son côté sombre se mêlait au mien, trouvant en Quoth et en moi un écho mélancolique. Je leur permettais de s'ouvrir, exposant ces choses cachées qu'ils ne voulaient dévoiler à personne. Mais je les voyais, car elles reflétaient mes propres peurs et ma propre force.

La main de Quoth sur mon épaule me rassura, et le feu orange dans ses yeux consuma tous mes regrets, les réduisant en cendres. Le corps de Heathcliff sur le mien était chaud, glissant, trempé de sueur, de douleur et d'instinct. Contrairement à Morrie, il savourait son manque de contrôle, s'abandonnant complètement à son côté animal, aux aspects sombres qui incitaient certains à le qualifier de brute, d'être cruel et tordu.

Mais pas moi. Je l'appelais seulement Heathcliff.

Je l'appelais moi-même.

— Je ne veux pas gâcher la fête, dit Morrie en faisant la moue. Mais j'aimerais souligner que l'un de nous se sent un peu exclu.

— Elle n'a qu'une seule bouche et qu'un seul sexe et nous occupons actuellement les deux, grogna Heathcliff. À moins que tu n'aies une autre suggestion, attends ton tour.

— Oh Heathcliff, Heathcliff. Comme tu es fermé d'esprit.

Morrie brandit un tube de lubrifiant. Il me fallut un moment pour comprendre pourquoi il souhaitait l'utiliser.

Mes lèvres s'écartèrent de Quoth alors qu'un malaise m'envahissait.

— Tu l'emmènes partout avec toi, juste au cas où une opportunité se présenterait ? demandai-je.

— Bien sûr, dit Morrie en faisant tourner la bouteille, les yeux pétillants. Qu'en dis-tu, ma belle ?

Hors de question que tu t'approches de mes fesses, James Moriarty, tant que tu ne m'auras pas donné cette part de toi que tu retiens.

Mais je ne comptais pas lui répondre ça pour le moment. Morrie méritait de transpirer un peu plus longtemps. Je penchai la tête vers Quoth, le prenant à nouveau profondément et lentement. Quoth écarquilla les yeux et ses doigts se refermèrent sur mon épaule.

— Mina, je pense que...

Je le serrai plus fort, en le caressant pendant que je faisais tourner ma langue autour du bout de son sexe. Son corps se raidit, ses muscles se contractèrent alors qu'il jouissait, violemment, dans ma bouche. J'avalai le goût de sa semence, prenant tout ce qu'il voulait bien me donner comme si c'était un cadeau que j'avais espéré et pour lequel j'avais prié. À bien des égards, c'était le cas. Quoth était un *cadeau*, que j'espérais déballer chaque jour.

— Maintenant que tu as fini avec l'oiseau, concentre-toi sur moi.

Morrie repoussa Quoth, affalé, et agita la bouteille devant mon visage. Son sourire nonchalant était crispé de désir.

— Qu'en dis-tu ? Oui ?

Je secouai la tête.

— Pas cette fois.

Morrie haussa un sourcil.

— Mais peut-être la prochaine fois ?

Je ris en l'embrassant. *Ton sexe n'est pas la seule chose que je désire. Je ne demande rien de moins que ton cœur entier, James Moriarty. Et je l'aurai, un jour.*

Morrie m'enlaça. Il soupira.

— D'accord. Mais si je ne suis pas en toi avant la fin de la nuit, je vais être très contrarié.

En réponse, je balançai mes hanches contre Heathcliff.

— On ne peut pas laisser faire ça.

— Alors... qu'est-ce qu'on va faire ?

— Tu ne la fermes jamais ?

Je me redressai sur mes genoux et attrapai son épaule, l'attirant contre moi et étouffant ses protestations entre mes lèvres. Morrie s'accrochait à moi, son corps pressé contre le mien alors même que Heathcliff s'enfonçait plus profondément.

Serrée entre leurs corps, leurs mains et leur chair partout sur moi, un feu brûlait en moi. Attisée par leur besoin brut et primitif, je devins Sekhmet, protectrice du soleil, déesse guerrière du feu, guérisseuse de blessures, car ce feu... était un feu guérisseur. Par-dessus mon épaule, Heathcliff et Morrie échangèrent un regard, et celui-ci était d'un autre monde. Il semblait que ce feu les touchait aussi.

Heathcliff enfonça ses ongles dans ma chair alors que son corps se raidissait. Il enfouit son visage dans mon épaule, ses dents griffant ma peau. Un frisson parcourut son corps. En moi, son sexe frémissait, s'enfonçant profondément alors qu'il atteignait l'extase, la puissance de ses derniers coups de reins me secouant contre Morrie, comme s'il s'enfonçait en nous deux.

Heathcliff me tint un moment, se penchant pour me revendiquer avec un autre baiser à couper le souffle. Ce moment et ce baiser m'apprirent tout ce que j'avais besoin de savoir sur lui. Il se retira de moi et s'affala contre le lit.

— À mon tour.

Morrie m'attrapa par la hanche et me fit tourner sur moi-même pour pouvoir me prendre par-derrière. Je poussai un cri lorsqu'il s'enfonça en moi d'un coup profond. Il avait perdu tout contrôle, toute indifférence. Morrie laissa enfin s'exprimer le chaos qui l'habitait depuis si longtemps. Ses ongles me lacérèrent le dos. Ses dents s'accrochèrent à mon cou. Il se cabra contre moi comme un homme possédé, comme s'il prenait un démon sorti de son propre corps.

Je cambrais le dos et me balançais à chaque coup de reins, me laissant aller à son abandon. Si c'était ça le chaos de Morrie, si c'était ça ce dont il essayait de me protéger, alors il pouvait oublier.

C'était justement ce que je voulais. J'en avais besoin, j'avais besoin de lui. Quoi qu'il se passe actuellement dans la tête de Morrie, quelque chose l'avait brisé. Les vannes s'étaient ouvertes. Il était temps, bon sang.

Une main s'enroula autour de mon cou, le doigt pressé contre mes lèvres.

— Mords-moi, ma belle, murmura Morrie, calme et lointain, perdu dans son propre tourment intérieur.

Je plongeai les dents dans sa peau alors qu'il enfonçait sa main entre mes jambes, effleurant mon clitoris du bout de son doigt. Tandis qu'il me poussait à l'orgasme avec son doigt et son sexe, je mordis fort son index, sentant le goût de son sang sur ma langue. Le corps de Morrie se raidit et il finit par se soulager.

A-t-il besoin de la douleur à ce point ?

Alors qu'il s'affaissait contre le lit, je tournai mon visage vers Morrie, croisant son regard.

— Mina, murmura-t-il.

Son visage se figea dans une étrange expression lointaine, teintée de cette tristesse que Quoth portait habituellement en lui. Je l'embrassai, longuement et lentement, essayant d'obtenir une réponse. Quelque chose chez Morrie semblait différent. Plus calme, plus vulnérable.

Waouh.

Morrie s'écarta, les yeux écarquillés.

— Morrie, qu'est-ce que...

Il rejeta la tête en arrière, se détourna de moi et glissa hors du lit. Je tendis la main vers lui, mais il la repoussa d'un geste brusque.

Non, Morrie, ne fais pas ça. Ne te dérobe pas alors que tu étais si près.

— Il y a le feu ou quoi ? grogna Heathcliff.

Morrie ne répondit pas. Il glissa ses longues jambes dans son pantalon et se dirigea en boitant vers la porte.

Je me redressai, l'inquiétude me nouant la poitrine.

— Qu'est-ce qui se passe ?

— Je dois juste... Il faut que j'y aille.

Morrie jeta une chemise sur ses épaules et se dirigea en titubant vers le couloir.

La porte claqua derrière lui.

14

— Morrie, attends !

Je me jetai hors du lit, me précipitant par terre pour ramasser mes vêtements. J'attrapai ma robe, puis réalisai qu'il me faudrait beaucoup trop de temps pour l'enfiler convenablement. Mon sac à dos était dans l'autre pièce, et nous avions verrouillé la porte entre les deux au cas où Lydia déciderait de nous rejoindre. Je ne pouvais pas risquer de l'ouvrir si elle était de l'autre côté, et qu'elle découvrait ce qui se passait.

Je ramassai la chemise à volants de Heathcliff par terre et l'enfilai rapidement par-dessus la tête. Elle était si large et grande qu'elle m'arrivait presque aux genoux. Ce n'était pas vraiment approprié pour le style Régence, mais c'était au moins un peu décent.

— Mina, qu'est-ce que tu fais ?

— Je vais le chercher.

J'enfilai l'énorme pardessus de Heathcliff et mes Docs.

— Pourquoi ? demanda Heathcliff. C'est juste du Morrie tout craché. Il ne supporte pas de ne pas être le chef.

— Je ne pense pas que ce soit ça cette fois-ci.

J'ouvris la porte en grand et je me dirigeai vers le hall en trottinant. Il était désert. En haut de l'escalier, je m'arrêtai, regardant par-dessus le bord. Des couples se pressaient dans l'entrée en bas, tenant des verres de vin et bavardant. La musique du piano retentissait depuis Uppercross. Si Morrie était contrarié, il ne serait pas descendu.

Où est-il alors ?

Je me souvins du balcon couvert où nous avions observé le duel d'escrime. À cette heure de la nuit, il serait complètement désert. Je traversai en courant le palier supérieur, m'engouffrant dans un couloir puis dans un autre jusqu'à ce que je retrouve le petit bureau qui menait au balcon.

Je ne voulais pas allumer de lumière et risquer d'effrayer Morrie. Je me frayai un chemin dans l'espace sombre, grimaçant en me cognant la hanche contre un grand bureau en chêne. La lumière de la lune brillait par les fenêtres extérieures, et un mal de tête commença à se faire sentir dans mes tempes lorsque mes yeux se focalisèrent sur les carrés de lumière pâle, effaçant tout le reste dans mon champ de vision rétréci.

— Aïe !

Mon genou heurta violemment un socle en pierre. Je tendis les mains et parvins à rattraper un vase en terre cuite avant qu'il ne tombe par terre. Alors que je redressais le socle et reposais le vase sur son support, une ombre traversa le clair de lune.

— Mina ?

Je levai les yeux. Une grande silhouette se tenait dans l'embrasure de la porte menant au balcon. Dans l'obscurité, je ne distinguais que des ombres, mais j'aurais pu reconnaître cette voix entre mille.

— Je suis venue te chercher, dis-je en me redressant. Je pense que ce serait bien qu'on parle.

— Retourne dans la chambre. J'arrive dans une minute.

La silhouette disparut.

Oh non, pas question. Je me dirigeai vers la porte, m'appuyant contre le cadre et observant Morrie. Il était appuyé contre la balustrade, le regard perdu dans la nuit enneigée. Dans la pénombre, je ne pouvais pas distinguer ses traits, mais sa silhouette était indéniable.

— Morrie ?

Je m'approchai de lui.

— Je préfère être seul, dit-il, sans se retourner.

— Tu es sûr que c'est vrai ? dis-je, avançant encore d'un pas. Tu es toujours seul, même quand tu es avec moi. Tu te retiens et tu luttes contre toi-même. Je pense que tu ne sais peut-être pas faire autrement, mais quelle qu'en soit la raison, tu as créé cet espace entre nous. Je déteste ça. Ce soir, tu as comblé cet espace et tu m'as laissé te voir, te voir *vraiment*. Et je pense que tu as peur de ça.

Morrie ne dit rien pendant un long moment. Je tentai ma chance et traversai le balcon pour me tenir à ses côtés. Il refusait toujours de me regarder, alors je me penchai par-dessus la balustrade, essayant d'apercevoir son visage. Il pinçait les lèvres et ses yeux n'étaient plus que des cristaux de glace – froids et durs, mais fragiles. Morrie se mordit la lèvre inférieure, et j'osai espérer que ce que j'avais dit l'avait touché.

— Qu'est-ce qui t'arrive ? Pourquoi tu te comportes si bizarrement ces dernières semaines ? Depuis que nous avons résolu le meurtre de Mme Scarlett, tu es maussade et méchant.

Morrie sortit un papier de sa poche, le plia et le déplia dans ses mains. Il soupira.

— Je t'ai mise en danger.

Il ne chuchota pas ni ne parla d'une voix nouée. Ses mots étaient clairs, confiants. Quel que soit ce qu'il comptait me dire, il était intimement convaincu que c'était vrai.

— Comment ça ?

— Quand tu es allée chez Mme Winstone et que tu as trouvé

le corps de son mari. J'ai mis trop de temps à comprendre qu'il y avait deux meurtrières différentes, et j'aurais immédiatement dû saisir qu'elle en était une. Tous les indices étaient là : le mari disparu, le conflit avec Ginny Button, l'attaque avec la canne qui ne correspondait pas au mode opératoire du tueur. Mais je ne l'ai pas vu.

Il secoua la tête, incrédule.

— Ça n'a pas d'importance. Nous avons trouvé la solution ensemble et arrêté Mme Winstone *ainsi* que Greta. Nous avons résolu l'affaire grâce à ton intelligence, et personne d'autre n'a été assassiné.

— Tu ne comprends pas ? Bien sûr que si c'est important. J'aurais dû comprendre, mais je ne l'ai pas fait, et j'ai mis à contribution mon intelligence considérable pour essayer de comprendre pourquoi. Et une idée terrifiante m'est venue à l'esprit : peut-être que je perdais la tête. Ces deux derniers mois, j'ai été confus, désorienté, stupéfait. C'était peut-être un problème médical non diagnostiqué. Je devais le découvrir, et la première partie de l'équation consistait à comprendre à quel point mon cerveau s'épuisait, dit Morrie en me tendant la lettre. J'ai donc repassé le test de QI MENSA. J'avais passé ce test il y a un an, dans le seul but de gagner un pari avec Heathcliff, ce que j'ai fait. J'avais obtenu un QI de 172.

L'enveloppe de MENSA. C'était ça, les résultats de son test. Mais il ne serait pas aussi contrarié à moins que...

Oups.

Je savais que Morrie était intelligent, mais un QI de 172 était hors norme. Sa lèvre tremblait, et j'eus mal au cœur pour lui alors que tous ses comportements erratiques et ses commentaires sarcastiques prenaient soudain sens.

Morrie accordait une importance primordiale à son intelligence, et s'il la perdait pour une raison quelconque, c'était comme s'il perdait une partie essentielle de lui-même. Je savais ce que cela faisait, assez pour savoir que c'était très désagréable.

— Morrie, dis-je en lui touchant l'épaule. Je suis vraiment désolée. J'aurais aimé que tu me dises quelque chose. Tu n'as pas à affronter ça tout seul. Je peux t'aider. Je...

Il rit, mais avec amertume et me tendit la lettre.

— Lis-la.

Je pris l'enveloppe, l'ouvris et parcourus les résultats. Le chiffre me sauta aux yeux.

Score de QI standardisé : 173

Hein ?

— Morrie, tu es sûr d'avoir bien lu ton courrier ? C'est un point de *plus* qu'à ton dernier examen. Tu n'as pas à t'inquiéter.

— Bien sûr que si je m'inquiète. Ce papier prouve justement que mon cerveau fonctionne parfaitement. Le problème, c'est que mon cœur s'en mêle.

Mon propre cœur se mit à battre la chamade. J'avais tellement de questions, mais je me tus. Si j'effrayais Morrie maintenant, il ne s'ouvrirait plus jamais.

— Je tiens à toi.

Morrie posa sa joue contre sa main, secouant la tête comme s'il n'arrivait pas à y croire.

— Je me suis promis de ne plus jamais refaire cette erreur. De toute ma vie, je n'ai tenu qu'à une seule autre personne, et, d'après les archives, il m'a poussé du haut d'une cascade.

Par Isis, il parle des chutes de Reichenbach.

— Morrie...

Je ne voulais pas le presser et lui faire peur, mais je devais savoir.

— Tu veux dire que tu étais amoureux de Sherlock Holmes ?

— Comment aurais-je pu ne pas l'être ? Il était le seul à m'avoir jamais contrarié, c'était celui qui avait rendu ma vie intéressante, dit Morrie en levant alors les yeux. Jusqu'à ce que je te rencontre toi.

Mon cœur battait fort dans mes oreilles. Morrie croisa mon regard. Les cristaux glacés qui s'y trouvaient se brisèrent en mille morceaux. Voilà, il était là mon criminel amoral, dépouillé de toute sa bravade, et je comprenais sa douleur. Les émotions de Morrie étaient un raz-de-marée, qui l'entraînait vers le fond. Il devait s'accrocher au peu de contrôle qu'il lui restait, sinon il allait se noyer. Reconnaître qu'il tenait à moi revenait à admettre qu'il avait déjà eu tort, qu'il avait aimé quelqu'un et avait ensuite appris dans un livre que ce dernier avait commis la trahison ultime.

Arthur Conan Doyle n'avait fait que relater ce qui s'était passé aux chutes de Reichenbach à travers le bref récit de Sherlock à Watson. Nous n'avons jamais su ce qui avait vraiment été dit ou commis sur cette corniche. Morrie ne le savait pas non plus, car il avait été arraché à son histoire et projeté dans notre monde avant que cela n'arrive. Tout ce qu'il savait, c'était que l'homme qu'il aimait l'avait poussé du haut d'une falaise.

J'avais envie de lui dire que je ne ferais jamais une chose pareille, mais je savais, tout comme lui, que rassurer quelqu'un en lui disant que tu n'allais pas lui faire de mal n'était pas la solution.

— Tenir à quelqu'un ne te rend pas faible, chuchotai-je. Ça te rend juste humain.

— Les humains sont faibles, dit Morrie, de cette voix glaciale. J'ai déjà tenu à quelqu'un auparavant, et cela m'a coûté la vie. Cette fois, mon affection a failli te coûter la tienne, Mina. Quand je te regarde, je ne vois que ma faiblesse. Elle me rendra fou si je ne...

Son regard glissa sur le côté, suivant quelque chose dans la cour en contrebas.

— Quoi ?

Je tournai la tête à mon tour, mais je ne distinguai rien dans l'obscurité. La frustration grandit en moi en réalisant que je ne pouvais pas voir ce qui avait attiré son attention.

— C'est Christina Hathaway, dit Morrie en baissant la voix et en plissant les yeux.

Il s'accroupit derrière le balcon pour que seul le haut de sa tête soit visible par-dessus la balustrade. Je me penchai à mon tour, saisie par l'excitation du moment.

Donnez un puzzle à résoudre à Morrie, et il est heureux.

Je me blottis contre lui, le cœur battant.

— Que fait-elle ?

— Elle est avec la journaliste. Elles marchent sous les arbres au fond de la cour, et parlent à voix basse.

Ce n'est pas vraiment excitant.

— N'essaie pas de changer de sujet. Elles sont probablement juste sorties prendre l'air. Ou fumer une cigarette. Ce serait hilarant si Mademoiselle Perfection de la Régence était une fumeuse invétérée.

— Elle a effectivement un secret, mais ce n'est pas une dépendance à la nicotine, lâcha Morrie en souriant. Elles s'embrassent.

15

— **Q**uoi ? — Ouais.

Morrie se pencha par-dessus le balcon et scruta l'extrémité de la cour, où je pouvais à peine distinguer deux silhouettes blotties sous l'un des arbres.

— Dommage que tu ne puisses pas voir ça. Elles sont en train de s'embrasser passionnément. On pourrait prendre exemple.

— Morrie !

Je lui attrapai la main et le traînai à l'intérieur.

— On ne devrait pas les espionner. Elles méritent un peu d'intimité.

— Détends-toi, ma belle. Elles ne se doutent pas que nous sommes là, sinon elles ne se seraient pas dévoré le visage de façon aussi désespérée.

— Tu penses que le père de Christina est au courant ?

J'avais du mal à croire qu'un homme comme Hathaway, avec son adhésion aux valeurs de la Régence, approuverait la sexualité apparente de sa fille.

—J'en doute, sinon elles n'auraient pas ressenti le besoin de s'aventurer dehors par moins quatre degrés pour s'embrasser.

— Intéressant. Je me demande si cela a un rapport avec l'article sur lequel travaille Alice. Elle essaie clairement de faire tomber Hathaway..., dis-je en secouant la tête. Non, je ne vais pas m'occuper de ça. Ce que les gens font derrière des portes closes ne nous regarde pas.

—Ou sous les arbres.

— Oui. Ou sous les arbres. À ce propos, lui dis-je en lui donnant un petit coup dans le bras. Tu ne peux pas continuer à fuir chaque fois que tu es ému. Je ne peux pas gérer ça en plus de tout le reste – soit tu es avec nous, soit tu es *out*.

—Qu'est-ce que c'est censé vouloir dire ?

—Ça veut dire que...

Je fermai les yeux. Était-ce vraiment ce que je voulais ? Si j'insistais trop, je risquais de finir par le repousser. Mais d'un autre côté, Morrie n'était pas le seul à se laisser emporter par ses sentiments contre son gré. J'avais déjà un certain criminel dans la *peau,* et plus je passais de temps avec lui, plus je tombais amoureuse, non pas de l'homme arrogant qu'il était en surface, mais de l'homme brisé qu'il était en réalité.

J'avais besoin que Morrie me fasse suffisamment confiance pour me montrer un peu de cet homme-là.

— Ça veut dire que c'est vous trois ou personne. Soit, tu cèdes à ce que tu ressens pour moi, soit on arrête. Il n'y aura plus de sexe. Plus de... ce qui s'est passé ce soir...

— Ça s'appelle une orgie, dit Morrie. Ou un plan à quatre. Un harem inversé. Certaines personnes préfèrent le terme gangb...

— Ne sois pas grossier, dis-je en rougissant. C'est toi qui as commencé, Morrie. Et tu as raison. Je ne veux *pas* choisir. Je te veux, toi, Heathcliff et Quoth. Je te veux non seulement parce que tu es intelligent, mais aussi parce que je tiens profondément à toi. Il est même possible que je t'aime.

Les mots m'échappèrent, des mots que j'avais évité de prononcer, car je n'étais pas encore prête à les dire à l'un d'entre eux, même si c'était probablement vrai. J'avais aimé très peu de gens dans ma vie, et à part ma mère, ils m'avaient soit abandonnée, soit planté un couteau dans le dos.

— Et tu n'es pas le seul à mettre ton cœur en jeu ici sur la table ni celui qui a le monopole de la souffrance. Soit je prends ton cœur, soit tu t'en vas. C'est ma dernière offre.

Je me retournai et quittai la pièce d'un pas lourd, laissant un James Moriarty stupéfait et silencieux sur le balcon, ses yeux de glace me transperçant le dos.

16

— L ève-toi, lève-toi !

Un oreiller me heurta en plein visage.

— Croac, croac, croac !

Un corbeau sauta sur le lit en battant frénétiquement des ailes.

— Euh, hum, quoi ?

Je me frottai l'œil. Des plumes noires et blanches flottaient autour de moi.

— Comment oses-tu dormir ici avec *mon* cavalier, et le jour du bal, en plus !

Lydia me frappa à nouveau la tête avec l'oreiller.

— Qu'est-ce qui se passe ? marmonna Morrie en ouvrant les yeux. Comment est-elle entrée ici ? On avait pourtant verrouillé la porte.

— Parce que tu m'as appris à crocheter une serrure ! hurla Lydia en frappant Morrie sur la tête pour faire bonne mesure.

— Aïe ! C'était seulement parce que tu étais agaçante et que je voulais que tu la fermes pendant vingt minutes, dit Morrie en se glissant sous les couvertures. Tu n'étais pas censée t'en servir contre moi.

— Eh bien, elle l'a fait, et maintenant elle essaie de nous assassiner avec du duvet d'oie, dis-je en retirant une plume de mes lèvres. Lydia, attends une seconde. Lydia !

Elle me frappa à nouveau sur la tête, étouffant mes paroles avec du lin égyptien 400 fils. J'arrachai l'oreiller de ses mains et le serrai contre ma poitrine nue. Lydia me regardait depuis l'extrémité du lit.

— Assieds-toi, dis-je en pointant mon doigt vers le canapé disposé sous la fenêtre. Lydia se laissa tomber sur le sofa et me lança un regard plein de défi.

— Laisse-moi trouver un jean, ensuite je pourrai t'expliquer.

— Tu ne portes même pas de culotte ?! hurla Lydia.

— Baisse d'un ton, marmonna Heathcliff. Certains d'entre nous essaient d'avoir un sommeil réparateur.

— J'abandonnerais si j'étais toi, car même une décennie de sommeil ne te donnerait pas meilleure mine, dit Morrie.

— Croac !

Quoth sautilla en rond autour des draps.

— D'accord. Je m'en occupe.

J'attrapai Lydia par les cheveux et la traînai dans l'autre chambre, claquant la porte derrière moi.

— Aïe. Lâche-moi, espèce de catin !

Lydia me griffa le visage avec ses mains. Je les repoussai d'un coup sec.

— Je vais raconter à tout le monde ton comportement scandaleux...

— Non, dis-je en la laissant tomber sur le lit.

Je me dirigeai vers le mini-bar sous le bureau et en sortis une petite bouteille de whisky. Je lui en jetai une et enlevai le bouchon de l'autre.

— Tu ne le feras pas. Bois ça.

Lydia regarda la bouteille qu'elle tenait, puis le réfrigérateur.

— Est-ce une sorte de... glacière futuriste ?

— C'est exactement ça, dis-je en levant ma petite bouteille. Et c'est l'un des nombreux plaisirs du monde moderne. Cul sec.

— Pourquoi buvons-nous ? Tu es censée m'expliquer pourquoi je t'ai trouvée dans une situation compromettante avec mon cavalier. Toi, tu as ton propre cavalier, le grincheux. Pourquoi il a fallu que tu prennes le mien aussi ?

— J'y viens. J'ai juste besoin d'un peu de courage liquide d'abord. Et il t'en faudra sans doute un peu aussi, pour ce que je vais te dire.

— Très bien.

Lydia leva sa bouteille vers moi et but d'un trait, claquant celle-ci sur la table. Je bus aussi d'un trait, le whisky bon marché me brûlant le gorge et le ventre. Je jetai la bouteille sur le bureau et me penchai en avant.

— Écoute, Lydia. Beaucoup de choses ont changé depuis que Jane Austen a écrit ton histoire. D'une part, nous avons des réfrigérateurs maintenant, et nous pouvons garder notre whisky pourri au frais pour des occasions comme celle-ci, expliquai-je toussant alors que l'alcool me brûlait la poitrine. Nous avons aussi le féminisme, ce qui signifie que tu n'as pas besoin de trouver un mari pour mener une vie riche et stable.

— Oh non, pas *encore* cette histoire de féminisme, dit Lydia en retroussant les lèvres. Ça a l'air horrible.

— Je peux t'assurer que c'est en fait assez amusant. Le féminisme signifie que tu n'as pas à prendre de décisions en fonction de ton amabilité et de ton éligibilité envers les hommes. Par exemple, tu ne le sais pas encore, mais lorsque tu t'es enfuie avec Wickham, ta famille a dû parcourir la campagne pour te retrouver, car elle s'inquiétait pour ta réputation. Maintenant, tu peux faire ce que tu veux, et ta réputation ne sera pas entachée. Tu pourrais coucher avec Wickham et en parler avec tes copines le lendemain, et cela ne te rendrait pas moins désirable en tant qu'épouse. Tu peux coucher avec qui tu veux sans être obligée de l'épouser.

Lydia retroussa à nouveau les lèvres.

— C'est vrai ?

— Oui. Enfin, en quelque sorte. Les gens adorent les commérages. Ils pourraient dire des choses méchantes sur toi dans ton dos, et te traiter de salope, parce que nous n'avons pas encore complètement détruit le patriarcat. Mais ça, c'est une tout autre conversation.

Sentant que Lydia ne m'écoutait plus, je désignai la porte qui séparait nos chambres.

— Le *fait* est que Morrie est peut-être ton cavalier, mais il est déjà pris. Par moi.

Du moins, je l'espère. Je repensai à l'ultimatum que je lui avais lancé la veille.

— Heathcliff aussi. Et Quoth. Je ne suis mariée à aucun d'entre eux, mais cela ne veut pas dire que nous ne pouvons pas sortir et coucher ensemble. Nous pourrions même vivre ensemble si nous le voulions.

Lydia écarquillait tellement les yeux qu'on aurait dit des lunes en orbite.

— Je n'ai jamais cru qu'une telle chose serait possible.

— Pourquoi pas ? Beaucoup de vieilles histoires parlent d'hommes avec des harems de femmes. Pourquoi ne pourrait-il pas en être autrement ? C'est ça le féminisme : l'égalité des droits pour tous. Le problème, c'est que le fait d'avoir plusieurs partenaires n'est pas encore tout à fait acceptable socialement. On sait tous que ça existe, mais on n'en parle pas.

Le visage de Lydia s'illumina.

— Oh, oui. Comme quand mon père a surpris ma sœur Mary en train d'embrasser Maria Lucas derrière les écuries.

D'accord, waouh. Je réprimai un rire.

— Oui, exactement comme ça. Il est très important que tu ne parles à personne des garçons et moi. Cette ville est petite, comme Meryton, et certaines personnes n'approuveront pas. Leur désapprobation pourrait nous nuire à tous, y compris à toi.

— Mais tu viens de dire...

— Je sais ce que je viens de dire, dis-je en me frottant la tempe, là où un mal de tête avait commencé à se manifester. Par Isis, il est trop tôt pour ça. C'est ce truc de patriarcat dont je t'ai parlé. Je te donnerai un livre à lire quand nous retournerons à la boutique. Pour l'instant, disons simplement que tu peux faire ce que tu veux, tant que tu ne le mets pas en avant. Vois-le de cette façon : le fait de savoir que Morrie n'est plus disponible te permet de profiter de tout autre homme que tu pourrais désirer. Ou d'une femme, ai-je ajouté, en pensant à ce dont Morrie et moi avions été involontairement témoins la nuit dernière, et à ce que Lydia venait de me dire à propos de sa sœur. Tu pourrais même avoir une femme, si tu le voulais.

— Les femmes se livrent librement à des ébats avec d'autres femmes ? s'étonna Lydia. Ma mère doit actuellement se retourner dans sa tombe, et *j'adore* ça !

Je souris.

— Lydia, je pense que tu vas vraiment aimer être une adolescente à cette époque. Ce n'est pas pour rien que « C'est compliqué » est le statut relationnel le plus populaire sur Facebook. Maintenant, tu vas arrêter de t'accrocher autant à Morrie – il y a le bal ce soir, et toute une maison remplie de gens costumés un peu zinzins qui adoreraient coucher avec une vraie dame de la Régence.

— Alors qu'attendons-nous ?

Lydia ouvrit sa valise et commença à jeter des robes par-dessus sa tête.

— Aide-moi à enfiler cette tenue. Il faut que je sois *sensa-*

tionnelle aujourd'hui si je veux remplir le reste de mon carnet de bal pour ce soir. Et nous devons nous dépêcher, car je ne veux pas manquer l'occasion de parler avec David au petit-déjeuner.

LYDIA ENFILA la robe en mousseline dans laquelle elle était arrivée, se coiffa et para ses cheveux des fleurs en soie qu'elle avait achetées au marché de Netherfield. Dès qu'elle fut convaincue d'être prête à recevoir une avalanche d'admirateurs enthousiastes, nous nous levâmes tous les trois pour nous rendre aux activités de la journée. J'embrassai Quoth pour lui dire au revoir en passant les mains dans ses cheveux noirs.

— Je penserai à toi toute la journée, dit-il entre deux baisers.

— Fais donc ça, dis-je en l'embrassant. Nous avons le bal ce soir, alors...

Quoth désigna la fenêtre de la chambre derrière sa tête.

— Je l'ai laissée suffisamment ouverte pour pouvoir entrer. Mais je pense que je vais probablement m'asseoir à l'extérieur de la salle de bal et observer. Ce sera amusant de voir les costumes, d'écouter l'orchestre et de te regarder cogner les tibias de Heathcliff.

Je posai les mains sur mes hanches et le fusillai du regard.

— Je te signale que je suis une danseuse fantastique.

— C'est un mensonge ! cria Heathcliff depuis le couloir.

— Mina, allons-y !

Lydia traîna un Moriarty désemparé vers les escaliers.

Je m'accrochai à Quoth, ne voulant pas qu'une journée entière s'écoule sans que je le voie. Il rit et pressa ses lèvres contre mon front.

— Sache juste que quand tu danseras sur la piste ce soir, je te regarderai.

Un délicieux frisson me parcourut l'échine à cette pensée.

— Ça me plaît.

Lydia fit irruption dans la pièce et m'attrapa par le bras pour m'entraîner.

— Bon sang, tu es encore plus lambine que ma sœur Jane, toujours la tête dans les nuages.

Je fis un signe de la main en guise d'au revoir à Quoth tandis que Lydia me traînait hors de la pièce et claquait la porte derrière moi. Heathcliff me libéra de son emprise et posa ma main sur son bras.

— Sa méthode laisse beaucoup à désirer, murmura-t-il. Mais je ne peux pas contester sa logique. J'ai entendu dire que le petit-déjeuner était spectaculaire, et mon estomac grognon a bien l'intention de le découvrir.

Le petit-déjeuner était servi dans deux grandes pièces attenantes à la cuisine principale. Les murs avaient été blanchis à la chaux et le mobilier habituel avait été retiré et remplacé par de longues tables de banquet. J'en eus l'eau à la bouche lorsque nous nous approchâmes du buffet. Je n'avais pas réalisé à quel point j'avais faim. Le plan à quatre avait dû me faire brûler un sacré nombre de calories.

La nourriture était disposée dans des réchauds en argent, avec des étiquettes écrites en petits caractères attachées sur le dessus. Je me penchai pour les lire. *Œufs brouillés ? Oui, s'il vous plaît.* Je versai une cuillerée dans mon assiette. *Saucisses de porc au fenouil ? Avec plaisir. Croissants au jambon et au fromage ? J'en prendrai trois.*

— Excusez-moi, ma chère, mais vous ne devriez pas respirer aussi près de la nourriture.

Je sursautai, renversant mon assiette et faisant tomber des œufs et des saucisses sur le devant de ma robe. Mes joues s'embrasèrent alors que je me retournai pour faire face à un groupe de vieilles dames vêtues de leurs plus beaux atours. Je n'avais pas réalisé à quel point j'étais penchée sur la nourriture en essayant de lire les étiquettes.

— Oh, c'est vrai, désolée.

— Laissez-la tranquille, lança Heathcliff d'un air furieux aux douairières. Elle est aveugle.

Je me hérissai face aux paroles de Heathcliff.

— Je ne suis pas aveugle. Je ne suis que partiellement...

— Je me fiche qu'elle soit aveugle, sourde et muette, ce n'est pas hygiénique.

— Ne t'avise pas de parler à Mina comme ça.

La colère se lisait dans les yeux de Heathcliff.

— C'est pas grave, dis-je en poussant mon assiette dans les mains d'Heathcliff. Je dois aller nettoyer ma robe de toute façon.

— Mina...

Je sortis en courant de la pièce, les yeux rivés sur le sol, ne voulant pas voir si quelqu'un me suivait. Dans les toilettes, j'essuyai le devant de ma robe avec une boule de papier, mais cela ne fit que répandre les taches sur ma poitrine. Alors que je regardais mon reflet dans le miroir, un éclair de néon vert traversa soudain ma vision.

— Aaaaarrrrgh ! criai-je avec frustration.

Je m'agrippai au bord du lavabo et observai mon reflet dans le miroir. Je n'arrivais même pas à lire les étiquettes sur les réchauds.

Je me souvins du regard étrange que m'avait lancé Lydia quand j'avais observé les pièces de David l'autre jour. Je n'avais même pas remarqué à quel point je me penchais pour regarder les choses. Mes joues brûlaient d'embarras. *Je me suis ridiculisée devant tout le monde, reniflant les pièces, soufflant sur la nourriture...*

C'est l'héritage de mon père.

Un coin de sa lettre dépassait du haut de mon soutien-gorge. Je la retirai et la posai sur le bord de l'évier. Une larme coula sur ma joue pendant que je relisais les mots. Elle tomba sur la bordure ornée d'animaux bondissants, maculant l'encre.

Qui es-tu, Père ? Pourquoi n'as-tu pas pu être là depuis le début ? Peut-être que si tu avais été là, je n'aurais pas à traverser cela seule.

La porte des toilettes claqua derrière moi. Je sursautai, mon cœur battant la chamade.

— Je vais bien, dis-je en tamponnant mon visage avec le mouchoir humide. J'essaie juste de retirer ce foutu cil de mon œil.

— Mina.

Reconnaissant la voix grave et rocailleuse de Heathcliff, je jetai le mouchoir dans le lavabo. Mes mains tremblèrent un peu plus fort. *Reprends-toi, Mina.*

— Tu n'es pas censé être ici.

Je ne me retournai pas. Je ne pouvais pas bouger. Mais dans le miroir, je pouvais juste distinguer les contours de sa silhouette, ses vêtements noirs et ses traits sombres camouflés par l'ombre de la porte.

— Ce sont les toilettes des femmes.

— Je m'en fiche, grogna Heathcliff. Je voulais te voir.

— Je vais bien. C'est juste que je n'arrive pas à enlever cette fichue tache sur ma robe.

Heathcliff s'avança, se plaçant sous le plafonnier, dévoilant toute sa silhouette. Les ombres sur son visage trahissaient une certaine douleur.

— Ne fais pas ça, grogna-t-il. Si tu choisis cette voie, tu le regretteras toute ta vie.

— Quoi ?

— Ne te laisse pas abattre par des gens mesquins, par leurs préjugés et leur haine, dit Heathcliff en serrant les poings. Ne laisse pas toute cette rage t'envahir, jusqu'à ce que tu te détestes tellement que tu deviennes incapable de ressentir autre chose. Tu n'es pas un monstre, Mina. Ce chemin-là n'est pas pour toi. Je préfère te quitter plutôt que de t'entraîner dans les ténèbres avec moi.

Ma poitrine se serra. Je me retournai pour l'observer, pour fixer du regard cet homme merveilleux qui croyait être un monstre. Les yeux de Heathcliff me transpercèrent, remplis de tempêtes et de fantômes.

— Tu as toujours été plus que les ténèbres, murmurai-je. Avant même de te rencontrer, toi, Heathcliff, tu étais le premier véritable héros que je connaissais. Dans mes jours les plus sombres, j'admirais ton amour pour Cathy et je me persuadais qu'un jour quelqu'un pourrait m'aimer comme ça.

— Tu appelles ça de *l'amour* ? cracha-t-il. Ce n'est rien d'autre qu'une passion sauvage, aliénante et dangereuse.

— Si tu ne penses pas que c'est de l'amour, alors qu'est-ce qui en est réellement ? dis-je en lui faisant face. L'amour n'est pas cet acte noble et grandiose réservé aux danses calmes et aux instants de quiétude. Le véritable amour est primitif, sauvage et humain.

— Qu'est-ce que tu racontes ? demanda Heathcliff, traversant la pièce pour presser son corps contre le mien.

Son cœur battait contre ma poitrine, parfaitement en rythme avec le mien.

— S'il est monstrueux de t'aimer, alors je deviendrai volontiers ce monstre, répliquai-je, les bras tremblants. Parce que je t'aime.

Je n'avais même pas fini de parler que Heathcliff collait déjà sa bouche contre la mienne, me serrant dans ses bras. Nous nous heurtâmes contre le mur. Mon coude cogna le sèche-mains, mais je ne le sentis presque pas, tant j'étais envoûtée par la passion de Heathcliff et par la vague d'émotion qui m'envahissait.

Je l'aime. Je n'avais pas prononcé ces mots pour le faire taire ou lui faire oublier Hindley et les choses horribles qu'il avait faites dans son livre. Je les avais dits parce que chaque syllabe résonnait en moi, pleine de vérité et que chaque fibre de mon corps implorait le feu de sa passion pour m'engloutir.

Ces mots déclenchèrent quelque chose en Heathcliff. Si c'était là ce dont son monstre était capable, lorsqu'il était nourri d'amour et de gentillesse au lieu de cruauté, alors à quel point son histoire aurait-elle pu être différente s'il n'avait pas été autant privé de tout ? Il dévora ma bouche, me laissant complètement engourdie, m'abandonnant à sa dévotion intense.

Sa main tâta ma robe, la faisant remonter le long de mes hanches. Quelqu'un pouvait entrer à tout moment. Mais je m'en fichais. J'avais Heathcliff. Nous nous appartenions et j'avais l'impression que toute ma vie j'avais attendu ce moment. J'avais besoin de sentir Heathcliff en moi, tout de suite.

De toute évidence, Heathcliff avait eu la même idée. En quelques secondes, il avait remonté mes jupons autour de ma poitrine, arrachant ma culotte. Il tira sur son pantalon, faisant sauter un bouton dans sa hâte. Celui-ci rebondit sur la cabine des toilettes et glissa hors de ma vue. Heathcliff baissa son pantalon, pressant son sexe dur contre ma hanche.

— Foutus collants, marmonna-t-il, luttant pour les faire descendre sur sa queue rigide.

Je taillai la soie fine avec le bord de mon ongle, créant un trou assez large pour que l'extrémité de son sexe puisse y passer. Les yeux sombres de Heathcliff se plissèrent alors qu'il riait.

— Qui est sauvage maintenant, hein ?

— Ce n'est pas pour rien qu'on m'appelle Mina Wilde*.

----

* Jeu de mot avec son nom de famille et le mot « wild » qui signifie sauvage en

Je passai mes bras autour de son cou, le serrant contre moi, pressant nos cœurs battants l'un contre l'autre.

Après avoir enroulé un préservatif, Heathcliff appuya son poids contre moi et souleva mes fesses dans ses mains. J'enroulai mes jambes autour de lui et serrai les cuisses. La poignée de son épée s'enfonça dans mon dos.

Il trouva mon entrée et glissa en moi. Je haletai alors qu'il me revendiquait, corps et âme.

Nous nous trouvâmes dans la tempête de notre amour, avec la pluie battante, la grêle et les vents qui nous déchiraient la peau. Heathcliff exprimait avec ses baisers ce qu'il ne pourrait jamais prononcer. Son monstre jaillit hardiment à la surface, poussant à travers sa peau, et Heathcliff et le monstre ne faisaient plus qu'un. Ils étaient féroces, balayés par la tempête, et absolument magnifiques.

Mon Heathcliff.

Heathcliff tendit ses doigts sombres pour prendre mon visage entre ses mains, attirant mes lèvres vers les siennes.

— Mina, je t'aime ! s'écria-t-il en enfonçant son sexe en moi.

Quelque part dans les recoins de mon esprit, je me souvins qu'Ashley m'avait dit de ne jamais croire un mec qui prononçait ces mots pendant l'amour. La brume d'endorphines rendait forcément les gens un peu fous.

Mais quand ce type était Heathcliff, et que ses yeux sombres étaient remplis d'orages qui correspondaient à la tempête en moi, et qu'un coin de la lettre de mon père s'enfonçait dans ma poitrine, je savais que Ashley avait tort.

—Je t'aime aussi, lui chuchotai-je en retour.

Heathcliff frissonna de la tête aux pieds. Il me serra contre

---

anglais.

lui alors que son orgasme le gagnait. Nous jouîmes ensemble dans une pluie d'étincelles, de rage et de feux d'artifice.

Même après s'être soulagé, il resta en moi, me serrant contre ce mur comme si c'était la seule chose qui nous rattachait à la terre. Une décharge électrique parcourut mon corps – les suites d'un orgasme incroyable, mais quelque chose de plus, quelque chose de plus profond. À la façon dont les yeux de Heathcliff plongeaient dans les miens, je compris qu'il le ressentait aussi.

— Quel que soit ce qui constitue les âmes, murmura-t-il, la tienne et la mienne sont identiques.

<h1 style="text-align:center">17</h1>

eathcliff et moi nettoyâmes et réajustâmes nos vêtements du mieux que nous pûmes dans la salle de bains. Je regardai par la porte, dans les deux sens. Des gens passaient au bout du couloir en direction du buffet du petit-déjeuner, mais personne ne se dirigeait vers nous.

— La voie est libre.

Je me faufilai dehors et laissai la porte ouverte.

— Viens.

Heathcliff sortit, utilisant son mouchoir pour cacher l'endroit où le bouton s'était détaché de sa culotte.

— Ces fichus vêtements ne laissent rien à l'imagination.

— Non, et j'en suis ravie, dis-je en souriant et en lui pinçant les fesses. Allons-y.

— Ça, c'est ma Mina.

Heathcliff m'offrit son bras et je le pris. Mes cuisses produisaient un agréable picotement lorsqu'elles se frottaient l'une contre l'autre, me rappelant ce que nous venions de faire. J'avais dû jeter mes sous-vêtements en lambeaux. *Porter une robe de style Régence sans sous-vêtements est sans doute la chose la plus punk rock que j'aie jamais faite.*

Des voix s'élevaient dans le couloir. Une foule se pressait à l'entrée de la salle du petit-déjeuner. Je me mis sur la pointe des pieds pour essayer de voir par-dessus les gens. La professeure Carmichael se tenait avec Alice près du fond de la salle, et je traînai Heathcliff vers elles.

— Que se passe-t-il ? chuchotai-je.

— C'est fantastique. Ce fameux Gerald s'est dirigé vers le professeur Hathaway et l'a accusé d'avoir plagié son travail.

— Vous ne devriez pas paraître si ravie, murmura Heathcliff.

La professeure Carmichael prit un air plus sérieux.

— Oui, vous avez raison. Je ne voudrais pas que cela dégénère en bagarre, surtout en présence de femmes. Mais cette situation ne pourrait arriver à quelqu'un de plus agréable.

Heathcliff soupira. Il lâcha mon bras et se fraya un chemin à travers la foule, ignorant les cris de protestation des femmes qu'il écartait. Je le suivis, reconnaissante d'avoir choisi de porter à nouveau mes Docs ce matin.

Nous atteignîmes le devant de la foule et pûmes pour la première fois voir ce qui se passait. Gerald et Hathaway se dévisageaient depuis les côtés opposés du buffet. Christina se tenait derrière son père, lui tirant la manche, tentant pitoyablement de le calmer. Hannah et les deux autres filles gothiques se tenaient derrière Gerald, les bras croisés. Leurs visages pâles arborant un air farouche. Hathaway fit un sourire narquois à Gerald, dont la peau était aussi rouge que les tourbillons de sauce tomate décorant son assiette.

— Pourquoi tu ne leur dis pas tout, Hathaway ? dit Gerald. Dis à tous ces gens qui t'adorent que ta vie est un mensonge. Je ne sais pas qui t'écrit tes livres et tes discours maintenant, mais tu devrais probablement le virer parce que ton dernier livre avait plus de trous que les bas résille de Hannah. Tout ce que je sais, c'est que ça ne peut pas être tes propres mots.

— Allons, Gerald. Faut-il encore ressasser cette vieille histoire ? L'université a enquêté et m'a innocenté de plagiat.

— C'est parce que tu couchais avec la cheffe du comité ! hurla Gerald.

Derrière lui, Christina tressaillit et cacha son visage derrière son éventail.

David se faufila devant Hathaway et lança un regard noir à Gerald.

— Arrête ça. Tu contraries Christina.

— Elle est grande, David. Elle peut se débrouiller toute seule, dit Gerald en le repoussant. Elle a besoin de savoir quel genre d'homme est vraiment son père bien-aimé.

— Ah oui, et quel genre d'homme suis-je, Gerald ? dit le professeur Hathaway. Contrairement à Gerald, son ton était raisonnable, sensé, empreint d'autorité. Même si ce que disait Gerald était vrai, Hathaway allait en ressortir gagnant.

— Le genre d'homme qui a pitié d'un étudiant en échec, lui offre une place même si ses notes ne sont pas assez élevées pour se qualifier, le suit de près et lui donne toutes les chances de briller, pour que ce dernier lui jette ensuite cette attention au visage quand je suis faussement accusé ? continua Hathaway.

— Tu as fait ça uniquement parce que tu voulais t'attirer les bonnes grâces de ma petite amie. Tu savais qu'elle ne continuerait pas ses études supérieures si je ne le faisais pas, et que tu n'aurais alors plus aucune chance avec elle, dit Gerald en attrapant la fille gothique par la main et en la poussant en avant. Dis-leur, Hannah. Dis-leur comment ce salaud t'a touchée.

La foule entière tressaillit. L'expression confiante de Hathaway vacilla un instant. À côté de moi, Heathcliff se tendit, prêt à bondir sur Hathaway si nécessaire. Tous les yeux se tournèrent vers la jeune fille alors que Gerald la traînait à côté de lui.

— Gerald, arrête ! s'écria Hannah en retirant sa main. C'est déjà assez grave que tu nous aies obligés à venir ce week-end, mais maintenant tu balances ça devant tout le monde. Il m'a touché les seins dans l'ascenseur. Il a dit que c'était un accident, et je le crois. N'en parle plus !

— Écoute-la, Gerald, dit doucement le professeur Hathaway. Crois-moi, tu ne voudrais pas qu'une plainte pour diffamation soit déposée contre toi pour des choses que tu ne peux pas comprendre.

— Je comprends parfaitement ! Je comprends ce que tu as fait à ta propre fille, en faisant d'elle une poupée de l'époque Régence juste pour qu'elle te rappelle ta femme.

Christina pâlit.

— S'il vous plaît, messieurs. Ne faisons pas de scène.

— Oui, Gerald, acquiesça Hathaway. Prenons du recul et reprenons nos esprits. La colère est une émotion désagréable à exprimer en public. Il vaut mieux laisser les accusations de plagiat à un comité d'éthique universitaire, et ne pas les résoudre par un duel au petit-déjeuner. Viens, Christina.

Il posa une main sur le bas de son dos et l'entraîna plus loin. Les invités s'écartèrent pour les laisser passer, et j'entendis une vague de murmures dans la foule sur la façon dont Hathaway avait géré la situation comme un gentleman.

Je n'en suis pas si sûre. Le visage de Hannah, alors qu'elle les regardait s'éloigner, était empreint de douleur. L'histoire qu'elle avait racontée et ce qui s'était réellement passé n'étaient pas les mêmes.

La foule désormais silencieuse dévisageait Gerald. Il grogna, balaya le buffet du petit-déjeuner de la main, éparpillant les assiettes et les plats à réchauffer, et faisant tomber une cascade de saucisses et d'œufs sur le tapis.

— Bon petit-déjeuner, grogna Gerald, s'éloignant d'un pas lourd, son trench-coat en cuir volant derrière lui.

Le personnel se précipita pour nettoyer le buffet. La foule se dispersa, retournant à table et bavardant sur ce qui venait de se passer. Je me tournai vers Heathcliff.

— Qu'est-ce que tu penses de tout ça ?

— On dirait que la Brontë Society est là pour des raisons personnelles après tout, dit Heathcliff.

J'aperçus Morrie et Lydia assis à une table près de la fenêtre, en train de se régaler devant des assiettes débordant de nourriture. Mon estomac gargouilla. Je n'avais pas eu l'occasion de manger à cause de ce que cette vieille dame avait dit, et de ce qui s'était passé dans les toilettes après, et désormais, toute la nourriture était répandue sur le sol. Je me glissai sur une chaise à côté de Morrie et pris une tranche de bacon dans son assiette.

— Heathcliff, Mina, je suis ravie que vous nous rejoigniez, dit Lydia rayonnant depuis leur table. Quel plaisir effroyable ! Je pensais qu'il y aurait un duel à coup sûr...

— Vous vous appelez *Heathcliff* ?

Hannah enroula ses griffes aux pointes rouges autour du bras de Heathcliff, ses yeux rivés sur lui comme si elle le voyait pour la première fois. À la façon dont son corps se cambrait vers lui et dont sa langue courait le long de ses lèvres, je sus immédiatement qu'elle aimait ce qu'elle voyait.

Heathcliff grogna en réponse.

Elle tira sur son bras.

— Vous devriez envisager de rejoindre la Brontë Society. Nous sommes bien plus amusants que ces gens.

— Je ne suis pas sûr que j'aime mieux vos costumes, grogna Heathcliff.

— Ce n'est pas un costume, dit-elle en désignant le corset en damas noir et rouge et la jupe en tulle noir qu'elle portait par-dessus des bas résille et des bottes New Rock.

— Je m'habille pour exprimer les ténèbres et l'angoisse existentielle qui m'habitent.

— Eh ben, bonne chance avec ça.

Heathcliff tenta de libérer son bras, mais elle enfonça ses ongles plus profondément.

— Mon destin est d'épouser un jour un Heathcliff, murmura-t-elle. Je veux que mes futurs enfants soient des fils et des filles de Heathcliff. Chaque jour, je tire les cartes de tarot et je regarde mon horoscope pour savoir quand il arrivera. Je pensais que Gerald pourrait être un bon prétendant s'il acceptait de changer de nom, mais ça, c'était avant de savoir qu'un *vrai* Heathcliff existait. Et mon horoscope disait que je rencontrerais un sombre inconnu qui n'était pas du tout un inconnu ! Dites-moi, M. Heathcliff, étiez-vous orphelin ? Aimez-vous les landes sauvages ? Devrais-je changer mon nom pour Cathy ? Parce que je le ferais. Je le ferais !

— Non seulement ce Heathcliff est tout cela, mais il possède *aussi* une librairie dans le village, dis-je, prenant un malin plaisir à regarder Heathcliff s'agiter.

— Tu es censée m'aider, grogna-t-il.

Je piquai une saucisse dans l'assiette de Morrie en réponse et la croquai.

— Une librairie ?

Les yeux de Hannah se mirent à briller. Je me sentais proche d'elle, une autre intello marginalisée qui rêvait d'un homme passionné et grincheux.

— Il faut que tu me racontes. Ça ne te dérange pas ? me demanda Hannah en me montrant la chaise vide au bout de notre table.

— Pas du tout, dis-je en souriant et en repoussant ma propre chaise. À vrai dire, je pense que je vais aller en cuisine pour aller chercher à manger, comme ça vous pourrez vous assoir l'un à côté de l'autre. Tu n'as qu'à emmener Heathcliff faire un tour dans la cour après le petit-déjeuner ?

Heathcliff me lança un regard noir.

— Pourquoi tu aggraves les choses ?

— Amusez-vous bien !

Je les saluai en me levant. J'attrapai une assiette vide au bout du buffet, évitai les membres du personnel qui nettoyaient les tapis et entrai dans le petit couloir menant aux cuisines.

Gerald se tenait au milieu du hall, son imposante stature me barrant le passage. Il avait la tête baissée, chuchotant avec Alice Yo et la professeure Carmichael. Alors que je me raclais la gorge pour leur faire signe de se pousser et de me laisser passer, tous trois levèrent la tête, les yeux écarquillés. Ils se dispersèrent dans trois directions, laissant le couloir désert.

Mais qu'est-ce qu'ils mijotent ?

18

Je ne vis presque pas Heathcliff de la journée. La seule fois où je l'aperçus de l'autre côté de la pièce pendant un cours sur les archétypes de la vieille fille, Hannah était pratiquement assise sur ses genoux et il avait deux nouvelles admiratrices vêtues de noir. On aurait dit que la Brontë Society d'Argleton avait trouvé son nouveau chef. Je me demandais ce que Gerald en pensait, mais je ne l'avais pas vu non plus aux conférences. Peut-être que Cynthia lui avait demandé de partir.

Pendant que j'attendais le début de la conférence de la professeure Carmichael, la dernière de la journée, je cherchai Morrie dans la petite salle. Lui aussi avait été absent tout le long. Lydia le menait d'activité en activité, l'exhibait et se mettait à danser de manière impromptue dans les couloirs. Il semblait parfaitement satisfait de profiter de sa popularité croissante et de répondre à ses caprices. J'essayais de ne pas être jalouse. *C'est probablement mieux comme ça.* Bien que Morrie soit revenu dans la chambre la nuit dernière et se soit endormi dans le lit avec nous, il ne m'avait pas dit un mot de la journée. Il devait sans doute penser à ce que je lui avais avoué la nuit dernière.

Peut-être que je me suis trompée sur lui. Peut-être qu'il ne tient vraiment pas à moi. J'ai fait une grosse erreur...

Morrie s'effondra soudain sur la chaise à côté de moi.

— Salut, ma belle.

Mon estomac se mit à danser.

— Tu t'es libéré.

Une pensée horrible me traversa soudain l'esprit.

— Attends une seconde, tu n'as pas mis Lydia dans un placard, si ?

Morrie me fit un clin d'œil.

— Est-ce que je serais capable de faire une chose pareille ?

— Oh oui, sans hésiter une seule seconde.

— Touché, dit Morrie avant de me désigner l'autre bout de la pièce. Cependant, pour le coup, je suis innocent. Notre petite scélérate a gagné de nouveaux admirateurs. Elle n'a même pas remarqué que je m'étais éclipsé. J'ai été officiellement rétrogradé.

Je suivis son regard jusqu'à une foule de personnes de l'autre côté de l'allée, les seules autres personnes dans la salle. Elles étaient trop loin pour que je les reconnaisse, mais le rire aigu de Lydia résonna dans la pièce.

— Est-ce que tu as besoin de pleurer un bon coup sur mon épaule ?

— Oui, s'il te plaît.

Morrie laissa retomber sa tête sur mon épaule et fit semblant d'être en proie aux sanglots. Alors que ses lèvres effleuraient mon cou, un frisson parcourut mon corps. Je tendis la main pour le repousser, pour lui rappeler que je ne plaisantais pas à propos de ce que je lui avais demandé, lorsqu'il prit la parole en premier.

— J'ai réfléchi à ce que tu m'as dit hier soir, murmura-t-il contre mes cheveux, ses lèvres effleurant le lobe de mon oreille.

— Et ?

Mon corps se raidit. Le désir ondula entre mes jambes.

— Et je pense que tu joues à un jeu dangereux.

Son souffle me chatouillait le cou, envoyant un autre frisson délicieux dans tout mon corps.

— Ah oui ?

— Les gens ne lancent généralement pas d'ultimatums à James Moriarty et ne vivent pas pour en parler.

— Peu importe.

Mon corps avait hâte qu'il continue. J'appuyai ma main contre le torse de Morrie. Il me fallut tout mon sang-froid pour le repousser.

— Tu ne me toucheras pas tant que tu ne m'auras pas donné de réponse. Qu'est-ce que tu choisis, Moriarty ? Soit tu me dis ce que tu ressens, soit tu auras les couilles bleues.

Morrie recula et fit une petite moue.

— Tu es méchante.

— Tu adores ça. Et dès que tu me diras que tu m'aimes, dis-je en me tapotant les fesses tu pourras profiter de ça.

— Bon sang, ma belle.

Morrie se leva.

— Où tu vas ?

— Prendre une douche froide, marmonna-t-il en sortant de la pièce. On se voit au bal.

Cynthia, qui faisait office de maîtresse de cérémonie, demanda alors le silence. La professeure Carmichael monta sur scène.

— Merci beaucoup d'être venus. Je ne m'attendais pas à vous voir si nombreux pour la dernière conférence de la journée, au lieu de prendre une heure de plus pour vous préparer pour le bal...

— Oh, non, je n'avais pas vu l'heure. Je dois me préparer pour le bal !

Lydia bondit, se frayant un chemin à travers sa bande d'admirateurs et s'enfuit de la pièce. Quelques autres femmes la suivirent, marmonnant à propos de fers à friser et de longueurs de jupons.

Les épaules de la professeure Carmichael s'affaissèrent, mais elle se redressa, remit ses lunettes sur son nez et commença son cours sur les médicaments dans la vie de Jane Austen. Elle parlait avec passion et autorité, et sa joie pour le sujet illuminait son visage, qui devenait plus animé et plus jeune à mesure qu'elle approfondissait, nous expliquant comment le vinaigre était distillé et utilisé pour toute une série de maux, allant de la réanimation d'une personne évanouie à la croupe, l'hydropisie et les maux d'estomac. Elle avait beaucoup de tableaux et de faits médicaux pour étayer ses conclusions, sans doute glanés lors de son précédent métier de médecin.

Pendant qu'elle parlait, de plus en plus de gens quittaient la salle pour se rendre dans leurs suites afin de se préparer pour le bal. J'étais de tout cœur avec la professeure Carmichael. À l'approche de la fin, il ne restait plus que moi, Alice Yo, Gerald, le professeur Hathaway et Christina, assis au premier rang.

Quand elle présenta sa conclusion et éteignit sa diapositive, le professeur Hathaway se leva, applaudissant au-dessus de sa tête comme si elle était une rock star terminant son rappel à l'Earl's Court.

—Va au diable, dit-elle en lui lançant d'un regard noir.

Par Isis, ce n'est vraiment pas l'amour fou entre eux. Alice me lança un regard peiné. J'eus envie de rester et de lui poser d'autres questions sur son article afin de savoir s'il avait un rapport avec la dispute entre Gerald et le professeur Hathaway et la réunion clandestine qui avait suivi. Mais en jetant un coup d'œil à l'écran de mon téléphone, je réalisai qu'il ne me restait qu'une heure pour me préparer pour le bal. Je rangeai mes affaires à la hâte et me précipitai dans ma chambre pour me changer, essayant frénétiquement de me souvenir de tous les pas de danse que j'avais appris la veille.

— L'un de vous a-t-il vu Lydia ? demandai-je alors que nous nous pressions dans l'antichambre.

Lorsque j'étais arrivée dans notre chambre après le cours de la professeure Carmichael, Lydia était déjà partie. Elle avait laissé toutes les serviettes trempées et avait en quelque sorte accroché mon soutien-gorge préféré au ventilateur de plafond. Je dus appeler un membre du personnel pour m'aider à le décrocher. Sans l'aide de Lydia, j'avais à peine réussi à enfiler la magnifique robe rouge et à relever mes cheveux à temps.

— Elle est peut-être sur le toit, en train de lustrer son balai de sorcière, dit Morrie.

Je lui donnai un petit coup dans le bras.

— Ne dis pas ça.

— Elle doit être quelque part par ici, dit Heathcliff en désignant la foule qui remplissait tous les recoins d'Uppercross. J'aimerais bien qu'ils ouvrent les fenêtres. Toutes ces vapeurs de laque me font tourner la tête.

J'examinai la rangée de fenêtres hautes le long du mur, me souvenant que Quoth avait promis qu'il serait là.

— Je voudrais chercher Lydia et vérifier si Quoth est déjà là. Faisons un tour de la pièce.

J'enroulai mes bras autour de Heathcliff et Morrie et les traînai vers les fenêtres. Je regardai dehors, mais celles-ci ne révélaient qu'un vide sombre. Si Quoth me regardait, je n'en saurais rien, à cause de mes foutus yeux. À l'intérieur, au moins, le lustre était suffisamment lumineux pour que je puisse distinguer la plupart des visages. *Il y a Gerald et le reste de la Brontë Society. La professeure Carmichael dans une sublime robe bleue, et Cynthia, à qui le bleu va également à ravir.*

— Je vois Lydia.

Morrie me tira vers la cheminée.

— Oh non, dis-je à voix basse.

Le professeur Hathaway était assis dans le fauteuil cramoisi devant la cheminée, vêtu d'un élégant manteau aux détails dorés et portant une épée sophistiquée à la ceinture. Lydia était assise sur ses genoux, lui murmurant quelque chose à l'oreille.

— Quand elle a dit qu'elle avait de nouveaux prétendants, je n'aurais jamais pensé qu'elle s'intéresserait à *lui*.

Derrière moi, j'entendis un soupir de dégoût. Je me retournai à temps pour voir la professeure Carmichael faire une grimace écœurée et se frayer un chemin à travers la foule pour s'éloigner de Hathaway et de ses flagorneurs.

— Eh bien, il est célibataire et certainement éligible, dit Morrie en souriant. Je parie qu'il gagne une fortune de dix mille par an.

— Il est aussi très vieux, même sous ses cheveux teints, et *répugnant*. Je t'ai dit ce que la professeure Carmichael a dit de lui. Et puis, il y a eu l'explosion de colère de Gerald ce matin.

— En effet, même si je me méfierais des propos des universitaires rivaux. J'ai étudié dans une grande université et je peux te dire que les professeurs se chamaillent sans cesse et essaient constamment de se planter mutuellement des couteaux dans le dos afin de décrocher un contrat pour un livre, une tribune ou une distinction professionnelle. Cela ressemble beaucoup à Hollywood, sauf que la mode penche davantage vers le « tweed et l'ivresse ».

Je vis Lydia rejeter la tête en arrière et rire de quelque chose que le professeur Hathaway lui avait dit. À côté d'elle, David se pencha et lui tendit un verre.

— Je n'arrête pas de penser au visage de Hannah lorsqu'elle s'est confrontée à Hathaway. Elle avait l'air effrayée. Ça m'inquiète pour Lydia. Elle n'a que *seize* ans. Est-ce qu'on ne ferait pas mieux de la sauver ?

— Non, dirent Heathcliff et Morrie à l'unisson.

Visiblement, nous n'en avions pas besoin. En plus de David, trois autres hommes l'entouraient, lui offrant de la nourriture et du vin et lui proposant de remplir son carnet de bal. Il semblait que Lydia n'avait pas perdu de temps pour suivre mon conseil. Je pris note de lui parler des dangers que représentaient les hommes comme Hathaway dès que j'en aurais l'occasion.

— C'est une terrible tragédie ! s'exclama une femme derrière moi.

Je me retournai, me demandant si elle parlait de Hathaway. Mais non, car elle tenait la main de Christina.

— Que vous soyez sans vos bijoux pour le bal, continua-t-elle. Êtes-vous sûre de ne pas être victime du Voleur de Bijoux d'Argleton ?

— Non, non. Père les garde toujours sur lui. Je ne veux juste pas perturber sa conversation, répondit Christina de sa voix aigüe et essoufflée.

Elle était absolument radieuse dans sa robe crème recouverte de fine dentelle. Des rangées de perles parsemaient son décolleté sage et bordaient ses gants, mais je remarquai qu'elle ne portait ni boucles d'oreilles ni collier, contrairement à l'autre femme. Derrière elle, Gerald s'approcha, Hannah à son bras.

— Ces bijoux appartenaient à ma mère. Il serait terriblement bouleversé s'il leur arrivait quelque chose.

Peut-être que si ton père n'était pas si occupé à essayer de séduire des filles de seize ans, il pourrait trouver tes bijoux.

Je ne pus tendre l'oreille plus longtemps. L'excitation se propagea dans la foule lorsque les portes s'ouvrirent. Les Janeites se précipitèrent vers l'entrée, nous entraînant avec eux.

Je me cramponnai à Heathcliff et à Morrie et regardai autour de moi avec émerveillement.

La salle de bal avait été transformée. Les chaises pliantes disposées en rangées nettes avaient disparu. À la place, le grand sol en marbre brillait après avoir été fraîchement poli, prêt à accueillir des pieds dansants.

Des compositions florales s'enroulaient autour des colonnes, attirant le regard vers les peintures de nymphes et de satyres qui ornaient le plafond. Un orchestre installé dans un coin jouait une mélodie entraînante pour nous accueillir. Devant les musiciens, un micro avait été installé pour que Cynthia puisse annoncer les danses. Des tables rondes, parées de compositions florales imposantes et scintillantes de vaisselle en cristal et en argent, attendaient les invités à une extrémité.

— Mina, te voilà ! me dit Lydia en souriant.

À côté d'elle, David lui tenait la main.

— N'est-ce pas amusant ?

— Où est le professeur Hathaway ? Je vous ai vus bien vous entendre tout à l'heure.

À l'évocation du nom de son patron, David fronça les sourcils. Christina se précipita et prit l'autre bras de David.

— Je t'ai entendu dire que tu avais vu mon père. Il garde les bijoux de Maman sur lui, et j'aimerais porter ses boucles d'oreilles en perles ce soir.

— Je pense qu'il a trop bu ! dit Lydia. Il somnolait près du feu, alors je l'ai laissé. David danse bien mieux, de toute façon, n'est-ce pas, David ? Qu'est-ce que c'est que ces lumières ? demanda-t-elle en observant le plafond.

— On appelle ça des guirlandes lumineuses.

— Comme c'est charmant ! On dirait des lucioles, mais en plus... glamour. J'ai hâte de danser sous ces guirlandes. Elles mettront ma robe en valeur.

— Dois-je m'inquiéter pour Père ? demanda Christina à David. Je ne veux pas qu'il rate le bal.

— Il est probablement encore entouré de ses fans, dit David. Nous allons prendre nos places et je suis sûr qu'il va bientôt arriver. Veux-tu que j'aille te chercher un verre au bar ?

— Merci. C'est gentil.

Ils disparurent dans la foule. Je ne pouvais m'empêcher de penser qu'ils seraient parfaits l'un pour l'autre avec leurs charmantes manières de l'époque de la Régence, mais je me souvins que Morrie avait vu Christina et Alice s'embrasser dans la cour. Je me demandai à nouveau ce que son père en penserait s'il l'apprenait.

Mon téléphone – qui était toujours dans mon soutien-gorge, avec la lettre de mon père – sonna soudain. Je l'ignorai. J'avais déjà reçu cinquante et un SMS de ma mère ce week-end, que j'avais tous ignorés.

— Voici notre table. Après vous, mesdames, dit Morrie en tirant deux fauteuils.

Lydia se glissa sur l'un, et posa son sac à main sur l'autre. Morrie fit mine de le déplacer, et elle le regarda d'un air furieux.

— David sera assis là. Maintenant, allez-vous-en, dit-elle en nous faisant un signe de la main. Je réserve cette table à mes autres prétendants. Vous trouverez plein d'autres places dans la salle.

— Lydia, on ne peut pas s'asseoir où l'on veut. Nous devons trouver notre nom sur notre marque-place...

Lydia se mit à rougir.

—J'ai dit, oust ! Ne me force pas à dire quelque chose que je regretterai.

Avant que je ne puisse dire ses quatre vérités à Lydia, Morrie passa son bras autour du mien et m'éloigna.

— Je ne sais pas pourquoi je suis presque offensé. Je pensais que j'étais censé être son cavalier.

— Je crois que nous sommes censés nous asseoir à la table de Cynthia, de toute façon, dis-je.

Heathcliff sourit en prenant mon autre main.

— Si ton ego ne supporte pas cet affront, tu peux toujours y retourner et insister pour te battre en duel avec David pour gagner ses faveurs.

— Jamais de la vie. Ce type est sacrément brutal avec son fleuret. Si notre petite protégée ne souhaite pas s'asseoir avec moi, qui suis-je pour le lui refuser ?

Morrie nous conduisit à une table près de l'avant de la salle, où nous trouvâmes nos noms sur la liste. Alice était assise d'un côté du cercle, les yeux rivés sur son téléphone. De l'autre côté, deux femmes et un homme que je ne reconnus pas éclataient de rire tandis que Christina et David parlaient, la tête penchée l'un vers l'autre. *J'imagine qu'il ne rejoindra pas Lydia après tout.*

— Et si nous rejoignions les autres VIP ?

J'acquiesçai. Morrie tira la chaise à côté d'Alice et je m'y assis. Elle leva les yeux de son téléphone et sourit.

— J'espérais que tu t'assiérais avec moi. Je ne sais pas combien de temps je vais pouvoir supporter ces discussions sur les bonnets et la calligraphie.

— Tu as déjà épuisé les sujets de conversation avec nos voisins de table ?

— Voyons voir. Christina et David ne me parlent pas, parce qu'ils n'aiment pas les questions que je pose sur le professeur Hathaway.

Je mourrais d'envie de lui demander si c'était toujours le cas après leur séance de bécotage de la nuit dernière. Mais je ne voulais pas les afficher si elles avaient choisi de garder cela privé.

— Il y a aussi Barbara, la tireuse de tarot. Gina, là-bas, écrit des romans érotiques sur Jane Austen. Quentin est un spécialiste des sciences politiques et un marxiste. Il vient de passer les quinze dernières minutes à m'expliquer avec passion l'histoire politique du chapeau haut-de-forme.

— Au moins, on ne peut pas dire que c'est un rassemblement « trop nombreux pour l'intimité, trop peu nombreux pour la variété », plaisantai-je en citant *Persuasion**.

Alice leva les yeux au ciel.

— Oh non, tu ne vas pas t'y mettre toi aussi.

— As-tu déjà une idée pour ton article à l'eau de rose ?

Elle pointa du doigt deux femmes à une table voisine qui attendaient que leurs cavaliers tirent leurs chaises et remplissent leurs verres.

— Je pensais à quelque chose comme « le sexisme est toujours bien présent à Argleton ».

Je souris en remplissant son verre de vin après avoir rempli le mien. *Solidarité, ma sœur.*

— Je suppose que ton autre article a quelque chose à voir avec Hathaway ? Je t'ai vue parler à la professeure Carmichael hier, et après la performance de Gerald ce matin...

— Bien vu.

Alice posa son téléphone sur la table, en retournant l'écran pour que je ne puisse pas voir ce qu'il y avait dessus.

— Hathaway a eu plusieurs relations inappropriées avec des étudiantes, et ce n'est qu'une infime partie de la dépravation de cet homme. C'est la professeure Carmichael qui m'a fourni les premières informations, et elles étaient encore plus accablantes qu'elle ne l'avait d'abord laissé entendre. L'histoire de Gerald ne pouvait qu'ajouter de l'huile sur le feu. On a laissé Hathaway s'en tirer avec trop de choses pendant trop longtemps. Ce sera l'histoire #metoo de l'année. Je veux...

Quelque chose plongea tout à coup sous la table. Alice

---

* Persuasion est le dernier roman de Jane Austen.

tendit la main pour sauver notre vin avant qu'il ne s'écrase sur la nappe immaculée.

Je regardai sous la table.

— Heathcliff, mais qu'est-ce que tu fais ?

— Baisse la nappe !

Il me l'arracha des mains et la tira jusqu'au sol. La composition florale vacilla dangereusement. Hannah et ses amies gothiques apparurent soudain à mes côtés.

— Tu sais où est passé Heathcliff ? demanda Hannah.

Elle avait respecté le thème Régence du bal et portait une robe noire de style sirène avec un décolleté plongeant qui lui aurait valu l'approbation de Morticia Addams. Ses cheveux étaient décoiffés dans un style sauvage des années 80 et ses faux cils étaient si longs qu'ils touchèrent ses joues lorsqu'elle écarquilla les yeux pour scruter la salle.

— Il m'a promis la première danse.

— Bien sûr. Il est sous la table, dis-je.

Quelque chose rugit sous mes pieds.

Heathcliff tira la nappe de l'autre côté de la table. Christina poussa un cri de surprise lorsqu'il en jaillit et s'en alla en courant. Un instant plus tard, trois filles gothiques vêtues de noir se lancèrent à sa poursuite. Morrie, Alice et moi éclatâmes de rire.

— David, dit Christina en pliant sa serviette sur la table, j'ai besoin d'aller aux toilettes. Tu veux bien m'accompagner ?

— Avec plaisir.

David se leva et lui tendit le bras.

— Nous trouverons peut-être ton père en chemin, ajouta-t-il.

Au moment où ils disparaissaient, Cynthia s'arrêta à notre table et nous souhaita une bonne soirée. Je ne pus m'empêcher de ressentir un petit frisson d'excitation lorsque l'orchestre entama un air entraînant. C'était vraiment très amusant.

Lorsque tout le monde dans la salle eut pris place et que les serveurs arrivèrent avec les entrées (poitrine de caille fumée avec gelée de poire asiatique, purée de chou-fleur et grains d'épeautre), Cynthia monta sur scène pour nous souhaiter la bienvenue et nous expliquer le déroulement de la soirée. Il y aurait une série de danses entre les entrées et le plat principal, puis la musique continuerait pendant le dessert et jusque tard dans la soirée. Le groupe entama l'un des airs populaires, la « Valse du duc de Kent », et deux rangées de danseurs se mirent en mouvement.

Heathcliff n'était toujours pas revenu lorsque j'eus fini ma caille. Morrie prit l'assiette d'Heathcliff et remplit à nouveau nos verres.

— Nous devrions saisir l'occasion de danser ensemble pour le prochain tour, me dit Morrie avec des yeux pétillants.

— Tu veux dire nous tenir près l'un de l'autre et nous regarder avec adoration pendant que nous nous souvenons d'un enchaînement complexe de pas ? dis-je en haussant un sourcil dubitatif. Tu es sûr que le plus grand cerveau criminel du monde est à la hauteur du défi ?

L'orchestre termina sa chanson et Morrie tendit la main.

— Découvrons-le.

Morrie me conduisit sur la piste de danse et nous nous alignâmes aux côtés des autres couples. Par chance, la danse suivante était « A Fig for Bonaparte », qui était l'une des danses paysannes les plus faciles que nous avions apprises la veille. Malgré tout, je réussis à commencer en faisant un faux pas.

— Oups, désolée, désolée, m'excusai-je en me frayant un chemin à travers les danseurs fronçant les sourcils et en retrouvant mon chemin vers Morrie.

— Au moins, quand tu deviendras aveugle, tu auras une excuse pour ton épouvantable sens de l'orientation, dit-il en souriant.

Bizarrement, ce commentaire qui aurait pu me contrarier n'importe quel autre jour me fit juste tirer la langue dans sa direction. Je tendis le pied alors que Morrie passait devant moi. Il trébucha et dérapa sur Lydia, qui le repoussa en faisant une grimace.

Nous suivîmes la file sans autres désastres. La danse suivante était plus complexe et je n'avais pas pu bien observer l'instructeur lorsque nous nous étions entraînés. Je nous poussai vers le fond de la file pour pouvoir d'abord observer les autres couples. Quand notre tour arriva, je parvins à tourner dans le bon sens. Alors que je tournoyais autour du couple derrière moi, mon regard se porta vers le bar. Gerald s'affaissait sur la surface en bois, une piña colada à la main. Quand je me retournai à nouveau, il était toujours là, cette fois-ci avec une boisson rose. Au tour suivant, il tenait un verre de liquide clair qui, je suppose, n'était pas de l'eau.

— Morrie ? T'as vu Gerald ? dis-je en désignant le bar.

— Il porte une chemise en coton affreusement bon marché pour le bal. Et il n'a pas échappé à mon attention qu'il essaie de boire tout ce qu'il trouve dans les caves de Baddesley, observa Morrie en levant le bras pour que je puisse passer dessous. Heathcliff ne sera pas content s'il ne reste plus rien pour la dégustation de whisky de demain.

— Tu crois qu'il est contrarié par l'incident de ce matin avec le professeur Hathaway ?

Je me retournai et remarquai que Gerald acceptait un verre de Old-Fashioned.

— Il a certainement l'air agité... aïe !

Morrie grimaça lorsque ma botte atterrit sur son pied.

— Concentre-toi sur la danse, ma belle. Mes tibias ne sont pas aussi solides que ceux de Heathcliff.

J'étais essoufflée à la fin de la danse. Cynthia nous invita à regagner nos places sous des applaudissements tonitruants. Je rayonnais depuis ma place, au bras de Morrie. C'était vraiment très amusant.

Mes seins vibrèrent. Encore un texto de ma mère. Je résistai à l'envie de jeter mon téléphone dans le bol de punch le plus proche.

On nous servit alors le plat principal – canard sauvage confit, coing poché au vin chaud, purée de haricots blancs – et je me jetai dessus, affamée par toutes ces danses. Cynthia monta à nouveau sur scène.

— Nous avons une surprise très spéciale ce soir. En tant que présidente de la Jane Austen Appreciation Society d'Argleton, j'ai le plaisir de remettre notre prix d'excellence pour l'ensemble d'une carrière dédiée à l'étude de l'œuvre d'Austen et à la promotion des objectifs de la société visant à faire connaître son travail à une nouvelle génération. Je pense qu'il n'est pas surprenant que je me tienne ici ce soir pour remettre cet honneur au professeur Julius Hathaway.

Des applaudissements retentirent, sauf de la part de la professeure Carmichael et d'Alice, qui foudroyaient la scène du regard. Je me retournai pour voir ce que Gerald pensait de cette annonce. Il lança un regard noir au barman et se servit un autre cocktail.

Cynthia rayonnait, scrutant la foule alors que les applaudissements s'estompaient.

— Si le professeur Hathaway veut bien rejoindre la scène et accepter son prix. Où est-il ?

— Je ne pense pas qu'il soit encore arrivé, dit David d'une voix forte. Christina et moi ne l'avons pas vu à notre table, bien que son assiette soit vide, alors peut-être qu'il est passé pendant que nous dansions autour de la salle...

— Non. Ça, c'était moi, dit Morrie en se frottant le ventre. Je ne pouvais pas laisser un confit de canard parfaitement décent se perdre.

— Donc personne n'a vu le professeur de la soirée ?

Cynthia paraissait perplexe. Des murmures se firent entendre dans la foule.

— Il a assisté à la dernière conférence de la journée, dit Christina. Je suis partie pour me préparer pour le bal, et il est resté pour corriger la professeure Carmichael sur un ou deux points de savoir. Je suis allée dans sa chambre juste avant le bal pour récupérer les bijoux de ma mère, mais il n'était pas là. La professeure Carmichael est sans doute la dernière personne à l'avoir vu.

— Ce n'est pas du tout ce qui s'est passé ! s'écria la professeure Carmichael en se levant, le visage rouge de colère. Il a exposé des théories problématiques et je l'ai corrigé sur des *faits* avérés. Je l'ai laissé continuer son activité favorite : brasser de l'air devant un cercle de jeunes femmes admiratives.

Des chuchotements nerveux circulèrent dans la pièce.

— Il m'escortait lorsque nous étions à Uppercross, dit Lydia en se levant, le visage rayonnant en réalisant que tous les yeux de la salle étaient rivés sur elle. Il était assis près du feu et semblait de bonne humeur, bien qu'exceptionnellement fatigué. Peut-être s'est-il couché tôt ?

— Peut-être est-il parti se coucher avec une nouvelle jeune conquête ? marmonna Alice dans son téléphone sans lever les yeux.

La femme à la table derrière elle entendit son commentaire et se pencha pour le chuchoter à ses amies. De l'autre côté de notre table, David se hérissa. Christina rougit. Gerald posa brutalement son verre sur le comptoir et se dirigea vers la scène.

— J'accepterai le prix en son nom ! beugla-t-il. Vu qu'au fond, c'est *mon* propre travail que vous récompensez.

— Oh, ça va mal tourner, dit Morrie en se penchant en avant et en joignant les mains avec une anticipation joyeuse.

Le visage de Christina s'assombrit et elle se recroquevilla

alors que la réputation de son père faisait le tour de la salle. Et même si je trouvais ce type dégoûtant, je ne voulais pas la voir souffrir, surtout parmi ses pairs.

— Je l'ai vu s'assoupir sur son fauteuil juste avant le bal, dis-je. Peut-être s'est-il endormi après l'excitation de la journée. Je vais aller le chercher.

Pensant qu'il valait mieux faire monter le professeur sur scène avant que la salle ne sombre dans le chaos, je me précipitai dans l'antichambre où le professeur Hathaway s'était trouvé assis avec Lydia sur ses genoux. Le fauteuil était toujours tourné vers la cheminée crépitante. Des touffes de ses cheveux blonds dépassaient du haut.

Je le savais. Je savais qu'il s'était sans doute endormi. Ce feu a l'air si chaud et douillet.

— Professeur Hathaway ?

Je m'approchai de la chaise, en espérant ne pas le réveiller.

Quelque chose de sombre s'était répandu autour de ses pieds. Le tapis était-il également rouge foncé ? *J'aurais juré qu'il était blanc.* Je souris intérieurement. Ce serait tout à fait dans le style de Cynthia d'ajouter du rouge partout. Je posai ma main sur le dossier du fauteuil et me penchai pour réveiller doucement le professeur.

— Professeur Hathaway, tout le monde vous attend dans la salle de bal. Vous avez gagné un prix...

Non. Oh, non.

Ce n'est pas un tapis rouge.

Je reculai en titubant, la bile me remontant dans la gorge. J'ouvris la bouche et je hurlai sans m'arrêter.

Les yeux du professeur Hathaway sortaient presque de leurs orbites, sa bouche était grande ouverte dans un cri sinistre et silencieux. La poignée de son épée dépassait de sa poitrine et le sang coulait entre ses jambes, tachant le tapis à ses pieds.

19

Je tombai à genoux, mes jambes ne pouvant plus supporter mon poids. Des pas résonnèrent sur le marbre derrière moi.

— Mina, tu l'as trouvé... Oh, *merde*.

Morrie m'enlaça et me serra contre lui, m'enveloppant dans la chaleur et la sécurité de son corps. Il poussa à nouveau un juron en remarquant lui aussi l'épée tremblotante dans la poitrine du professeur.

Il est mort. Il est mort.

Ces grands yeux terrifiés, cette mâchoire figée après avoir crié à la mort. Il avait dû hurler, mais personne ne l'avait entendu à cause des frivolités dans la salle de bal.

La pièce se mit à tourner autour de moi. J'enfouis mon visage dans la poitrine de Morrie, souhaitant pouvoir remonter le temps pour que quelqu'un, n'importe qui, puisse venir ici à ma place. L'expression du professeur hanterait mes cauchemars. Même aveugle, je verrais encore cette horreur derrière mes yeux.

— Eh bien, ce week-end est enfin devenu intéressant,

murmura Morrie contre mes cheveux. Nous espérions un voleur de bijoux, mais c'est infiniment plus grisant.

Ne dis pas ça. Je n'ai jamais souhaité ça. Je n'ai jamais...

D'autres pas résonnèrent derrière nous.

— Qu'est-ce qui se passe...

Cynthia s'interrompit dans un cri perçant lorsqu'elle vit elle aussi le corps du professeur. D'autres personnes arrivèrent, poussant des cris et des exclamations en voyant la scène.

— C'est le professeur Hathaway !

— Il a été poignardé !

— Poignardé avec sa propre épée.

— Tout le monde recule ! cria Morrie. Heathcliff, appelle l'inspecteur Hayes. Dis-lui qu'il y a eu un meurtre.

— Et un vol ! hurla Christina. Mes bijoux ont été volés.

J'ouvris les yeux. Christina se leva et ramassa une pochette en velours qui se trouvait sur le sol, juste derrière la chaise. Son corps entier tremblait alors qu'elle la soulevait pour que nous puissions la voir.

— Nous gardions les bijoux de ma mère dans cette pochette, sanglota-t-elle. Papa comptait me les donner au bal. Mais elle est vide. Cette horrible personne est venue ici et a tué mon papa pour quelques babioles.

— Regarde derrière toi, dit Morrie. Cette fenêtre est ouverte. On dirait que le meurtrier s'est échappé par là avec les bijoux.

Heathcliff se dirigea vers la fenêtre et poussa le cadre.

— Il y a un morceau de tissu déchiré accroché au loquet et quelques perles sur le rebord.

Christina hurla.

— Comment quelqu'un a-t-il pu faire ça ? Comment a-t-il pu tuer mon père pour quelques bijoux ? Je l'ai encore vu cet après-midi et il était si beau et plein de vie.

David se précipita vers elle et l'enlaça.

— Allons, allons. La police est en route et ils attraperont le monstre qui a fait ça.

Cynthia se tordait les mains.

— Je n'arrive pas à y croire. Le Voleur de Bijoux d'Argleton s'en est pris à notre maison et a assassiné le bon professeur Hathaway !

Pendant que Cynthia s'inquiétait et que Christina se lamentait, je jetai un coup d'œil dans la pièce et ne pus m'empêcher de remarquer l'expression calme de la professeure Carmichael, et Alice qui griffonnait frénétiquement sur son bloc-notes. Une pensée sinistre me traversa l'esprit, mais je la réprimai. C'était clairement l'œuvre d'un opportuniste : quelqu'un qui se promenait dans le parc, qui avait jeté un coup d'œil par la fenêtre, avait vu le professeur endormi près du feu et les bijoux à côté de lui, et avait saisi sa chance. Peut-être que le professeur s'était réveillé et que l'assaillant se tenait au-dessus de lui. Alors il avait tenté de le frapper avec son épée, mais le tueur la lui avait arrachée des mains et l'avait plongée dans sa poitrine.

Mais si tout cela était vrai, pourquoi avais-je un si mauvais pressentiment ?

L'INSPECTEUR HAYES et la sergente Wilson arrivèrent peu après et firent rentrer tout le monde dans la salle de bal pour prendre nos dépositions. Je fis signe à Jo, la médecin légiste et mon amie, de l'autre côté de la pièce. Elle haussa un sourcil, l'air de dire : « Encore un meurtre ? »

Je lui tirai la langue. Visiblement, je collectionnais les victimes de meurtre comme d'autres collectionnaient les chaussures.

— Mina Wilde, arrêtez de faire des grimaces à ma légiste sinon je vous remets en cellule, grogna Hayes, à moitié sérieux.

Ces derniers mois, j'avais côtoyé les meurtres d'Argleton d'un peu trop près. J'acquiesçai en signe d'obéissance et laissai Morrie me conduire à mon siège. À côté de moi, le visage d'Alice était aussi blanc qu'un linge. Elle tapait sur son téléphone à une vitesse fulgurante.

— Tu veux bien me raconter ce que tu as vu ? demanda-t-elle. Enfin, cette histoire devient vraiment intéressante.

— Peut-être... Je ne sais pas.

Je me frottai le front.

— Finissons d'abord l'interrogatoire, lui dit Morrie. Nous ne voulons pas dire accidentellement quelque chose que la police ne veut pas révéler.

Alice acquiesça, mais elle avait l'air déçue. Je savais qu'étant celle qui avait trouvé le corps, je serais une source intéressante pour son article, mais son attitude intéressée était un peu choquante. Un homme venait d'être assassiné dans la même maison que nous, et tout ce à quoi elle pensait, c'était son papier ?

Pour nous remonter le moral, Cynthia demanda à l'orchestre de continuer à jouer et fit apporter les desserts, mais l'ambiance n'était plus à la fête. Tout le monde s'était rassemblé en petits groupes, chuchotant à voix basse et pleurant dans ses mouchoirs.

Tout le monde sauf la Brontë Society. Les trois filles gothiques se tenaient à côté de la piste de danse, observant Heathcliff à travers leurs voiles noirs et riant entre elles. Gerald balayait le bar du regard, s'enfilant des cocktails à la vitesse d'un par minute. Je remarquai alors une tache rouge sur l'ourlet de sa veste en cuir. Du sang ?

Je donnai un petit coup de coude à Morrie.

— Gerald est encore en train de boire.

— Effectivement. Et il y a une tache sombre sur son manteau, dit Morrie en plissant les yeux. Et je détecte quelques poils sur sa manchette qui semblent correspondre à ceux du tapis sous le fauteuil du bon professeur.

Je tendis la main à travers la table vers Heathcliff.

— Va là-bas et parle à tes copines. Nous devons connaître les déplacements de Gerald au cours de la soirée.

— Pas question, dit Heathcliff avec un regard noir. À cause de vous deux qui m'avez abandonné, j'ai déjà subi deux demandes en mariage et une dispute acharnée pour savoir laquelle d'entre elles a le droit d'utiliser la réplique « Je suis Heathcliff » comme statut sur les réseaux sociaux. Je ne passerai pas une minute de plus avec ces goules. En plus, cette affaire ne nous concerne pas. Si le professeur a été assassiné, c'est à la police de résoudre l'affaire, pas à nous.

Morrie lui fit signe de se diriger vers le bar.

— Oh, allez. Tu sais bien que la seule chose qui intéressait Mina ce week-end c'était de pouvoir se changer les idées après la lettre de son père. Eh bien, résoudre le meurtre du professeur est idéal pour le faire, bien mieux que de coucher avec toi dans les toilettes.

— Hé, comment tu sais ça ? dis-je.

— L'odeur du savon à la jacinthe quand Heathcliff est revenu à la table du petit-déjeuner – dont le parfum n'est pas présent dans les toilettes des hommes – et une empreinte du sèche-mains sur l'arrière de ton épaule. C'était une simple déduction, dit Morrie en faisant un geste de la main.

— Allez, Monsieur le Matou Grognon, use de tes charmes sur la jeune Mlle Hannah. Si tu n'y vas pas bientôt, Gerald aura bu tout l'alcool.

Heathcliff croisa les bras.

— Si j'y vais maintenant, je vais être submergé de demandes en mariage. J'ai même entendu Hannah parler à Cynthia de la possibilité d'organiser un mariage à Baddesley Hall. Si tu es si désespéré, tu n'as qu'à aller leur parler *toi*.

— Très bien, dis-je en les interrompant.

Je repoussai ma chaise et me levai.

— Non, Mina.

Heathcliff tenta de me prendre la main, mais je l'esquivai. *Si je reste assise ici à ne rien faire, le visage du professeur Hathaway va me hanter toute la nuit, mêlé à toutes mes pensées horribles sur mon père et sa lettre, et je me sentirai encore plus mal demain.*

Pendant que Hayes et Wilson étaient occupés ailleurs, je pouvais toujours les aider en obtenant quelques informations de la part de Gerald.

Mes jambes tremblaient encore alors que je traversais la pièce, mais je parvins à garder mon sang-froid en me dirigeant vers le bar, prenant nonchalamment une piña colada dans le stock qui diminuait largement.

— Non, mais vous y croyez, vous ? dis-je à Gerald en sirotant mon verre et en me penchant vers lui. Un vrai meurtre ici même, à Baddesley Hall. Ça n'est jamais arrivé dans Jane Austen.

— C'est vrai, mais dans les romans d'Austen, les libertins et les scélérats finissent toujours par être domptés, dit Gerald en avalant un autre cocktail. La seule façon de dompter un salaud de première classe comme Hathaway était de lui planter une épée dans le ventre.

Ouah, c'est dur.

— Vous ne pouvez pas penser ça. Je sais que vous aviez des divergences d'opinions, mais ce n'est pas une raison pour souhaiter la mort de quelqu'un.

— Des divergences d'opinions ? ricana Gerald. J'ai admiré cet homme à une époque. Il était mon directeur de thèse. Mais c'était avant qu'il essaie de me voler ma petite amie et qu'il plagie mon travail.

— Son discours au petit-déjeuner ce matin indiquait qu'il avait été acquitté de ce crime.

Mais Gerald ne m'écoutait pas.

— ... vous imaginez ? J'ouvre le périodique Jane Austen, et qu'est-ce que je vois ? Des extraits de ma thèse de maîtrise – des brouillons que je lui avais envoyés pour qu'il me donne son avis – peaufinés et publiés comme s'il les avait écrits lui-même. Je me suis plaint à l'université. Ils ont organisé un simulacre de procès académique, avec un jury de ses flagorneurs qui ont gobé son explication selon laquelle, en fait, c'était *moi* qui l'avais *copié*. Ils m'ont exclu du programme d'études supérieures et ont refusé de reconnaître les travaux que j'avais déjà écrits, dit Gerald en secouant la tête. Heureusement, Hannah a plus de bon sens et elle ne s'intéresse pas à Hathaway à moins qu'il ne lui lise des passages des *Hauts de Hurlevent* pendant qu'ils couchent ensemble. Et comme il ne se tripote probablement que sur ses propres livres, cela n'arrivera jamais. Malheureusement, elle l'a rejeté trop tard pour sauver ma carrière. À cause d'Hathaway, mon nom est souillé dans le milieu universitaire. Je ne peux pas trouver une autre université qui m'accepte pour des études supérieures. Mais je ne vais pas me laisser abattre. Je vais prendre ma revanche.

Peut-être que vous l'avez déjà fait, pensai-je sans le dire à voix haute. Au lieu de cela, je lui montrai la tache sur l'ourlet de sa veste.

— Vous avez quelque chose là.

Gerald prit le coin et frotta la tache qui disparut. Ce faisant, je remarquai que le revers de sa chemise était déchiré. Il manquait un triangle de tissu.

— Ah, oui, la sauce au vin chaud. La nourriture ici est un peu ostentatoire, dit-il avant de zyeuter ma boisson. Vous comptez la finir ?

Je la tendis à Gerald, qui la vida d'un trait, s'agrippant au bord du bar pour rester debout.

— C'est tellement affligeant, dit-il d'une voix traînante. Hathaway a été assassiné, et on dirait que ce voleur de bijoux s'est enfui avec une autre belle prise. C'est pour ça que je bois autant. J'en ai besoin pour mes nerfs calmer. Je veux dire... calmer mes nerfs.

— Bien sûr. Nous avons tous subi un choc terrible.

— Je travaille dans des maisons historiques, vous savez... et si je me mets en travers de son chemin, je pourrais être... je pourrais être le prochain... bredouilla Gerald. Oh, je crois que je suis un peu éméché. Je pense que je vais... aller m'onllager. M'allonger, je veux dire. Bien sûr, c'est ça.

Gerald partit en titubant. Je le regardai se diriger vers Hannah et les autres membres de la Brontë Society. *Il est intéressant de noter qu'il a beaucoup bu toute la soirée et qu'il a l'air nerveux et bouleversé, même si j'ai trouvé le corps de Hathaway il y a seulement quelques minutes.*

Quelque chose tapota à la fenêtre au-dessus de ma tête. Une forme sombre se découpait sur le clair de lune.

— Quoth ! criai-je.

Je soulevai le loquet et ouvris la fenêtre pour le laisser entrer. Quoth sauta sur mon épaule en croassant d'inquiétude.

J'ai entendu des cris et de l'agitation, dit-il dans ma tête. *Et la police est là. Quelque chose ne va pas ?*

— Ce cri que tu as entendu était le mien, lui chuchotai-je. Le professeur Hathaway a été assassiné. Je l'ai trouvé dans l'antichambre. Quelqu'un l'a poignardé avec sa propre épée.

Aussi discrètement que possible, je me dirigeai vers une table dans le coin de la pièce et posai Quoth sur le dossier d'une chaise. Morrie et Heathcliff vinrent vers moi, et ensemble nous expliquâmes à Quoth ce qui s'était passé.

Je vais faire le tour du domaine, voir si je peux repérer où le meurtrier s'est enfui. Il déploya une aile noire comme la nuit.

— Ne te donne pas cette peine, grogna Heathcliff. Tout cet alcool et la poitrine de caille lui ont fait tourner la tête. Mina a oublié que nous ne sommes pas vraiment des détectives et que nous ne devons pas nous mêler de ça.

Je soupirai. Il avait raison. Ce n'était pas parce qu'il y avait eu un meurtre à l'Expérience Jane Austen que je devais me précipiter pour essayer de le résoudre. Lors des deux derniers meurtres, j'avais eu une raison personnelle de m'impliquer : la police m'avait accusée du meurtre d'Ashley et mon amie Mme Ellis était en danger. Mais cette fois, ça ne me concernait pas. À en juger par l'horreur que je venais de voir, ce meurtrier était l'un des plus dangereux que j'aie connus. Je ne voulais pas me retrouver face à lui ou à elle de sitôt.

— S'il vous plaît, tout le monde, puis-je avoir votre attention ? demanda Cynthia qui se tenait derrière le micro, agitant les bras. Nous avons eu une très mauvaise surprise ce soir, j'en ai bien peur. Nous avons besoin que vous coopériez tous avec les inspecteurs de police et que vous répondiez à leurs questions. Ils vont nous garder ici pendant qu'ils sécurisent les lieux et mènent leurs interrogatoires, puis nous serons tous autorisés à regagner nos chambres.

— Je ne resterai pas dans cette maison un instant de plus ! s'écria une dame. Pas avec un meurtrier en liberté !

Toute la foule acquiesça dans la salle de bal.

— Malheureusement, il n'est pas encore possible pour quiconque de partir, mais la police fera de son mieux pour terminer rapidement les interrogatoires. Bien sûr, Grey et moi comprenons que ce n'est pas ainsi que tout le monde s'attendait à ce que se déroule la première édition annuelle de l'Expérience Jane Austen ! Si quelqu'un souhaite partir ce soir, mon personnel sera à votre disposition pour vous aider à porter vos bagages et pour organiser votre transport et votre hébergement. Cependant, nous espérons que vous resterez. L'incident de ce soir semble être un crime opportun commis par le Voleur de Bijoux d'Argleton, un criminel connu que la police m'assure être sur le point d'appréhender. Nous allons renforcer la sécurité, car rien ne nous importe plus pour nos invités. Je sais que notre cher professeur Hathaway aurait voulu que l'Expérience Jane Austen se poursuive. Dans cette optique, nous renoncerons au programme de conférences de demain matin et organiserons à la place une garden-party commémorative dans l'orangerie en son honneur !

— C'est ridicule, dit Alice. Un homme vient d'être transpercé d'un coup d'épée. Le meurtrier est probablement quelqu'un dans cette pièce, et tout ce à quoi ils pensent, c'est aux goûters et aux danses champêtres.

— Qu'est-ce qui te fait penser que le meurtrier est dans cette pièce ? demandai-je.

— Le professeur Hathaway avait beaucoup d'ennemis, murmura-t-elle. Plus que quiconque ici ne l'imagine.

— Penses-tu que cela ait un rapport avec ton article ? demandai-je. Tu vas le dire à la police, n'est-ce pas ?

— Je ne sais pas. Mais je ne peux pas leur dire ce que je sais, me lança-t-elle en me saisissant les mains, ses yeux s'illuminant. S'il te plaît, Mina, ne mentionne pas aux policiers que j'ai parlé à la professeure Carmichael ou que je planifiais un article sur Hathaway. La vie de quelqu'un d'autre est en jeu si les informations que je possède sont divulguées.

— Euh...

C'est étrange de demander ça à quelqu'un qui vient de voir un cadavre.

Hannah me permit de ne pas répondre à Alice en se précipitant vers moi et en s'effondrant sur les genoux de Heathcliff.

— Oh, c'est une horrible tragédie ! Heathcliff, prends-moi dans tes bras, s'il te plaît. Hé, pourquoi y a-t-il un corbeau ici ?

Elle tendit la main pour caresser le dos de Quoth. Il se raidit alors qu'elle lui touchait les plumes. Une vague de rage me parcourut l'échine. Je savais que Quoth n'aimerait pas qu'elle le touche.

— Continue, insista Morrie. Il adore particulièrement quand tu cites le célèbre poème de Poe.

— Croac ! avertit le corbeau, s'échappant des mains d'Hannah et se posant sur le lustre au-dessus de notre table.

— Tu veux dire, « Le corbeau » ? Je le connais par cœur bien sûr.

Hannah se redressa.

— Écoute, Heathcliff. « Une fois, sur le minuit lugubre, pendant que je méditais, faible et fatigué, sur maint précieux et curieux volume d'une doctrine oubliée... »

SPLASH.

— Argh !

Hannah bondit et se prit la tête dans les mains.

— Il a chié dans mes cheveux ! Cet oiseau dégoûtant a déféqué dans mes *cheveux*.

— Dans ce cas, tu devrais le remercier ! s'exclama Lydia. Il a amélioré ta coiffure.

— Hiiiiiii ! hurla Hannah, se tenant la tête et quittant précipitamment la table.

— Croac !

20

Comme j'étais celle qui avait découvert le corps, Hayes et Wilson m'interrogèrent en premier. Je leur livrai un récit aussi fidèle que possible de mes souvenirs, frissonnant à l'évocation des détails de la lame profondément enfoncée dans la poitrine de Hathaway et du manche tremblant dans la brise vive qui soufflait par la fenêtre. Je leur parlai aussi de Gerald, de la tache sur sa veste et de la déchirure à sa manche. À côté de moi, la main de Morrie ne quitta jamais la mienne.

Après qu'ils m'eurent congédiée et que Morrie et Heathcliff eurent fait leur déposition, nous dûmes traverser l'antichambre pour regagner nos chambres. Ils avaient délimité les trois quarts de la pièce avec du ruban de scène de crime, ne laissant aux invités qu'une étroite bande pour marcher. Morrie et Heathcliff m'entouraient, Quoth sur l'épaule de Heathcliff, se lançant sans cesse des insultes pour me distraire alors que nous passions devant la cheminée. Ça ne fonctionnait pas, mais j'appréciai l'effort.

— Faut-il attendre Lydia ? demandai-je faiblement. Je m'inquiète de ce qu'elle dira...

— Non, dirent les deux garçons à l'unisson.

Heathcliff accéléra le pas, comme s'il était impatient de mettre encore plus de distance entre nous et Lydia Bennet.

— Mina !

Je tournai la tête. Jo se leva de derrière le fauteuil rouge et courut jusqu'au bord du ruban.

— Salut.

Elle repoussa une mèche de cheveux blonds derrière son oreille. Son EPI* se froissa lorsqu'elle se pencha pour me tapoter l'épaule.

— J'ai entendu dire que c'était toi qui l'avais trouvé. Au rythme où tu trébuches sur les cadavres, ton amitié seule va me garantir du travail pour le reste de ma vie. Je te ferais bien un câlin, mais je ne veux pas tacher ta jolie robe avec les restes de la scène de crime.

Je reculai en levant les mains.

— Pitié, non.

— Tu es superbe, au fait, dit Jo en faisant un clin d'œil à Morrie, qui leva les pouces en l'air et lui adressa un sourire malicieux. Je suis désolée que ton bal ait été gâché, dit-elle en se tournant à nouveau vers moi. Est-ce que ça va ?

— C'était *horrible*. Il y avait tellement de sang que j'ai cru que le tapis blanc avait été remplacé par un tapis rouge, dis-je, laissant échapper un rire étranglé. Je suppose que je n'ai pas besoin de te le dire.

— Pas vraiment. Mais j'apprécie le point de vue d'une civile sur la scène du crime. Tu as remarqué autre chose ?

— Oui. Il avait une expression horrible sur le visage, figé en plein cri comme un affreux tableau d'Edvard Munch qui prendrait vie.

Jo acquiesça.

---

* Équipement de Protection Individuelle.

— Les morts font ça parfois, surtout s'ils expirent en posi-tion assise. Immédiatement après la mort, les muscles du corps se relâchent et la bouche s'ouvre. Si le corps reste dans la même position lorsque la rigidité cadavérique s'installe, l'expression de la bouche ouverte reste figée. Dans les funérariums, ils sont même obligés de fermer les bouches avec du fil de fer pour les visites.

Je frissonnai.

— Je n'avais *pas* besoin de savoir ça.

— Désolée, dit-elle en souriant. J'oublie que tu n'es pas aussi fascinée que moi par ce genre de choses. Dans le cas de cette victime, sa bouche ouverte était l'expression de son visage au moment de sa mort. Apparemment, celui qui l'a tué l'a pris complètement par surprise. Quant au sang, l'épée a sectionné l'une de ses principales artères. J'en saurai plus après l'autopsie, mais il semble qu'il soit mort d'une hémorragie...

Jo fit un signe de la main par-dessus mon épaule. Je me retournai et plissai les yeux pour apercevoir une foule de personnes qui se dirigeaient vers nous depuis la salle de bal. La police avait dû les libérer après avoir recueilli leurs dépositions. Alice Yo lui fit un signe de la main en retour avant de reporter son regard sur l'écran de son téléphone.

— Tu la connais ? demandai-je à Jo.

— En quelque sorte. C'est Alice quelque chose. Nous allons au club de cinéma lesbien à Barchester, répondit Jo. Dans les petites communautés comme celle-ci, nous, les personnes queers, nous nous serrons les coudes.

— Alice a été chargée de rédiger un article sur la commu-nauté des fans de Jane Austen, mais apparemment, elle est surtout à la recherche d'un autre sujet, quelque chose en rapport avec le professeur Hathaway.

— Intéressant. Je suis surprise de la voir ici. Elle disait le mois dernier qu'elle envisageait de quitter le journalisme pour la rédaction publicitaire. Son patron est un sale homophobe qui ne cesse de lui confier les pires missions et de réduire ses heures de travail. Elle a essayé de trouver un autre emploi, mais le journalisme, c'est difficile de nos jours. Si elle ne parvient pas à publier un article important ou à trouver quelque chose de nouveau d'ici la fin du mois, elle va perdre son appartement.

— Ça craint.

— Ouais. Lors de la soirée cinéma du mois dernier, elle demandait si quelqu'un avait des idées d'articles intéressants, en particulier sur un sujet d'actualité comme #metoo. Nous lui avons dit à plusieurs reprises de faire un reportage sur le sexisme et l'homophobie dans le journalisme, mais elle a dit que si elle dénonçait son patron, elle ne travaillerait plus jamais dans le secteur, m'expliqua Jo en prenant son sac de scène de crime. Je dois retourner au laboratoire. Je t'enverrai un texto avec ce que je peux révéler quand j'en saurai plus. Si tu as besoin de parler à quelqu'un, tu sais où me trouver. Mais je sais que tu as les garçons pour te changer les idées.

— Oui. Merci, Jo.

Elle me fit signe de la main et suivit le reste de l'équipe scientifique à l'extérieur. Morrie et Heathcliff me traînèrent vers le hall. Quoth sauta de l'épaule d'Heathcliff sur la mienne, en croassant doucement et en me frottant le cou.

— Tu veux rentrer à la maison, ma belle ? demanda Morrie.

À la maison. Bizarrement, je pensai immédiatement à la Librairie Nevermore plutôt qu'à ma chambre terne dans la véranda de l'appartement de ma mère.

Mes os me faisaient mal à cause de la fatigue et du choc. Je sortis mon téléphone de mon décolleté et notai l'heure (et la série de SMS sans réponse de ma mère).

— Il est déjà tard, et qui sait quelle heure il sera quand la police nous laissera enfin quitter le bâtiment. Restons ici cette nuit et nous rentrerons demain matin.

21

Heathcliff me prit dans ses bras en grognant tandis qu'il me portait dans l'immense escalier. En chemin, nous croisâmes Mme Maitland qui descendait les escaliers en traînant une grande valise rose et l'un des écrivains érotiques qui se débattait avec un grand carton de livres. À part quelques personnes qui appelaient des covoiturages, il semblait que la majorité des invités avaient l'intention de rester. La piste d'un meurtre scandaleux était trop alléchante pour être abandonnée. Alors que Heathcliff me portait à travers la foule, j'entendis des rumeurs circuler à toute vitesse.

— J'ai entendu dire qu'il avait été poignardé en plein cœur avec sa propre épée...

— Eh bien, *moi*, j'ai entendu dire que sa tête avait failli être séparée de ses épaules.

— ... il tenait un mouchoir ensanglanté dans sa main.

— ... d'après cette recherche que je viens d'effectuer sur mon téléphone, pour porter ce coup, il faudrait être exceptionnellement habile avec une épée...

Nous nous frayâmes un chemin à travers la foule des invités et nous nous dirigeâmes vers notre chambre au bout du couloir.

Les chambres individuelles de notre suite avaient chacune une porte donnant sur le hall principal, et nous nous arrêtâmes devant celle des garçons. Morrie fouilla dans les poches de son manteau pour trouver la clé de la chambre, mais n'y trouva rien.

— Dépêche-toi, marmonna Heathcliff en s'adossant au mur. Mina a mangé trop de confit de canard. Elle n'est pas vraiment légère.

— Hé ! dis-je en feignant de le gifler. Ce n'est pas une façon de s'adresser à une dame !

— Croac ! ajouta Quoth.

Morrie récupéra la clé dans sa culotte (je me demandais bien ce qu'elle faisait là) et ouvrit la porte. Heathcliff me jeta sur le lit, s'effondra à côté de moi et me serra dans ses bras.

Je m'effondrai contre lui. Maintenant que nous étions seuls, l'horreur de ce que j'avais vu me submergea. Je sanglotai contre l'épaule de Heathcliff, pleurant partout sur son beau manteau.

— C'est bien, marmonna-t-il de manière conciliante, en me frottant le dos. Continue de pleurer sur ce manteau, comme ça tu le ruineras pour toujours.

— Vous voulez entendre ma théorie ? demanda Morrie en sautillant dans la pièce. Si l'on en croit les bijoux manquants et l'évasion par la fenêtre, il semblerait que ce qui s'est passé ce soir soit l'œuvre du Voleur de Bijoux d'Argleton. Mais il est intéressant de noter qu'il a changé de mode opératoire. Il n'avait jamais commis de meurtre auparavant. Vu l'angle de la fenêtre, il n'a peut-être pas remarqué le professeur Hathaway assis sur le fauteuil.

— Arrête de penser à ça, dit Heathcliff d'un ton sec. Ce ne sont pas nos affaires. Ne nous en mêlons pas, sinon Mina va encore avoir des ennuis...

BANG BANG BANG !

Je sursautai, m'accrochant à Morrie. Quelque chose frappa

si fort contre la porte que la commode antique en fut secouée. La voix de Lydia transperça alors le mur :

— Mina, Mina ! Il faut que tu m'aides !

Morrie leva les yeux au ciel.

— Va-t'en. Il n'y a personne.

— Je vous entends parler, Lord Moriarty.

— Qui est Moriarty ? Nous ne sommes que trois souris des champs à la recherche de fromage.

Je me retins de rire.

— Laisse-la entrer. Elle doit être morte de peur.

En soupirant, Heathcliff ouvrit la porte. Lydia entra dans la pièce en trombe et sauta sur le lit, s'accrochant à moi dans un geste désespéré.

— Aïe ! m'écriai-je en me cognant la tête contre la tête de lit.

Je m'assis en frottant la zone douloureuse.

— Lydia, je croyais t'avoir dit de ne pas déranger...

— C'est une question de vie ou de mort !

Elle se jeta à nouveau sur moi, la main sur le front comme si elle allait s'évanouir à tout moment.

— Plus précisément, ma vie et ma mort imminente !

— La mort du professeur Hathaway n'a rien à voir avec toi... Aïe, mais qu'est-ce que tu fais ?

Lydia m'attrapa par la main et me traîna hors du lit, me tirant si fort qu'elle me fit mal à l'épaule. Je la suivis dans le couloir, terrifiée à l'idée qu'elle me sépare le bras du corps si je n'obtempérais pas. Elle pointa la porte de notre chambre d'un doigt tremblant. Mon cœur se serra dans ma poitrine.

De l'autre côté de la porte, quelqu'un avait écrit à la peinture noire :

« TU ES LA PROCHAINE ».

22

TU ES LA PROCHAINE.

J'avais la tête qui tournait. Que faisaient ces mots sur la porte de notre chambre ? Pourquoi quelqu'un laisserait-il un message aussi horrible, à moins que... à moins qu'il ait voulu effrayer Lydia ?

Ou moi. J'eus un frisson en réalisant que le message pouvait être destiné à l'une ou l'autre.

— Quand... quand est-ce que ça a été fait ? chuchotai-je.

Morrie toucha le bord de la peinture de l'index. Une tache imprégna ses doigts.

— Elle n'est pas complètement sèche. Je dirais qu'elle date d'au moins quelques heures.

— Donc, à peu près au moment où quelqu'un assassinait le professeur Hathaway ? demanda Heathcliff. Cela ne semble pas être une coïncidence.

— Non, acquiesça Morrie en fronçant les sourcils. C'est vrai. Mina, as-tu énervé des Janeites ce week-end ? Y avait-il des amours de lycée ou des rivales amères de l'école de mode parmi les invités ?

— C'est *vrai* que tu as écrasé les orteils de beaucoup de gens avec tes bottes, ajouta Heathcliff.

— Croac ! dit le corbeau.

Je levai les mains.

— D'accord, ne vous acharnez pas. Je ne connais personne ici à part vous et Cynthia. Je pense que ça s'adresse plutôt à Lydia. Elle était assise sur les genoux du professeur Hathaway juste avant qu'il ne soit assassiné...

— Oh ! s'exclama Lydia en portant à nouveau sa main à son front. Rien que d'y penser, je me sens mal.

— ...et avec la performance qu'elle et Morrie ont donnée hier à la boutique et la façon dont elle monopolise le peu de jeunes hommes disponibles, je dirais qu'elle s'est fait quelques ennemies.

— Je suis d'accord, c'est beaucoup plus probable que ce soit Lydia, ajouta Morrie. C'est un soulagement. Je pensais que j'allais devoir m'en soucier.

Lydia se jeta aux pieds de Morrie, sanglotant dans ses bas de soie.

— Tu dois me protéger ! cria-t-elle. Je fais appel à ton sens de la chevalerie.

Morrie jeta un coup d'œil dans le couloir.

— Non, il n'y a pas de chevalerie ici.

— Bien sûr que nous allons te protéger, dis-je. C'est pour ça que nous retournons immédiatement à la librairie. Peu importe qu'il soit minuit passé. La vie de Lydia est en danger. Un membre du personnel pourra nous appeler un taxi et...

— Non, non.

Lydia se leva et me lança un regard déterminé.

— Je ne retournerai pas dans cette vieille boutique poussiéreuse ! Pas tant qu'il y aura un meurtrier dans les parages.

— Tu n'as pas vraiment le choix, grogna Heathcliff.

— Ah oui ? ricana Lydia, se dressant de toute sa hauteur. J'espérais ne pas avoir à le faire, mais effectivement, vous ne m'avez pas laissé le choix. Si je ne peux pas rester ici à Baddesley Hall et avoir la chance de trouver un mari de bonne lignée et de belle prestance, alors je parlerai de votre librairie magique, de votre corbeau de compagnie et de votre véritable origine à cette journaliste.

— Je ne pense pas qu'elle te croira, dit Morrie, tout en échangeant un regard avec Heathcliff.

Je savais ce qu'ils pensaient. *Même si Alice n'écrit pas d'article sur la librairie magique Nevermore, un autre journaliste le fera.* Lydia pourrait aller voir n'importe quel tabloïd et ils goberaient son histoire. Des hordes de gens déferleraient sur Argleton pour lorgner la boutique et prendre des photos avec Heathcliff, terrifiant Quoth et bouleversant toute notre existence. Et ce n'était même pas la pire chose qui pouvait arriver.

Si quelqu'un voyait ce qu'était vraiment Quoth, il l'emmènerait dans un laboratoire secret pour effectuer des tests sur lui et je ne le reverrais jamais. Sur mon épaule, son corps frémit lorsqu'il réalisa ce qu'impliquait la déclaration de Lydia. Je le serrai contre ma poitrine, sentant son petit cœur d'oiseau battre.

Je ne laisserai rien de mal t'arriver, pensai-je avec férocité.

— Ton expression suggère que tu penses le contraire, dit Lydia en croisant les bras.

— Nous menacer est une erreur, grogna Heathcliff.

— Peut-être, mais je ne connais pas d'autre moyen d'obtenir ce que je veux. Quand j'ai voulu aller à Brighton en tant qu'accompagnante spéciale de Mme Forster, il m'a suffi de rappeler à Papa que je lui ferais vivre un enfer s'il refusait, et il s'est plié comme un jeu de cartes. Et puis, il est vrai que vous avez une certaine habileté à résoudre des crimes. Je vous fais plus confiance à vous qu'aux officiers en bas, et ici, dans cette maison, vous avez plus de chances d'être efficaces que dans la librairie.

Lydia fit tournoyer une mèche de cheveux autour de son doigt.

— Par conséquent, continua-t-elle, je vous exhorte très sincèrement à vous mettre au travail pour assurer ma protection.

— Très bien, dit Morrie avant de nous rassembler Heathcliff, Quoth et moi en un groupe. Elle nous tient par les couilles, et elle le sait, chuchota-t-il. Je n'arrive pas à croire qu'après tous les personnages de fiction qui sont passés par la boutique, ce soit Lydia Bennet qui essaierait de nous détruire.

—Vraiment ?

Constatant la facilité avec laquelle Lydia les avait piégés, j'avais du mal à croire qu'aucun des autres personnages de fiction n'avait tenté quelque chose de similaire.

—Je suis sûr que d'autres y ont pensé. Mais la réputation de Morrie a suffi à mettre fin à toute tentative, dit Heathcliff. Cette fille est spéciale.

— Je suppose que nous allons devoir essayer de résoudre cette affaire, dis-je, le coin de ma lèvre tressautant.

— N'aie pas l'air si contente, grogna Heathcliff. J'essaie de te protéger.

—Je sais, et Lydia essaie de nous faire tuer. Arrêtons ce type avant que cela n'arrive. Par où on commence ?

Morrie jeta un coup d'œil en direction de la porte. Une petite foule s'était déjà rassemblée, attirée par les cris de Lydia. L'un des hommes fut envoyé en bas pour faire venir les détectives.

— Si nous ne savons pas à qui le message était adressé, la prochaine chose à faire est de déterminer qui pourrait avoir une raison de tuer le professeur Hathaway. Il semble peu probable que ce message provienne du Voleur de Bijoux, ce qui signifie qu'il est possible que le meurtrier ait utilisé cette histoire pour rejeter la faute sur quelqu'un d'autre.

— Hathaway a une longue liste d'ennemis, dis-je. Je connais cet homme depuis à peine un jour et je serais déjà ravie de le regarder se faire dévorer par des requins.

Ne dis pas ça à voix haute pendant une enquête pour meurtre, dit Quoth dans ma tête, alors que Hayes et Wilson arrivaient au coin du couloir et découvraient le message. Ils commencèrent immédiatement à faire évacuer les gens de la zone.

Nous repartîmes en traînant des pieds avec le reste de la foule.

— Gerald doit être notre principal suspect, dit Heathcliff. Son comportement au petit-déjeuner ce matin prouve qu'il a une raison de haïr Hathaway.

— Il y a même plus que ça, dis-je, en racontant ce que Gerald m'avait dit au bar. Et il avait une tache rouge sur sa veste et une manche déchirée.

— Ça pourrait correspondre au tissu retrouvé sur le rebord de la fenêtre, dit Heathcliff.

— Et j'ai vu Gerald sortir, ajouta Lydia. Après la première danse, j'étais... J'ai appris ce nouveau mot. Ah, oui, je *bécotais* M. Jonathan Grimsby dans le couloir des domestiques, et j'ai remarqué Gerald du coin de l'œil. Il est sorti de la salle de bal, a pris le couloir et est passé par la porte extérieure.

Ma joie d'entendre Lydia Bennet utiliser le mot « bécoter » fut supplantée par mon désir d'intégrer cette nouvelle information à notre théorie.

— Est-ce que tu l'as vu revenir par-là ? lui demandai-je.

— Non. Cependant, je n'y ai pas prêté beaucoup d'attention

à ce moment-là, et M. Grimsby et moi étions très occupés. Il est possible que Gerald soit passé inaperçu.

— Ou peut-être qu'il n'est pas ressorti par la fenêtre, dit Morrie. S'il avait besoin de retourner dans la salle de bal le plus rapidement possible afin d'établir son alibi, et s'il savait que Lydia et son amant étaient dans le couloir, il a peut-être décidé de traverser simplement l'antichambre et d'entrer dans la salle de bal sans faire le tour du bâtiment.

— C'est logique, mais comment se fait-il qu'il ait l'air si propre ? Il n'y avait pas d'empreintes de pas ensanglantées sur le sol autour de la scène du crime, et à part cette tache sur le manteau de Gerald, il n'était pas ensanglanté non plus. La personne qui a poignardé Hathaway n'aurait-elle pas été couverte de sang ?

— Il a dû se nettoyer avant de retourner dans la pièce, songea Morrie. Mais où a-t-il caché ce qu'il a utilisé pour se nettoyer ? Hmmmm...

— Il n'est pas le seul suspect à prendre en compte, ajouta Heathcliff. Nous avons la professeure Carmichael, son amère rivale universitaire.

— Je ne la crois pas capable de tuer qui que ce soit, dis-je. D'ailleurs, elle était assise à notre table toute la soirée.

— Ah bon ? demanda Morrie. Nous avons passé une grande partie de la soirée à danser, et Heathcliff fuyait ses futures épouses. Peux-tu vraiment dire que tu as surveillé cette table pendant toute la soirée ?

— Non, admis-je en fronçant les sourcils. Cela signifie qu'Alice Yo doit aussi être suspectée. Elle écrivait cet article sur Hathaway qui allait révéler tous ses secrets. Peut-être qu'il l'a confrontée à ce sujet et qu'elle a perdu son sang-froid. Jo a dit qu'elle cherchait désespérément quelque chose à vendre, et Alice m'a dit quelque chose d'étrange avant. Elle m'a demandé de ne pas dire à la police qu'elle enquêtait sur lui. « La vie de quelqu'un d'autre est en jeu », a-t-elle même ajouté.

— C'est possible, mais peu probable, dit Morrie. Je pense que nous devons examiner ce Gérald plus attentivement. Et cela va sans dire, mais personne ne doit mentionner à la police que nous faisons leur travail à leur place. Nous ne pouvons pas les laisser enquêter de trop près sur Lydia. Je vais faire préparer des dossiers pour elle aussi vite que possible. C'est ta cousine française, n'est-ce pas ? Puis-je en faire une laitière...

— Mina Wilde, interrompit l'inspecteur Hayes, en ouvrant à nouveau son bloc-notes et en balayant du regard les membres de notre groupe. Je suppose que nous n'avons pas fini de parler. Si vous et votre colocataire voulez bien me suivre.

J'attrapai le bras de Lydia et l'entraînai avec moi.

LE TEMPS que Lydia et moi ayons fini de parler avec l'inspecteur Hayes et que Lydia m'ait fait faire sept crises cardiaques avec tous les détails qu'elle avait ajoutés à notre fausse histoire de cousine française en visite (fait qui avait été vérifié dans leurs dossiers, grâce à un piratage rapide de Morrie), l'équipe de la scène de crime avait photographié la porte, fouillé la zone à la recherche d'empreintes digitales et de preuves médico-légales, et Cynthia avait demandé à son personnel d'essayer d'enlever la peinture avec un décapant, emportant la moitié de la porte au passage.

Il était maintenant plus de deux heures du matin, et j'étais trop fatiguée pour prendre un taxi pour rentrer à la librairie, même si Lydia n'avait pas refusé de partir. Je me glissai dans le lit de la chambre des garçons, blottie contre l'épaule de Heathcliff. Derrière lui, Quoth s'allongea et toucha mon bras, ses doigts aussi légers que des plumes lorsqu'ils se déplacèrent sur ma peau. Morrie s'allongea de l'autre côté, embrassant mon cou. Immédiatement, mon corps réagit, brûlant de chaleur. J'envisageai de lui dire d'arrêter et qu'il n'avait pas encore répondu à mon ultimatum, mais je n'avais pas la force de le repousser. Je désirais chasser l'horreur dont j'avais été témoin ce soir par des baisers et des caresses.

Les lèvres de Morrie trouvèrent les miennes et j'inclinai la tête en arrière, exposant mon cou aux lèvres de Heathcliff. La main de Quoth glissa le long de ma poitrine et effleura mon téton dressé...

Lydia bondit soudain à travers la porte communicante et sauta sur le lit.

— Poussez-vous. Faites-moi de la place.

— Aïe ! cria Morrie en sursautant, se tenant la mâchoire. Ah, je me suis mordu la langue !

— Qu'est-ce que tu fais ? murmurai-je.

Une douleur fulgurante me traversa les yeux, alors que j'avais déjà pris deux des analgésiques de la docteure Clements.

— C'est toi qui as insisté pour rester au manoir, ajoutai-je. Maintenant, retourne dans le lit du meurtre, lui dis-je.

— Je ne peux pas dormir seule là-dedans ce soir, surtout si tu le surnommes « le lit du meurtre ». Vous allez devoir me faire une place.

Je foudroyai Morrie du regard, qui était trop occupé à se frotter la langue avec de la glace provenant du seau de champagne. *Tu ne sers à rien.*

— Très bien, soupirai-je.

Lydia s'installa au milieu du lit, étalant ses jupons autour d'elle.

— Je me sens tellement mieux en sachant que j'ai tous ces hommes grands et forts autour de moi pour me protéger. Mina, tu dors sur ce côté. Comme ça, l'assassin devra d'abord te poignarder pour m'atteindre.

— C'est touchant de voir à quel point tu tiens à moi.

Je me glissai sous la couverture à côté de Quoth et plaçai un oreiller sur ma tête pour étouffer les gloussements de Lydia.

Lydia Bennet m'a cassé mon coup. Je n'arrive pas à y croire.

23

J e me tenais au milieu d'une salle de bal vide. Des guirlandes scintillaient, tels des points de lumière transperçant l'obscurité. Quelque part devant moi, un groupe entama les premières notes entraînantes d'un air de danse de l'époque Régence. Il me fallut un moment pour reconnaître la mélodie de « Guns of Brixton » des Clash.

Je savais que j'étais censée danser, mais si je faisais un pas dans n'importe quelle direction, je risquais de gesticuler aveuglément. Je jetai un coup d'œil autour de moi, espérant que quelqu'un allume les lumières. Mes mains agrippèrent le vide.

— Il y a quelqu'un ?! criai-je. J'ai besoin d'un cavalier. Je ne vois rien et je ne connais pas les pas.

PLOC.

Quelque chose m'éclaboussa l'épaule. Des gouttes de pluie ? Mais j'étais à l'intérieur. Comment pouvait-il pleuvoir ? Je levai la main pour essuyer l'eau.

PLOC, PLOC, PLOC.

D'autres gouttes de pluie tombèrent sur ma peau nue. Je levai les doigts vers mon visage. Sous la faible lumière, je distinguai à peine le liquide rougeâtre à leur extrémité. Une odeur âcre et métallique effleura mes narines. Ce n'était pas de l'eau.

C'est du sang.

La panique monta en moi. La pièce tournait, l'orchestre jouait de plus en plus vite jusqu'à ce que les notes se fondent en une cacophonie continue. Je levai les yeux et mon cœur bondit dans ma gorge. Au lieu des guirlandes lumineuses, des épées ensanglantées flottaient dans l'air au-dessus de moi, leurs lames suspendues au-dessus de ma tête. À chaque coup de basse, elles se rapprochaient, encore et encore...

— Mina... Mina ?

Je me réveillai en sursaut. La lumière du soleil perçait les rideaux. Une main douce effleura mon épaule. Le visage anxieux de Quoth se tenait devant moi. Il n'y avait ni épées, ni musique sinistre, ni gouttelettes de sang.

— Tu tremblais, murmura-t-il. J'étais tellement inquiet.

— Je vais bien, dis-je en me frottant les yeux. Ce n'était qu'un cauchemar.

Je me redressai. Une lumière vert fluo traversa mon champ de vision. Alors qu'elle s'estompait et que je pouvais à nouveau distinguer la pièce, je réalisai que j'étais dans la chambre des garçons à Baddesley Hall, mais que je n'étais plus dans le lit. Au lieu de cela, j'étais allongée sur la chaise longue sous la fenêtre, le dos appuyé contre la poitrine de Quoth. Lydia était étendue sur le lit comme une étoile de mer entre Heathcliff et Morrie. Même dans son sommeil, un sourire satisfait se dessinait sur son visage.

— Lydia s'est retournée dans la nuit et t'a poussée du lit, expliqua Quoth. Je crois que c'était fait exprès, mais bien sûr, je ne peux pas le confirmer. Je t'ai portée jusqu'ici. Tu as gémi et tu t'es tournée dans tous les sens toute la nuit.

Je lui serrai la main.

— Merci d'être resté avec moi.

— Toujours.

Les lèvres de Quoth effleurèrent les miennes. Son baiser était à la fois doux et insistant. Je l'attirai vers moi, mes mains explorant son corps, cherchant le réconfort dans son étreinte.

— Tu veux parler de ton rêve ? Edgar Allan Poe a beaucoup insisté sur la nature prophétique des rêves, et je dois en faire autant.

— J'ai bien peur que celui-ci soit inutilement simple. J'étais seule dans une salle de bal sombre. Je voulais danser, mais si je bougeais de là où j'étais, il allait faire trop sombre et je ne verrais plus rien. Il y avait du sang qui coulait du plafond et qui m'éclaboussait.

— Je pense que cela signifie que tu as peur de t'aventurer dans l'inconnu, mais que tu sais que tu ne peux pas rester où tu es, dit Quoth, le visage sérieux. Cela signifie que tu devrais parler à ta mère. Et regarder ces brochures que la docteure Clements t'a données. Et parler aux gars des feux d'artifice.

— Je pense que c'est surtout parce que j'ai vu un homme poignardé en plein cœur avec une épée, déclarai-je.

— Eh bien, *moi*, j'ai l'impression que c'est parce que tu cours de tous les côtés pour résoudre des meurtres afin de ne pas penser à ta vue, fit remarquer Quoth.

Je me raidis.

— Ce n'est pas ça. *Moi*, ce que je pense, c'est que je ne veux plus en parler. Et c'est mon rêve, alors c'est moi qui décide. Qu'est-ce qu'on fait aujourd'hui ?

— Je vais rentrer pour ouvrir la librairie afin que nous puissions encore payer le crédit ce mois-ci. Tu vas fourrer ton nez là où il ne faut pas, Mina.

— Oui, je le sais, mais pour le faire du mieux possible, je dois continuer à faire semblant de m'intéresser à l'Expérience Jane Austen.

Quoth prit la brochure.

— Comme Cynthia l'a dit, la plupart des événements de la matinée ont été annulés. Mais il y a une lecture de poésie avant le petit-déjeuner organisée par certains des étudiants de troisième cycle du professeur Hathaway. J'ai pensé que tu aimerais peut-être y assister avec moi avant que je ne rentre.

—J'adorerais.

Je n'avais jamais été très portée sur la poésie, mais après que Morrie eut lu à voix haute l'œuvre érotique de John Donne la première fois que nous avions couché ensemble, je m'étais découvert une affinité cachée pour elle.

— Est-ce que je réveille les autres pour leur demander de se joindre à nous ?

—J'en ai parlé à Heathcliff hier soir et il m'a répondu : « La poésie est difficile à digérer à tout moment de la journée, et encore plus avant que je n'ai mangé mes harengs fumés », dit Quoth en passant une main dans ses cheveux noirs et lisses. Et puis je me suis dit que c'était peut-être quelque chose que toi et moi pourrions apprécier seulement tous les deux.

Je souris. Je détestais que Quoth ait été exclu des événements du week-end, encore une fois. Cela me fit penser à mon rêve, à quel point j'avais voulu danser mais que je n'avais pas pu à cause de mon handicap. Le handicap de Quoth l'empêchait toujours de faire des choses qu'il aimait, et ce n'était pas juste.

Pas ce matin. Pas avec moi.

J'enfilai ma robe de mousseline désormais très froissée, mes Docs et une paire de chaussettes arborant des titres de livres interdits (en l'honneur de Mme Scarlett, qu'elle repose en paix). Quoth enfila les collants, la culotte et le manteau de Morrie, et passa son badge autour du cou. Comme je l'avais prédit, il était magnifique. Ses cheveux noirs coulaient dans son dos comme une cascade de soie, et les boutons brillants mettaient en valeur les éclats de feu orange de ses yeux. Il me tendit le bras et je le pris.

— Direction Mansfield Park ! m'exclamai-je.

Quoth et moi descendîmes l'escalier. Nos pas résonnaient dans le hall silencieux. Presque personne n'était encore réveillé, même si le personnel de Cynthia s'agitait déjà dans le hall d'entrée, transportant des plats et des plateaux de nourriture jusqu'à la salle du petit-déjeuner. S'il n'y avait pas eu la bande de police tendue devant l'entrée de l'antichambre, rien n'indiquait qu'un événement terrible s'était produit la nuit précédente.

Sauf si l'on prenait compte de l'horrible image du cadavre du professeur Hathaway qui s'était gravée de manière permanente dans mon cerveau.

Lorsque nous arrivâmes à Mansfield Park, un joli salon jaune en face de la boutique, nous trouvâmes quelques autres lève-tôt qui papillonnaient. David allait et venait depuis le devant de la salle, s'arrêtant de temps en temps pour s'éponger les yeux avec un mouchoir. Alice était assise au premier rang. Son cahier ouvert reposait sur ses genoux et elle prenait des photos candides dans la salle, son index droit appuyant sur le déclencheur.

À ma grande surprise, Christina Hathaway était assise seule, l'air guindé, dans un fauteuil au fond de la salle, les yeux rivés sur le pupitre. Je donnai un petit coup de coude à Quoth et nous traversâmes l'allée pour nous asseoir à côté d'elle.

— Bonjour, Christina. Je suis Mina Wilde. Nous nous sommes rencontrées vendredi. Toutes mes condoléances pour ton père, lui chuchotai-je.

Elle cligna des yeux. Il lui fallut quelques instants pour tourner la tête.

— Je n'arrive pas à y croire, souffla-t-elle, la voix rauque à force d'avoir pleuré. Quel monstre ferait une chose pareille ? Papa était si aimé, si populaire au sein de la communauté.

— As-tu besoin de quelque chose ? Est-ce qu'on peut t'apporter un verre d'eau ou... ou...

Je balbutiai, ne sachant pas vraiment quoi dire à quelqu'un dont le père avait été brutalement assassiné.

— Je crains que toute nourriture ou boisson n'ait un goût de carton pour moi désormais, dit-elle, ses doigts agrippant le bord de sa chaise. Je suis seulement encore à Baddesley parce que la police veut que je reste à proximité pendant qu'ils recherchent l'assassin de Papa. Et puis, Papa aurait voulu que j'assiste à la cérémonie commémorative aujourd'hui.

— Si tu as besoin de quelque chose, n'hésite pas.

Je m'éloignai pour la laisser tranquille, mais elle saisit mon bras d'une main froide.

— C'est toi qui as trouvé son corps, dit-elle de sa voix douce.

— Oui.

Je réalisai que j'étais contente de l'avoir trouvé en premier et que Christina n'ait pas eu à voir son père bien-aimé figé dans cette expression d'horreur.

— Et quelqu'un a griffonné cette chose affreuse sur ta porte ?

— Oui, mais je crois que c'était destiné à ma colocataire, pas à moi. Elle était...

Elle se jetait sur ton père comme une vulgaire catin, pour reprendre le langage de Jane Austen, et il s'en délectait comme le salaud qu'il était. Mais ce n'était pas quelque chose que je pouvais dire à sa fille en deuil, alors je me contentai d'ajouter :

— ...plus proche de ton père que moi.

— Et elle va bien ? demanda Christina en s'épongeant les yeux. Je ne supporte pas d'imaginer que cette personne ignoble menace d'autres gens.

— Elle va bien. Cynthia a fait garder la porte de la chambre par l'un de ses agents de sécurité toute la nuit. Personne d'autre ne sera blessé, et la police fait tout ce qu'elle peut pour traduire le tueur en justice.

— Je ne sais pas ce que je vais faire maintenant, dit Christina, les yeux vitreux. Je sais que Papa voudrait que je perpétue son héritage dans les études sur Jane Austen, mais je ne sais pas comment je vais y parvenir si chaque bonnet et chaque livre me fait penser à lui. Si seulement j'avais quelqu'un pour m'aider, mais je suis toute seule.

Je repensai à Christina et Alice qui s'étaient embrassées dans la cour sombre.

— J'espère que tu as des amis qui peuvent te soutenir. Quelqu'un que tu aimes et avec qui tu n'as peut-être pas pu passer du temps.

Elle pâlit.

— Je ne vois pas ce que...

— Christine, ces deux-là t'embêtent ?

David s'assit à côté d'elle. Il prit ses mains dans les siennes et m'observa d'un air renfrogné.

— S'il te plaît, ne lui parle pas de l'incident. Christina a subi suffisamment de traumatismes pour le restant de ses jours. Elle n'a pas besoin de continuer à revivre ça.

— Je te jure que je n'ai rien dit..., protestai-je, ne voulant pas qu'il pense que je prenais plaisir à raconter les détails sordides.

— Ça va, David. Vraiment.

— Viens avec moi. Je t'ai réservé une place confortable à l'avant de la salle.

Christina tourna la tête vers Alice, mais elle laissa David l'aider à se lever. J'espérais qu'avec le temps, elle serait capable d'accepter pleinement qui elle était et être transparente quant à sa relation, mais je supposais que le lendemain du meurtre de son père n'était pas le bon jour.

— Pauvre fille, chuchotai-je à Quoth. Elle semble sous le choc. Je n'imagine même pas ce qu'elle doit endurer.

— Moi non plus. Même si cet homme était horrible, elle l'aimait profondément, et je compatis à sa douleur.

La lecture de poésie commença. Je ne pus m'empêcher de remarquer que David nous jetait des regards en coin de temps en temps, l'air désapprobateur. Il n'aimait vraiment pas que nous parlions avec Christina. Je supposai que c'était juste son instinct protecteur, mais pendant l'une des pauses entre les artistes, Cynthia et deux de ses amies se penchèrent vers elle et interrogèrent Christina sur son père, et il ne les repoussa pas.

Craint-il que je révèle des détails sur le meurtre ? Et que Christina comprenne qui l'a réellement commis ?

Non, c'est insensé. C'est juste un garçon peu sûr de lui qui essaie de protéger son amie.

À moins que non ?

Quand vint le tour de David, il lut un poème d'amour ardent et passionné, sa voix s'élevant au rythme de ses paroles tandis qu'il regardait Christina dans les yeux. Chaque mot du poème, il le lui adressait.

Eh bien, c'est évident. Il est clairement amoureux d'elle, et il a dû planifier ce poème comme un moyen de déclarer son amour. Mais compte tenu de ce qui vient de se passer, ses efforts sont un peu grossiers ! J'eus le sentiment que son agacement à notre égard était davantage lié à son désir de garder l'attention de Christina sur la poésie.

Une fois la lecture terminée, Christina se dirigea vers le fond de la salle pour prendre une autre tasse de thé.

— Alors, tu as aimé les poèmes ? lui demandai-je.

David courait déjà dans l'allée, le visage plein d'espoir comme un chiot.

— J'ai bien peur de n'avoir rien entendu, dit-elle.

Derrière elle, les épaules de David s'affaissèrent.

— Je suis tellement bouleversée par la mort de Papa que tout est entré par une oreille et sorti par l'autre.

Je souris malgré moi. *C'est sans doute mieux ainsi. Elle n'a probablement pas besoin d'être forcée d'avouer son homosexualité à David aujourd'hui.*

— C'est normal. C'était vraiment courageux de ta part de venir à la lecture aujourd'hui après tout ce qui s'est passé.

David fit bonne figure et rejoignit notre groupe.

— Viens avec moi, Christina, je vais t'accompagner à la cérémonie. Cynthia voudra te parler avant qu'elle ne commence...

— Non, merci, dit-elle. Je pense que je vais aller me rafraîchir dans ma chambre.

— Je t'y accompagne, dit-il.

Elle semblait prête à protester, mais tendit la main et laissa David la saisir.

— Si tu y tiens.

David s'emmêla les pieds en trébuchant sur les chaises alors qu'il faisait le tour pour lui prendre le bras et l'escorter hors de la pièce. Je me penchai vers Quoth.

— Ça doit être étrange d'agir comme ça tout le temps.

— Peut-être qu'elle aime ça, dit Quoth en me tendant le bras.

Je le pris, souriant à Quoth tout en comprenant son point de vue. Ce week-end, où je m'étais retranchée dans ce personnage féminin qui avait sans cesse besoin du bras d'un homme pour faire quoi que ce soit, s'était révélé intéressant.

J'aurais peut-être besoin du bras d'un homme autour du mien pour le reste de ma vie, pour m'empêcher de me cogner partout.

Mais, il m'était difficile de m'attarder sur mon propre enfer avec la présence apaisante de Quoth à mes côtés. Nous nous rendîmes dans la salle du petit-déjeuner et nous nous servîmes du peu qu'il restait au buffet. Quoth nous trouva une table pour deux sous une fenêtre, dans le coin le plus sombre et le plus isolé. Nous bûmes du thé et mangeâmes tandis qu'à l'extérieur, la neige recouvrait les pelouses et les parterres d'un manteau blanc et moelleux.

— Tu te débrouilles très bien, dis-je en beurrant mon croissant comme la païenne anglaise que j'étais. Aucune envie de t'envoler ?

— Bizarrement, non, dit Quoth en sirotant son thé. Je me demande si c'est à cause des vêtements, des mots et des conversations familières. C'est étrange de se dire que dans de nombreuses années, les gens étudieront nos livres avec une telle nostalgie romantique.

— Je dois reconnaître que tu es sacrément sexy avec cette cravate, dis-je en souriant et en glissant ma main le long de sa jambe sous la table.

Ça lui allait vraiment bien. Le col haut et rigide encadrait son visage parfait, rendant sa peau encore plus pâle. C'était probablement une bonne chose que les dames de la Brontë Society n'aient pas encore mis la main sur lui.

— Merci.

Quoth posa sa fourchette. Je remarquai qu'il n'y avait pas d'œufs dans son assiette. Je supposai que manger des œufs était bizarre quand on était un oiseau. Il se racla la gorge.

— Mina, je n'aime pas te dire quoi faire, mais je pense que tu devrais parler des feux d'artifice à Morrie et Heathcliff.

— Non.

Je plantai ma fourchette dans ma saucisse avec plus de violence que je ne l'avais prévu. Elle glissa sur la table. Quoth la rattrapa avant qu'elle ne tombe du bord.

— Ils vont se rendre compte que quelque chose ne va pas, si ce n'est pas déjà fait.

— Je ne suis pas encore prête à en parler. Je veux juste avoir plus de temps pour profiter de la vie avec vous tous, être une personne normale, avant que le monde ne sombre dans l'obscurité pour toujours et que je devienne invalide.

— Tu ne seras jamais invalide pour nous, dit Quoth dont la main reposait sur la mienne. Depuis que je suis arrivé ici, je me suis senti inférieur à Morrie et Heathcliff. Je savais qu'il y avait des choses dans ce monde qui ne m'appartiendraient jamais. Mais tu m'as fait comprendre que ce n'était pas vrai. Le seul handicap est dans mon esprit, et la seule chose qui me retient, c'est ma peur. Et maintenant, fit-il en montrant la nappe devant nous – et le sourire qui étira ses lèvres fit fondre mon cœur – me voici, en train de prendre mon petit-déjeuner en public avec la femme la plus gentille et la plus belle qui soit.

— C'est différent.

Ce n'était pas différent. Je fixai mon assiette, luttant pour retenir les larmes qui me piquaient aux coins des yeux.

Quoth rit, le son me rappelant des clochettes qui tintaient.

— Ça me fait mal de te voir comme ça. Ce n'est pas parce que la lumière s'estompe dans tes yeux que tu dois laisser la tienne s'éteindre. S'il te plaît, promets-moi que tu y réfléchiras.

Une cloche sonna, signalant la fin du repas et l'heure de la garden-party commémorative. Reconnaissante de pouvoir mettre fin à cette conversation qui risquait rapidement de me briser et de faire ressortir toutes mes pensées sombres, je me levai d'un bond. Quoth m'aida à enfiler mon manteau (c'était surtout celui de Heathcliff, mais il ne risquait pas de lui manquer), et nous rejoignîmes la foule de personnes qui attendaient que la neige cesse de tomber pour se précipiter vers l'orangerie.

Morrie dévala les escaliers – vêtu d'une nouvelle tenue composée d'une culotte pâle, d'un manteau bleu nuit orné de détails dorés et d'une épée brillante – et s'approcha de nous.

— Yo, petit oiseau, je vais avoir besoin de mon badge. Et de ma Mina.

— Je pensais accompagner Mina à la garden-party... commença Quoth.

— Non.

Morrie écarta Quoth d'un coup de coude.

— Trop de monde. Trop de risques. À plus tard.

— Non. Quoth, attends, dis-je en resserrant mon étreinte sur son bras. Morrie, tu es incroyablement impoli. On ne peut pas profiter de la matinée seuls, Quoth et moi ? Je pensais que tu serais trop occupé à fouiner pour trouver des indices sur notre meurtre.

Morrie redressa ses épaules.

— Je ne voulais pas avoir à dire ça, mais j'ai besoin de te parler de quelque chose.

Je plissai les yeux.

— C'est vrai ou tu essaies juste d'échapper à Lydia ?

— Mina, ce n'est pas grave, je t'assure. Il a raison. Il y a trop de monde ici. Je vais retourner au magasin et je te retrouve plus tard, dit Quoth.

Il lâcha mon bras et se fondit dans la foule avant que je ne puisse l'en empêcher.

— Tu es à nouveau à moi.

Morrie plaça mon bras autour du sien.

— Je suis en colère contre toi. Je te tiens seulement parce qu'il fait un froid de canard, que le sol est glissant et que je ne veux pas tomber.

— Bien sûr, ma belle, je te crois.

Alors que la foule nous emportait, je jetai un coup d'œil par-dessus mon épaule. Quoth se tenait en haut des escaliers, ses longs cheveux balayant son dos, le visage serein. Il leva la main et me salua rapidement.

Morrie s'est comporté comme un vrai con, et Quoth s'en fiche.

Une vague de tristesse m'envahit. *Malgré toutes ses belles paroles, au fond de lui, il se sent toujours inférieur.* Quoth encaissait toutes les merdes que la vie mettait en travers de son chemin. Mais il n'avait pas à le subir aussi de la part de ses amis.

Nous sortîmes dans le froid glacial. Mes dents claquaient alors que je luttais pour parler.

— Ce que tu viens de faire est cruel.

— Si tu le dis, rétorqua Morrie en haussant les épaules. Quoth sait que j'ai raison. De plus, si je suis ici avec toi, Heathcliff n'aura pas d'autre choix que d'escorter Lydia.

La colère bouillonnait dans mes veines.

— Je savais que c'était ta seule motivation ! Tu as privé Quoth de passer du temps avec moi et de s'entraîner à rester humain. Il s'améliore tellement maintenant. Il aurait pu se débrouiller à la garden-party. Et s'il avait eu des ennuis, il aurait pu se glisser dans les buissons et se métamorphoser sans problème.

Morrie brandit son badge.

— C'est mon nom qui est inscrit dessus. Quoth n'a pas de ticket. Tu as fait ton choix. Admets-le, Mina, tu es aussi cruelle que moi, mais c'est moi qui le lui dirai en face.

J'ouvris la bouche pour protester davantage, mais Cynthia surgit tout à coup, ses cheveux immaculés. Elle enveloppa mes mains glacées des siennes.

— Je suis vraiment désolée, Mina, que tu aies dû voir ce que tu as vu hier soir. Et puis trouver ces horribles mots sur ta porte ! C'est vraiment trop ! Je pensais que ce week-end t'aiderait à oublier les meurtres horribles, mais au lieu de cela, je t'ai entraînée en plein cœur d'un autre. Quelle sale affaire.

— Oui.

Je tentai de la contourner, mais son parapluie bloquait le passage. La neige froide fouettait mon visage nu.

— La police a-t-elle déjà attrapé le tueur ?

— Ce n'est pas parce que j'ai t...t...trouvé le corps que la police doit me mettre au c...c...courant de leur enquête.

Cynthia déplaça son parapluie de l'autre côté. Sentant que l'occasion était bonne, je me précipitai en avant, mais Morrie me repoussa de son côté.

— J'imagine qu'ils sont encore en train d'examiner les preuves prélevées sur les lieux, dit Morrie en resserrant son étreinte sur mon bras, m'immobilisant. Je crois qu'ils supposent qu'il s'agissait peut-être d'un meurtre opportuniste ?

— Oui. Les bijoux volés de Christina pourraient relier cette affaire à cet horrible voleur, dit Cynthia en frissonnant. Le meurtrier devait rôder dans le jardin quand il a remarqué les bijoux. Il est entré par la fenêtre et a transpercé notre cher professeur avec son épée pour pouvoir s'enfuir. Mais je ne comprends pas pourquoi il est ensuite monté et a écrit ce mot sur votre porte. Je déteste l'idée que quelqu'un puisse surveiller notre maison ! Grey a engagé une société de sécurité londonienne, dit-elle en désignant une rangée de vigiles costauds vêtus de noir qui se hurlaient des ordres dans des oreillettes. Apparemment, ils s'occupent de groupes de rock et de stars de cinéma, alors ils veilleront à notre sécurité.

— Oui, eh bien, merci, dis-je en tirant Morrie vers moi. Nous devrions aller trouver une place.

— Il n'y a pas le feu, ma belle, si ? dit Morrie en trottinant derrière moi.

— Si, dans l'orangerie, dis-je en désignant un brasero rougeoyant dans le grand bâtiment. Et vu que mes lèvres sont sur le point de tomber, j'ai besoin d'aller le serrer bien fort dans mes bras. Pourquoi tu voulais que Cynthia continue de parler ? Tu sais qu'elle ne dit jamais rien de pertinent, et je ne sens déjà plus mes pieds.

— J'essayais d'obtenir plus d'informations. Je pensais qu'elle pourrait nous révéler des pistes que la police suivait.

Nous débouchâmes sur la grande allée du jardin qui menait à l'orangerie. Je traînai mes pieds gelés, mon corps se recroquevillant à chaque pas. *Encore un peu, Mina, et tu pourras bientôt t'installer près de ce brasero et déguster une bonne tasse de thé chaud...*

— Mina, je peux te parler ?

Alice apparut soudain devant moi, les lèvres pincées.

Noooooon.

— B...Bien sûr. On a qu'à rentrer et se mettre près du feu...

— Non.

Alice m'attrapa par le bras et m'éloigna de Morrie.

— Pas près des gens. Viens avec moi.

— Je te garde une place près du brasero ! me dit Morrie au loin.

Alice me traîna à travers la pelouse et me força à m'accroupir derrière un parterre de fleurs. Je tendis la main pour amortir ma chute, criant en enfonçant mes doigts dans la neige glacée.

— Désolée, dit Alice me rejoignant. Je ne veux pas qu'on nous voie. Si quelqu'un demande ce qu'on fait ici, dis que tu m'aidais à chercher une boucle d'oreille.

— Tu es douée pour les s...s... subterfuges, dis-je en frottant mes mains gelées. P...p...pourquoi est-ce qu'on est accroupies dans la neige au lieu d'être à l'intérieur avec le feu et le chocolat chaud...

— Je ne sais pas à qui d'autre me fier, dit Alice en écarquillant les yeux tout en retirant sa boucle d'oreille. Mais ensuite, j'ai vu ce qui était écrit sur ta porte, et j'ai su que je devais te révéler ce que je savais.

— Et c...c....c'est qu... quoi ?

— Je sais qui a tué le professeur Hathaway, et ce n'était pas le Voleur de Bijoux d'Argleton. C'était...

— Alice, te voilà ! Qu'est-ce que tu fais là ?

La professeure Carmichael nous regardait de haut, un châle noir enroulé autour des épaules.

— Mina m'aidait à chercher ma boucle d'oreille, mais je crois qu'on ne la retrouvera pas.

Alice se leva si vite qu'une cascade de neige s'abattit sur moi depuis le parterre de fleurs. Je me levai, saluant la professeure en balbutiant à travers mes lèvres gelées.

— Oh, quel dommage, dit la professeure Carmichael avant de toucher le bras de la journaliste. Alice, je me suis dit que tu aimerais t'asseoir avec moi. Je pourrai corriger toute fausse déclaration faite à propos d'Hathaway pendant la cérémonie.

— Bien sûr, dit Alice avant de se tourner vers moi. Mina ? Tu viens ?

J'acquiesçai, me mettant à les suivre.

Qu'est-ce qu'Alice était sur le point de me dire ? Qui était le tueur ?

À l'entrée de l'orangerie, la professeure Carmichael fut interpellée par une Janeite qui s'enquit de son livre. Alice se tourna vers moi et me siffla.

— Nous ne pouvons pas parler ici, au cas où quelqu'un nous entendrait. Peux-tu quitter discrètement la cérémonie et me retrouver au *Sacro Bosco* ?

Elle désigna un sentier à l'angle des jardins à la française qui menait dans les bois.

— Alice, si tu sais qui est le tueur, tu devrais parler à la police...

— Je ne peux pas, dit-elle en déglutissant. Je te donnerai toutes les preuves dont tu as besoin pour arrêter la personne responsable avant qu'elle ne fasse d'autres victimes, mais je ne peux pas aller à la police. S'il te plaît, Mina, promets-moi que tu viendras me rejoindre ?

— Bien sûr. Je viendrai.

— Il y a une statue de trois ménades qui dansent juste à côté du chemin, sur la droite. Je te retrouve là-bas dans trente minutes. Merci, Mina, vraiment. Je... J'ai besoin de parler à quelqu'un de tout ça.

Ses épaules s'affaissèrent. Ses beaux yeux étaient écarquillés et terrifiés. Quoi qu'il se passe, j'avais le sentiment que cela ne concernait plus seulement son scoop.

Je suivis Alice dans l'orangerie, les poils de mon cou se hérissant. *Que sait Alice ? Que va-t-elle me dire ?*

24

— Une garden-party l'un des jours les plus froids de l'année ? dit Morrie en me tendant une tasse de chocolat chaud fumant et un scone à la crème recouvert d'une couche de sucre glace. Comme c'est intelligent !

J'acquiesçai, trop gelée pour exprimer mon accord avec son sarcasme. Heureusement, Morrie nous avait trouvé une place près du brasero rougeoyant qui ne contribuait guère à réchauffer l'espace caverneux.

À l'époque où Baddesley Hall était une propriété en activité, ce grand bâtiment avec ses fentes d'irrigation dans le sol aurait été utilisé pour faire pousser des arbres fruitiers en pots et les protéger pendant les rudes mois d'hiver. Il n'avait pas vraiment été construit dans un but de divertissement. Les guirlandes lumineuses qui s'étendaient depuis un panier suspendu au plafond et les longues tables ornées d'herbes et de légumes d'hiver étaient spectaculaires, mais ne faisaient pas grand-chose pour détourner l'attention du vent cinglant et des chutes de neige de plus en plus abondantes à l'extérieur. Plusieurs des nouveaux agents de sécurité de Cynthia avaient déjà été sollicités pour placer des radiateurs supplémentaires dans la pièce.

L'orchestre dans le coin jouait des chants de Noël à côté d'un pin imposant, me rappelant que je n'avais même pas encore commencé mes achats pour les fêtes. Dehors, la neige avait été déblayée du patio et les plus courageux des invités s'adonnaient à une partie de croquet.

— Ah, Lydia a dû forcer M. Grincheux à descendre, dit Morrie en les désignant du doigt.

De l'autre côté du patio, Lydia traînait Heathcliff autour du terrain de croquet, expliquant les règles d'un ton fort et condescendant tandis que ses autres prétendants riaient. Je remarquai qu'il portait son épée sur le côté. Alors que Lydia alignait son prochain tir, Heathcliff croisa mon regard et fit semblant de la frapper à la tête. Je réprimai un petit rire.

Pendant que je sirotais mon chocolat, Lydia marquait point après point. David vint lui parler. Elle prit son bras et le laissa l'emmener. Heathcliff les regarda pendant quelques minutes, puis haussa les épaules et se précipita à l'intérieur pour nous rejoindre.

— Tu ne ferais pas mieux de la suivre à la trace ? demanda Morrie en portant sa tasse de thé à ses lèvres. Et si David était vraiment notre meurtrier ?

Je me souvins que nous avions vu David gagner duel après duel lors de la démonstration d'escrime, et que la rumeur circulait que le tueur était un épéiste habile.

— Oui, peut-être qu'on ne devrait pas la perdre de vue, ajoutai-je.

— Je suis resté dehors dans la neige pendant quinze minutes à essayer de frapper une foutue balle avec un maillet. Mes bourses se sont recroquevillées sur elles-mêmes. Moi je dis qu'on devrait la laisser se faire assassiner, grogna Heathcliff. Elle n'avait qu'à pas nous faire chanter.

— Je n'ai rien à redire, dit Morrie en posant la théière

devant lui. Un peu de thé ? Idéal pour guérir ton âne et détendre tes testicules.

— Non merci.

Heathcliff sortit sa flasque du haut de sa culotte et but une gorgée.

— Pendant que tu jouais les nounous, Mina a peut-être réussi à démasquer notre tueur, dit Morrie.

Heathcliff entoura ma cuisse de la main et, aussi discrètement que possible, je lui rapportai la conversation que j'avais chuchotée à Morrie dès mon entrée dans l'orangerie.

— Tu n'y vas pas seule, grogna Heathcliff. Emmène Morrie et Quoth avec toi.

— Et toi ?

— Je me réchauffe encore les bourses. En plus, quelqu'un doit garder un œil sur Lydia. Je ne suis pas totalement un monstre.

Je souris à Heathcliff, réconfortée par ses paroles. Peut-être commençait-il à se percevoir comme je le voyais.

Je jetai un coup d'œil à mon téléphone. Il me restait dix minutes avant de retrouver Alice. Christina entra précipitamment, parée d'une élégante robe noire. Elle s'assit à une table vers l'entrée, fixant ses mains jointes. Cynthia prit place sous le sapin de Noël, ajustant son chapeau noir solennel. Le groupe s'immobilisa. Cynthia tapota sur le micro.

— Puis-je avoir votre attention ? Bienvenue à tous à la garden-party commémorative de Julius Hathaway. Je vous remercie d'avoir bravé les intempéries pour être ici et rendre hommage à cet homme remarquable qui nous a été enlevé dans la fleur de l'âge. Il avait encore tant de belles années devant lui pour nous enseigner des choses sur Jane Austen et je sais que nous espérons tous que sa fille Christina perpétuera la belle tradition qu'il a établie.

J'observai Christina pendant que Cynthia parlait, admirant

son sang-froid. À côté d'elle, David lui massait l'épaule et lui offrait un thé. Derrière lui, Lydia faisait un geste grossier que Morrie avait dû lui apprendre.

— Aujourd'hui, des membres de notre communauté vont lire des extraits des œuvres les plus populaires du professeur et raconter certains de leurs meilleurs souvenirs de ses pitreries lors de divers événements Jane Austen au fil des ans. Mais d'abord, nous allons vous montrer des extraits du récent documentaire sur la vie et l'œuvre du professeur.

Un écran de projection s'abaissa devant le sapin de Noël. La caméra fit apparaître le nom d'un réalisateur de documentaires célèbre pour ses portraits sensationnalistes d'hommes « incompris ». Je ne fus pas surprise d'apprendre que Hathaway le connaissait. La caméra fit un gros plan sur un jeune Hathaway, l'air suffisant, s'adressant à une classe pleine d'étudiants enthousiastes. Avec ses cheveux au vent et sa veste de style militaire, il avait tout du héros romantique. Une musique émouvante retentit et le narrateur commença à énumérer les réalisations de Hathaway.

— Intrigant, dit Morrie en se penchant en avant sur ses coudes.

Le documentaire était écœurant au vu de ce que Carmichael, Gerald et Alice avaient révélé sur Hathaway. Il ne consacrait que quelques minutes à la vie et à l'œuvre de Jane Austen, se concentrant plutôt sur les méthodes savantes qui avaient conduit Hathaway à ses diverses découvertes sur Austen. Les interviews du professeur dévoilaient un homme vaniteux, expert dans l'art de manipuler la conversation pour paraître intelligent, humble et séduisant. Les interviews enthousiastes de David et de diverses jeunes étudiantes semblaient sinistres dans ce contexte.

Je jetai un coup d'œil à Christina pendant que son père parlait à l'écran. Bien qu'elle soit toute raide, des larmes coulaient sur son visage. David lui tendit son mouchoir, le visage déformé par l'inquiétude.

Inquiétude ou culpabilité ?

Le narrateur parlait de Hathaway comme d'un véritable combattant de la liberté intellectuelle qui avait été dénigré et carrément censuré par « l'univers académique » dans le but de faire taire ses idées. En réalité, il était clairement un tyran manipulateur, adepte de théories marginales, qui adorait utiliser les propres mots de Jane pour défendre la même vision misogyne du monde qu'il avait imposée à Christina et qu'il érigeait en modèle de la véritable féminité. Quel con. Si j'étais auparavant indifférente quant à sa personnalité, dorénavant, je le détestais.

Des coupures de presse et de vieilles photos défilaient à l'écran tandis que le narrateur expliquait comment la femme solitaire de Hathaway avait été terrassée par une maladie osseuse héréditaire, le laissant désemparé et le cœur brisé. Tout autour de moi, les Janeites se mouchaient, touchés par cette triste histoire.

Ensuite, le narrateur raconta comment Hathaway avait tenté de faire tomber l'univers académique en les prenant « à leur propre jeu », quoi que cela puisse signifier. Transition vers une scène dans une salle de conférence bondée. La professeure Carmichael se tenait face à un pupitre donnant une série de conférences prestigieuses. Surprise, je la cherchai des yeux dans l'orangerie, mais je ne la vis nulle part. Peut-être était-elle partie avec dégoût ? De retour à l'écran, Carmichael était en train de développer un argument sur le féminisme caché d'Austen lorsque Hathaway se levait d'un bond et commençait à argumenter sur l'un de ses points. Il ne lui laissait pas en placer une. Lorsqu'elle ordonnait à la sécurité de l'escorter hors du bâtiment, il l'accusait de ne pas savoir participer à un débat, manquant de peu de l'accuser de censure. Elle criait : « Tu vas le payer, Julius ! Je te jure que tu vas souffrir pour ce que tu as fait. »

Selon le narrateur, cet événement avait conduit les partisans d'Hathaway à se moquer de Carmichael en ligne, et des mèmes de son expression rouge et agitée étaient apparus partout sur Internet. Apparemment, tout cela faisait partie de la « cause » d'Hathaway. Carmichael avait failli perdre son poste à l'université à cause de l'intervention colérique d'Hathaway, sur ce qui était censé être *sa* plateforme et son moment pour briller. *Waouh, pas étonnant qu'elle le déteste...*

— Mina, dit Morrie en pointant l'heure sur son téléphone.

Oups. Il était temps d'y aller. Je finis mon chocolat, récupérai mon téléphone et mon sac à main, et me retournai pour partir. Morrie se leva et me tendit la main.

— Je vais t'aider à retourner jusqu'au hall pour que tu ne glisses pas dans tes chaussures délicates, dit-il, un peu trop fort, car plusieurs femmes le firent taire.

Nous partîmes rapidement dehors et je courus vers le bois, le vent me mordant la peau. À mes côtés, Morrie gardait la main sur la poignée de son épée, les yeux rivés sur les arbres, à la recherche d'un ennemi. Alors que nous nous déplacions sous la canopée des arbres, Quoth s'envola et atterrit sur mon épaule.

Je m'enfonçai entre les arbres, jetant des regards dans toutes les directions. Des branches se brisèrent derrière moi alors que Morrie me suivait de près.

—Alice ?! criai-je.

Devant moi, une statue grise se dressait dans la neige.

Des femmes dévêtues et nubiles dansaient en cercle, serrant de minuscules harpes et des amphores d'où le vin se déversait dans la bouche de satyres barbus. Je tournai à droite et trébuchai sur le sol gelé.

Les doigts de Morrie s'enfoncèrent dans mon bras.

—Je te tiens. Par là. Je vois quelque chose.

Il m'aida à descendre la pente. Je reconnus le manteau d'Alice par terre.

— Alice, nous sommes là. Dis-nous vite, s'il te plaît, nous devons rentrer avant que les testicules de Morrie ne se recroquevillent sur eux-mêmes...

— Merde.

Morrie se figea net, le visage sombre.

— Croac.

La voix de Quoth se fendit, comme s'il souffrait.

— Quoi ?

Mais c'est là que je le vis aussi. Le manteau d'Alice recouvrait autre chose : une robe de mousseline blanche, tachée de sang. À côté du corps gisait un maillet de croquet, l'extrémité plate teintée d'un pourpre humide.

— Oh, non.

Morrie glissa le long de la pente et fit rouler la silhouette. Alice Yo nous regardait avec terreur, la bouche grande ouverte, et le côté de son crâne enfoncé. Le manteau glissa de ses épaules, révélant plusieurs lettres sanglantes tailladées sur sa poitrine. Elles formaient un seul mot :

MENTEUSE.

25

J e reculai en titubant.

— Non. Oh, non.

Le professeur, c'était une chose. Hathaway était une personne horrible, et même avec nos soupçons, nous pourrions encore finir par attribuer sa mort à un vol qui avait mal tourné. Mais j'aimais bien Alice. Et ça... c'était un meurtre de sang-froid.

Morrie me tira loin des arbres.

— Nos moments à deux laissent à désirer. Nous n'arrêtons pas de croiser des cadavres à nos rendez-vous.

— Pas de blagues, s'il te plaît.

La bile remonta dans ma gorge. Je luttai pour garder mon petit-déjeuner.

— D'accord, pas de blagues, promit Morrie, d'une voix grave. Nous devons donner l'alerte. Le tueur pourrait encore être dans les parages.

— Croac.

Quoth quitta mon épaule et s'envola dans les airs. Il balayerait la zone plus vite que nous ne le pourrions depuis le sol. Si le tueur d'Alice tentait de s'enfuir, Quoth l'attraperait.

Lorsque nous sortîmes du bois, Lydia était dehors en train de jouer au croquet avec sa bande.

— Mina ? James ? Que faites-vous dans la forêt ? Mina, pourquoi as-tu des taches de sauce sur ta robe ?

— Ce n'est pas de la sauce, criai-je en trébuchant sur le chemin verglacé. Arrêtez la commémoration. Alice Yo a été assassinée !

Lydia hurla en portant sa main à son front. Ses cris attirèrent les gens aux fenêtres de l'orangerie. Les hommes de la sécurité se précipitèrent dans le jardin et nous encerclèrent. L'un d'eux s'approcha de moi, la main tendue, en me disant de rester calme.

— Je suis calme, dis-je, alors que les gens commençaient à sortir de l'orangerie. Je vous le dis, Alice Yo a été assassinée. Vous la trouverez juste à côté du chemin. Tournez à droite à la statue des ménades. Ce sont les danseuses nues. Il faut que je m'assoie.

Je m'effondrai dans la neige, le froid ne pénétrant même plus mon corps engourdi.

Alice était sur le point de me dire qui était le meurtrier. Et puis quelqu'un lui a fracassé la tête avec un maillet de croquet.

Parce que quelqu'un ne voulait pas qu'elle révèle ce qu'elle savait.

Une petite foule se rassembla à l'orée du bois. Les prétendants de Lydia se pressèrent autour d'elle, lui offrant des mouchoirs et des sels. J'eus droit à bien mieux : Heathcliff se précipita et écrasa mon corps contre le sien, me broyant les côtes avec la force de son étreinte.

Morrie dit alors à Cynthia :

— Demandez à votre équipe de sécurité de surveiller les bois. Ne laissez personne y entrer et ne permettez à personne de quitter les lieux. Vous devrez appeler la police. Vous avez un autre cadavre.

Cynthia sanglota.

— Comment est-ce possible ? Ces histoires vont entacher notre réputation !

— Je suis désolée, Cynthia, mais ça devrait être le cadet de vos soucis.

Je me levai en trébuchant, aidée par Morrie et Heathcliff.

— Lydia, on s'en va, tout de suite.

— Non, on ne s'en va pas, gémit-elle. J'ai dit à tellement de gens hier soir que je logeais à la fameuse librairie. Le meurtrier saura où me trouver.

— Bon sang, Lydia ! criai-je. Ce n'est pas un jeu.

— Ne me crie pas dessus comme ça, dit Lydia en faisant la moue. Nous avons plus de chances d'attraper le tueur si nous restons ici. Je ne partirai pas tant que je ne saurai pas que cette brute est derrière les barreaux. Ma vie même est en danger, au cas où tu l'aurais oublié !

— Elle a raison. Et puis, la police ne nous laissera pas partir, fit remarquer Morrie.

Quoth s'abattit sur moi, repliant ses ailes et se posant sur mon épaule.

Je n'ai vu personne fuir à travers les bois. Il y a quelques personnes qui se promènent près de la maison, dont Gerald. Mais il est possible que le tueur soit retourné à la fête par l'arrière de l'orangerie. Il y a une porte ouverte à cet endroit pour le personnel de cuisine.

— Tu ne penses pas que le tueur en avait après toi, Mina ? demanda Lydia. Tu es entrée dans les bois et l'instant d'après, une femme portant une robe pâle similaire à la tienne est assassinée. C'est tout simplement trop grotesque pour y penser, dit-elle en frissonnant.

— Non, le tueur en avait après Alice. Il a écrit le mot MENTEUSE sur sa poitrine. Mais on ne sait pas ce qu'il aurait pu me faire si j'avais été là quelques instants plus tôt...

Je frissonnai à mon tour. Heathcliff m'écrasa à nouveau contre lui, comme s'il pouvait évacuer ma peur de cette façon.

— Pour ma part, je n'ai pas l'intention de rester là à attendre qu'on me frappe avec un maillet de croquet. Nous n'avons qu'une seule option, déclara Morrie. Nous allons devoir résoudre ce meurtre nous-mêmes.

26

—Je suis partante.

Je frissonnai alors que le souvenir du visage ensanglanté d'Alice et du cri silencieux du professeur Hathaway me revenait en mémoire.

— Par où commençons-nous ?

Heathcliff soupira.

— Si Mina insiste pour se mettre à nouveau en travers du chemin d'un meurtrier, alors je serai à ses côtés.

— Croac, ajouta Quoth depuis mon épaule.

— Et je suppose que je vais vous aider aussi, dit Lydia. Tant que cela n'interfère pas avec mes devoirs de chasseuse de mari. Je crois que si l'on se *bécote* généreusement, je peux convaincre M. Grimsby de faire sa demande en mariage d'ici la fin du week-end.

Morrie jeta un coup d'œil à Lydia comme s'il était sur le point de dire quelque chose, puis y renonça.

— Très bien. Tout d'abord, nous devons déterminer si les deux victimes ont été assassinées par la même personne. Si c'est le cas, cela remet en question le meurtre opportuniste du professeur.

Heathcliff désigna la maison.

— Ça, ce sont les fenêtres qui donnent sur Uppercross. Quelle fenêtre était ouverte ?

Je la pointai du doigt.

— La quatrième à gauche, c'est celle qui se trouve juste derrière le fauteuil du professeur Hathaway. Morrie, tu fais ta tête de génie du mal. À quoi penses-tu ?

Morrie se frotta le menton.

— Je commence à avoir une idée de ce qui s'est passé ici. Lydia, j'ai besoin que tu fasses distraction.

Elle lui adressa un salut moqueur.

— À vos ordres.

Elle se précipita ensuite vers le patio.

— Allons-y.

Morrie m'attrapa par la main.

— On ne peut pas quitter les lieux ! La police sera là d'un moment à l'autre. Ils voudront...

— Exactement. Moins on bavarde, plus on va vite. Heath-cliff, monte la garde pour nous.

Morrie me traîna à travers le jardin. Lydia avait feint de s'évanouir sur la pelouse et les hommes s'affairaient à la réanimer.

Les agents de sécurité protégeaient la zone, mais ils étaient occupés à empêcher les invités d'entrer dans le bois et ne nous arrêtèrent pas lorsque nous nous précipitâmes à l'intérieur de Baddesley Hall.

— Par ici, dit Morrie en me tirant à travers le hall d'entrée. Oh, mon cœur bat à mille à l'heure. Mina, je dois te dire quelque chose.

— Ça ne peut pas attendre ?

— Pas vraiment. Je t'aime.

Ma gorge se noua. Je tentai de ralentir, mais Morrie ne fit que courir plus vite. Il ne me regarda pas.

— Attends. Qu'est-ce que tu viens de dire ?

— Pas le temps d'en discuter.

Morrie se faufila sous le ruban de police et se dirigea droit vers la fenêtre.

— Va vérifier la cheminée. Peut-être qu'on a raté quelque chose.

Attends, tu viens de dire que tu m'aimais et maintenant tu reparles de l'affaire de meurtre ? C'est quoi au juste ton problème ?

Malheureusement, aussi méchant qu'il était, Morrie avait raison. Nous n'avions pas le temps de nous occuper de son aveu maintenant. Ma tête se remplit de nuages et de bonheur, mais je tentai de me ressaisir et de me concentrer. Je jetai un coup d'œil par-dessus mon épaule. Ne voyant personne, je me glissai sous le ruban de police, mon cœur battant dans ma gorge. Je me dirigeai vers la cheminée dorée et me penchai pour inspecter le marbre. Jo avait pris le fauteuil et le tapis comme preuves, et le sol avait été frotté jusqu'à ce qu'il brille. Je ne voyais rien qui puisse nous apporter de nouvelles informations.

— Comme je le soupçonnais, dit Morrie derrière moi.

— Quoi ?

Je me précipitai pour regarder.

— Hier soir, au bal, tu as ouvert la fenêtre pour laisser entrer Quoth. Il n'a pas pu ouvrir le loquet de l'extérieur, m'expliqua Morrie en me montrant la fenêtre. Ici aussi. Un tueur opportuniste n'aurait pas pu ouvrir cette fenêtre si elle était verrouillée, car elle s'ouvre vers l'extérieur et le loquet est à l'intérieur.

Oh, merde.

— Peut-être l'a-t-il forcée d'une manière ou d'une autre ?

— Il n'y a aucun signe d'effraction, dit Morrie en désignant le bord lisse du cadre. Il y aurait des dommages ici si le tueur avait utilisé un outil pour y accéder. Il est bien sûr possible que Hathaway ait ouvert la fenêtre lui-même, mais comme l'a dit un jour un bon ami, « Lorsque vous avez éliminé l'impossible, ce qui reste, si improbable soit-il, est nécessairement la vérité ». Je suggère qu'il est impossible que notre tueur ait pu accéder à cette pièce de l'extérieur par ses propres moyens.

— Comment se fait-il que la police ne l'ait pas remarqué avant ? demandai-je.

— Le monde est plein de choses évidentes que personne n'observe jamais, sourit Morrie. En plus, ils étaient distraits. Cynthia leur a laissé libre accès au buffet de desserts.

— Comme tu es vite tombé dans les clichés.

— Que veux-tu que je te dise ? Nous sommes pressés par le temps. Je vais réfléchir à une réponse plus spirituelle et je reviendrai vers toi, dit Morrie en arpentant la pièce. Jo nous a dit que le professeur était mort depuis au moins deux heures avant que tu ne le trouves, ce qui signifie qu'il a été tué vers le début du bal. Cela a permis à tout le monde de se promener dans l'antichambre et de le voir sur le fauteuil, bien vivant. Tout ce que le tueur avait à faire était de quitter le bal, d'entrer dans l'antichambre, de planter l'épée dans son cœur, de changer de vêtements ou de nettoyer ses chaussures d'une manière ou d'une autre, et de retourner au bal.

— Ça pourrait être Gerald... mais alors pourquoi serait-il sorti ? Lydia et son partenaire de bécotage l'ont tous les deux vu. Gerald n'aurait pas pu passer par la fenêtre à moins qu'elle ne soit déjà ouverte.

— Exactement, dit Morrie en agitant un doigt en l'air. Je suppose qu'il aurait pu avoir un complice qui a ouvert la fenêtre, mais cela commence à sembler inutilement compliqué. Cela nous ramène à la case départ. N'importe qui au bal aurait pu tuer Hathaway. Notre clé pour résoudre cela est Alice. La personne qui l'a tuée l'a fait pour la faire taire. C'est évident.

— D'accord. Mais comment savoir qui c'était ? Quoth n'a rien vu.

— Il faut qu'on fouille la chambre d'Alice, dit Morrie. Elle doit avoir des dossiers pour l'article sur lequel elle travaillait : des notes, peut-être un ordinateur portable. Si je pouvais avoir accès à son téléphone, ce serait encore mieux, mais il est probablement sur elle... Oh, merde. Voilà la cavalerie.

Je suivis son regard. Par la fenêtre, l'inspecteur Hayes s'avançait vers la maison. Il me pointa du doigt, faisant un geste du pouce pour nous indiquer de sortir.

— Tant pis. Nous ne pourrons pas fouiller la chambre d'Alice avant la police, dis-je.

— Nous non, mais quelqu'un d'autre, oui, dit Morrie avant de passer la tête par la fenêtre. Oh, petit oiseau ?

— Croac !

Quoth se posa sur le rebord de la fenêtre.

— Tu veux bien partir en reconnaissance pour nous ?

27

J e jetai un coup d'œil par-delà le visage de Hayes vers le hall imposant, frissonnant même sous les deux manteaux de Morrie et Heathcliff. *Où est Quoth ? Il devrait déjà avoir quitté la pièce.* Hayes nous criait toujours dessus parce que nous avions perturbé la scène de crime et que nous n'étions pas des flics et que nous devions les laisser faire leur travail. J'acquiesçai et Morrie joua de ses charmes, jusqu'à ce que Hayes finisse par calmer son emportement et commence à nous interroger sur la découverte du corps d'Alice.

Je décrivais la conversation qu'Alice et moi avions eue derrière le parterre quand Quoth vola soudain vers moi avant d'atterrir sur mon épaule. Hayes regarda l'oiseau avec une expression perplexe.

— Est-ce le même corbeau qui vit à la boutique ?

— Non. C'est son cousin, dit Heathcliff sans sourire.

— Je vois, dit Hayes en refermant son bloc-notes. Merci de nous avoir accordé cet entretien, Mlle Wilde, M. Earnshaw, M. Moriarty. Ne quittez pas le village, nous aurons peut-être besoin de vous poser d'autres questions.

Je fronçai les sourcils en regardant Morrie. Je savais ce que

Hayes voulait vraiment dire. Nous avions trouvé le corps, puis il nous avait surpris en train de fouiner sur la scène de crime principale. Et Heathcliff avait la peau foncée, ce qui faisait automatiquement de lui un suspect. Nous étions sur la liste de Hayes, peut-être pas en haut de la liste, mais nous y étions.

Jo émergea des arbres au moment où Hayes me congédiait. Elle donna des instructions à l'équipe de la police scientifique pour qu'ils retirent le corps et prélèvent des échantillons dans la neige et sur les plantes environnantes. Alors qu'elle retirait son EPI, je la serrai dans mes bras.

— Je suis vraiment désolée. Je sais que vous étiez amie avec Alice.

Jo secoua la tête.

— Nous n'étions pas des amies proches, mais c'est triste quand même. Alice était une écrivaine talentueuse qui voulait faire le bien dans le monde. Il ne reste plus qu'à trouver qui lui a fait ça et à lui rendre la justice qu'elle n'a jamais eue de son vivant.

— Qu'as-tu découvert sur le premier meurtre ? C'est le même tueur ?

— C'est difficile à dire à ce stade, répondit Jo. Différentes armes de crime ont été utilisées, mais les attaques sont d'une même brutalité. De plus, l'écriture sur Alice semble correspondre à celle de la personne qui a écrit sur votre porte. Si ce que vous avez dit à Hayes est vrai et qu'Alice connaissait l'identité du tueur, cela suggère qu'il a fait cela pour effacer ses traces. Ce que je peux affirmer, c'est que le meurtre du professeur n'était pas opportuniste. Il était prémédité. Nous avons trouvé une grande quantité de somnifères dans son organisme.

— Des somnifères ?

— Oui. Apparemment, il en prenait depuis des années, ainsi qu'une litanie d'autres pilules pour divers problèmes de santé. Sous ses cheveux teints et ses prothèses dentaires coûteuses,

Hathaway était un homme *plutôt* âgé. Mais la dose était bien supérieure à toute dose prescrite. Pas assez pour le tuer, mais elle a dû le rendre somnolent, ralentir considérablement son temps de réaction et l'obliger à rester dans ce fauteuil toute la nuit. Elle a peut-être aussi permis au tueur de lui prendre son arme.

— J'ai entendu quelqu'un dire qu'il a dû être difficile de lui enfoncer l'épée directement dans le cœur.

— Exact, dit Jo. Ce type d'épée était très fin. Si elle avait touché l'os, la lame aurait dévié ou se serait coincée. Le tueur était soit exceptionnellement habile avec une lame, soit avait une excellente connaissance de l'anatomie pour savoir où porter ce coup.

— Et les bijoux volés et le tissu sur le rebord de la fenêtre ? La police soupçonne-t-elle toujours le Voleur de Bijoux d'Argleton ?

— Oui, justement, c'est assez intéressant, commença Jo en se penchant vers moi, baissant la voix. Je ne devrais pas te dire tout ça, mais j'aimerais avoir ton avis. Nous avons récupéré un morceau de tissu provenant d'un des cambriolages précédents du Voleur de Bijoux d'Argleton. Il s'est accroché au fermoir d'une boîte à bijoux ancienne. Pas d'ADN, donc c'était une chemise propre que le voleur portait et qui n'était pas en contact avec sa peau. Cependant, le tissu ne correspond pas à celui du rebord de la fenêtre : notre voleur de bijoux aime les chemises en coton bon marché, alors que le tueur d'Hathaway portait un mélange de soie coûteux. En soi, cela ne veut peut-être pas dire grand-chose, mais si l'on ajoute cela aux autres preuves...

— Cela suggère que tout a été mis en scène.

Je racontai à Jo ce que Morrie et moi avions remarqué à propos de la fenêtre qui s'ouvrait dans le mauvais sens.

Elle écarquilla des yeux.

— Tu as raison. Je n'arrive pas à croire que tu aies remarqué ça. Je suis impressionnée.

— C'était surtout Morrie, dis-je rapidement.

— N'importe quoi. Tu es plutôt douée pour penser comme une détective, Mina. Si un jour tu en as assez du monde du livre, tu devrais envisager une carrière dans les forces de l'ordre, dit-elle en souriant. Ou dans le crime.

— Non merci. J'ai vu assez de cadavres pour toute une vie.

Je dis au revoir à Jo et retournai vers le groupe de personnes que la police avait déjà interrogées. Lydia, bien remise de son évanouissement, était au centre de l'attention, racontant l'histoire de façon si dramatique qu'on aurait pu croire que c'était *elle* qui avait découvert le corps.

Quoth s'était envolé pour voir s'il pouvait surprendre la police en train de divulguer d'autres indices. Morrie, Heathcliff et moi restâmes là à trembler de froid jusqu'à ce que la police nous autorise enfin à retourner dans nos chambres pour faire nos bagages. Cette fois, il n'y avait aucun doute : l'Expérience Jane Austen était bel et bien terminée et tous les invités devaient quitter immédiatement Baddesley Hall. Même si l'inspecteur Hayes avait exigé qu'ils restent tous dans les environs au cas où ils seraient sollicités pour un interrogatoire complémentaire.

Dès que je tournai la clé dans la serrure et que j'entrai dans la chambre, Morrie attrapa Quoth et le souleva pour que son bec soit au niveau de son visage.

— Ne fais pas durer le suspense. Qu'as-tu trouvé ?

— Croac.

Quoth leva une aile, laissant tomber une petite clé USB argentée sur le lit. Morrie la ramassa d'un geste vif, les yeux pétillants.

Pendant que Morrie allumait son propre ordinateur portable et se mettait à taper frénétiquement, Quoth débutait sa métamorphose, ses ailes se rétractant sur elles-mêmes pour former des bras minces qui se remplissaient, ses muscles se gonflant comme des ballons tandis que son corps se tordait sur lui-même. Sa poitrine s'élargit, et ses jambes se plièrent vers l'avant et s'allongèrent.

Lydia écarquilla les yeux alors qu'elle regardait fixement cet homme nu magnifique assis sur le bord du lit, là où se trouvait auparavant un oiseau noir à l'allure hirsute.

— Peu importe le nombre de fois où je le vois faire ça, c'est toujours remarquable.

— Ouais, ouais, il le sait, dit Morrie en faisant un geste de la main. Crache le morceau, l'oiseau. Décris la pièce. Qu'as-tu vu d'autre ?

— Tu avais raison pour le téléphone, dit Quoth. Je ne l'ai trouvé nulle part. Alice devait l'avoir sur elle. Sa chambre était en désordre, il y avait des vêtements partout – sa valise était remplie de sous-vêtements thermiques.

Je souris.

— Je veux bien te croire. Elle avait l'air d'être une femme très sensée.

— Il y avait un ordinateur portable sur son bureau. Il était protégé par un mot de passe, donc je n'ai pas pu y accéder. J'ai trouvé cette clé USB sur le côté, alors je l'ai retirée et je te l'ai apportée. Il y avait plusieurs documents déchirés dans la poubelle. J'en ai sorti quelques-uns et j'ai réussi à en lire certains. Le premier était une coupure de journal d'Oxford, sur le scandale qui lui a coûté son poste. Le second concernait une audience dans une autre école, une affaire de plagiat entre Hathaway et Gerald. Puis il y avait le magazine étudiant qui avait publié le nom de la gagnante d'un concours de rédaction. L'article parlait des avances sexuelles non désirées de son directeur de thèse. Enfin, il y avait beaucoup de formulaires et de documents avec des graphiques. Je ne les ai pas tous compris, mais ils ressemblaient à des dossiers médicaux.

— Des dossiers médicaux ?

Je ne m'attendais pas à ça.

— Oui. L'un d'eux était le dossier d'une patiente hospitalisée, une certaine Hera Hathaway, qui, d'après les dates, devait être l'épouse défunte de Hathaway. Il y avait aussi tous ces autres dossiers, mais je ne comprenais pas ce que je regardais...

— Ça ?

Morrie retourna l'ordinateur, montrant une série de graphiques ondulés.

— Oui, on dirait bien.

— Ce sont des tests ADN. Alice les avait dans ses dossiers, mais bizarrement, ils ne semblent pas être inclus dans les archives officielles d'Hera Hathaway.

Morrie fit à nouveau tourner l'écran.

— As-tu trouvé autre chose ?

— Oui, dit Quoth. J'ai vu le carnet d'Alice. Je n'ai regardé que quelques pages avant que la police n'arrive et que je doive partir, mais c'était une lecture effrayante. Il semble que la professeure Carmichael a gardé un secret pendant très longtemps, et après que Hathaway l'ait humiliée l'année dernière, elle a décidé que le moment était venu de le dévoiler. La femme de Julius Hathaway était aussi sa sœur.

28

— Q^{uoi ?}

Impossible. C'est... ce n'est pas possible.

— C'est dégoûtant ! s'écria Lydia.

— Oh, c'est délicieux, dit Morrie en joignant les mains. Et je suppose que ces dossiers médicaux en sont la preuve ?

— Apparemment. La professeure Carmichael a agi en tant qu'autorité médicale sur l'article d'Alice. Elle avait également donné à Alice une liste de noms d'anciennes étudiantes de Hathaway qui pourraient être disposées à se manifester et à parler des allégations de harcèlement sexuel, donnant à l'article un angle #metoo qui le ferait connaître dans le monde entier. Gerald lui avait également donné les coordonnées de sa petite amie, Hannah, mais Alice avait inscrit beaucoup de points d'interrogation à côté de son prénom, comme si elle n'était pas sûre que Hannah parlerait.

— Mais comment est-ce possible ? On ne peut pas épouser sa sœur.

— J'ai trouvé quelques notes d'Alice dans ce dossier, dit Morrie, ses yeux parcourant l'écran. D'après elle, il semblerait que cela se soit passé ainsi : Hathaway et sa sœur étaient les enfants gâtés de parents riches, mais plutôt excentriques, eux-mêmes cousins au second degré...

— Répugnant ! renifla Lydia.

— ...et obsédés par Jane Austen. Tout dans leur maison et leur vie était d'une parfaite harmonie Régence, sauf leur mariage. Ils ont vécu un divorce amer quand Hathaway était enfant. Son père l'a élevé, et la mère a déménagé en Europe de l'Est avec Héra, changeant son nom et son identité afin de rompre à jamais les liens avec la famille Hathaway. Les enfants n'étaient pas censés se revoir et les parents espéraient qu'ils s'oublieraient. Mais en secret, Héra a cherché à savoir où se trouvait Julius et a pris contact avec lui. Ils étaient tous les deux adolescents à l'époque, et leur fascination pour le divorce de leurs parents et le complot visant à les séparer s'est transformée en une romance interdite. Héra est venue en Angleterre pour aller à l'université. Les deux se sont alors retrouvés et ont poursuivi leur relation, liés par leur amour commun pour les idéaux de la Régence. Comme leur mère avait modifié leur identité, cela n'a jamais posé de problème lorsqu'ils se sont mariés. Cela n'a été découvert que lorsque la maladie de Héra a été diagnostiquée et que l'hôpital a fait des tests ADN sur Christina pour vérifier si elle avait également hérité des gènes. Ils ont constaté que ses gènes parentaux avaient une correspondance familiale étroite, trop étroite pour être autre chose que frère et sœur. Apparemment, tout a été étouffé grâce à l'argent de Julius, puis la mère est décédée et tout a été oublié.

— Comment Alice sait-elle tout cela ?

— Je ne sais pas, dit Morrie en examinant le contenu de la clé USB. Mais elle a des copies de lettres entre Julius et Héra qui prouvent tout. À en juger par leur lecture, c'est Julius qui tirait les ficelles, utilisant son charisme contre la vulnérabilité de Héra pour séduire sa sœur et la pousser à approfondir leur relation. À la lumière de ses autres accusations de harcèlement, cela dresse un tableau plutôt évocateur.

— Mais Alice ne se tape-t-elle pas Christina ?! s'exclama Heathcliff. C'est probablement de là que vient l'information.

— Mais Christina incriminerait-elle son propre père ?

Je me souvins de la façon dont elle s'était éloignée de lui dans l'escalier. Elle voulait désespérément le satisfaire, mais elle avait également peur de lui.

— Je ne l'imagine pas vouloir rendre ce genre d'information publique.

— Peut-être qu'elle ne savait pas qu'Alice avait des copies de ces lettres, dit Morrie en se frottant le menton. Elle n'est peut-être même pas au courant du lien qui unissait son père et sa mère. Alice a peut-être eu accès aux dossiers de Hathaway d'une autre manière.

— Quelle que soit la façon dont elle a obtenu ces informations, cela change notre vision des choses, dit Quoth en passant ses doigts dans ses longs cheveux fins. Le meurtrier d'Alice voulait l'empêcher de rendre cette histoire publique. Le meurtrier d'Hathaway le détestait à cause d'un de ses nombreux crimes. Et les mots sur la porte de Mina me déconcertent toujours autant, mais ils me font surtout très peur.

— Je suis toujours convaincue que c'est Gerald qui l'a fait, dis-je avant de commencer à compter sur mes doigts. Il en voulait au professeur Hathaway d'avoir plagié son travail et saboté sa carrière. C'est un gars costaud et un gothique – vous ne pouvez pas me dire qu'il n'en sait pas assez sur les épées pour commettre ce meurtre. Il avait une déchirure au niveau de sa chemise et une tache sur son manteau la nuit du bal, et il n'arrêtait pas de boire, comme s'il avait fait quelque chose de mal et qu'il voulait le couvrir.

— D'accord, mais alors pourquoi tuer Alice ? Si cette histoire était révélée, cela l'aiderait sûrement à réintégrer l'université, non ?

— Tu oublies une chose : Alice avait découvert que Gerald était le meurtrier. Elle allait révéler son secret, même si on se demande pourquoi elle voulait me le dire au lieu d'aller à la police. Peut-être qu'elle a parlé à Hannah et qu'elle lui a fait comprendre que c'était Gerald, je ne sais pas. Donc il devait se débarrasser d'elle avant qu'elle ne le dénonce. C'est peut-être pour ça qu'il a écrit MENTEUSE sur sa poitrine, au cas où elle aurait déjà envoyé une ébauche à son éditeur ou écrit quelque chose dans ses notes.

Morrie se frotta le menton.

— Ton explication correspond aux faits, à l'exception d'un petit détail : pourquoi Gerald aurait-il écrit TU ES LA PROCHAINE sur la porte de ta chambre ?

Je haussai les épaules.

— Ouais, je sèche là-dessus aussi. Peut-être voulait-il dire que Lydia serait la prochaine victime d'Hathaway, et que Gerald la sauvait en le tuant...

— On dirait que tu déformes les faits pour les adapter à ta théorie, au lieu d'avoir une théorie qui s'adapte aux faits, dit Morrie en tapotant l'ordinateur portable du doigt. Je pense que la professeure Carmichael est notre meurtrière.

— Tu es fou de penser ça.

— Je t'assure que n'importe quel jury me trouverait parfaitement sain d'esprit. Cette théorie avec Gerald n'est pas logique. Pourquoi sortir s'il a organisé le meurtre parfait à l'intérieur de la maison ? Pourquoi écrire ces mots sur ta porte ? Il ne te connaissait même pas ni Lydia. Mais la professeure Carmichael ne supportait pas Hathaway. Il l'avait humiliée et elle avait publiquement menacé de le lui faire payer. Elle savait qu'une fois l'article publié, elle pourrait détruire sa carrière, mais le voir à cet événement a tout simplement été trop pour elle. Peut-être qu'elle ne faisait pas confiance à Alice pour écrire l'article. Quelle qu'en soit la raison, elle a décidé qu'il devait mourir. Elle était près de lui dans l'antichambre et a eu amplement l'occasion de mettre des somnifères dans son vin. Puis elle s'est rendu compte qu'Alice découvrirait qu'elle était coupable. Peut-être a-t-elle réalisé qu'elle avait fait une erreur lors de ses entretiens avec elle. Elle a donc tué Alice et a tenté d'utiliser le mot MENTEUSE pour discréditer ses *propres* preuves, au cas où quelqu'un trouverait les dossiers d'Alice. Quant aux mots sur notre porte, Carmichael a entendu Cynthia dire à quel point nous étions doués pour résoudre des meurtres. Elle voulait te faire fuir avant que tu ne t'intéresses à l'affaire de trop près.

Morrie se pencha en arrière et fit craquer ses articulations, un sourire satisfait lui étirant les lèvres.

— James Moriarty : un point. Professeure maléfique maniant l'épée : zéro point.

— Ne crie pas victoire trop tôt. Nous n'avons pas encore attrapé le tueur, lui rappela Heathcliff.

— Chaque chose en son temps. Il semble que la réponse sur l'identité du meurtrier de nos victimes se trouve dans les dossiers d'Alice, dit Morrie. Je vais me mettre au travail.

Quoth sortit pour écouter les autres policiers. N'ayant rien à faire, Heathcliff et moi fîmes une promenade dans le hall. L'endroit se vidait. Les invités dévalaient les escaliers, donnant des instructions au personnel débordé. Les agents de sécurité déambulaient, aboyant des ordres dans leurs oreillettes et se mettant en travers du chemin. Cynthia se tenait au centre du balcon, une bouteille de vin à la main, l'air totalement désespéré.

— Salut Cynthia, dis-je en lui faisant signe.

Elle sursauta lorsque nous arrivâmes derrière elle.

— Je suis vraiment désolée que le week-end se soit terminé comme ça, ajoutai-je.

— Oh, c'est un désastre ! s'écria Cynthia en renversant un peu le contenu de la bouteille. Je remarquai qu'elle était à moitié vide.

— Tous ces invités demandent des remboursements, et nous devons trouver d'autres logements, et j'ai une cuisine remplie de poules de Cornouailles pour le repas de ce soir qui vont être complètement gaspillées.

— Je sais que ça a l'air mal parti, mais je suis sûre que tout finira par s'arranger.

Je me sentais mal pour elle. Elle avait vraiment essayé de créer un merveilleux week-end, et deux personnes avaient été assassinées chez elle.

— Vous savez à quel point les gens aiment les scandales, surtout les plus sanglants. Attendez que la nouvelle se répande dans la communauté Jane Austen, et dans un an, l'Expérience Jane Austen affichera à nouveau complet.

— Tu es adorable, marmonna-t-elle. Pas étonnant que Gladys et Mabel t'aimaient tant. Non, j'ai bien peur que l'Expérience Jane Austen ne connaisse le même sort que le dodo*. Au moins, Grey a encore ses projets, sinon je crains que nous ne survivions pas. Voulez-vous du vin ?

Nous déclinâmes son offre et la laissâmes à ses lamentations. J'aurais voulu lui demander ce qu'elle entendait par les « projets » de son mari, mais elle n'était manifestement pas en état de donner une réponse sensée. *N'est-il pas justement étrange que Grey ne soit pas là ? Ne devrait-il pas rentrer chez lui après l'annonce d'un meurtre pour s'assurer que sa femme va bien ?* Je n'avais pas encore rencontré ce type, mais pour le moment, il ne me faisait pas très bonne impression.

Je conduisis Heathcliff vers le palier, en direction du balcon couvert privé, en passant par le bureau de Cynthia. J'avais la

---

* Une espèce d'oiseau éteinte.

tête tournée, cherchant la bonne porte, et je remarquai soudain le coin d'un trench-coat en cuir noir disparaître derrière la corde de velours qui délimitait l'aile privée de Cynthia.

— C'est Gerald, chuchotai-je.

Heathcliff pencha la tête vers la mienne.

— Fais comme si j'avais dit quelque chose de drôle, grogna-t-il.

Comprenant immédiatement ce qu'il attendait de moi, je rejetai la tête en arrière et éclatai de rire. De là où j'étais, je pouvais voir un peu plus loin dans le couloir, et la zone était suffisamment éclairée pour que j'aie une vue dégagée. Gerald s'appuya contre le mur, parcourant le palier du regard. Il jeta un dernier coup d'œil autour de lui, puis disparut dans le couloir sombre. Heathcliff et moi échangeâmes un regard intense. Les yeux brûlants de Heathcliff exigeaient que nous ne nous impliquions pas.

Mais évidemment, nous le suivîmes, quand même. Heureusement, j'avais troqué ma robe en mousseline contre mon jean et mon t-shirt « Jane Austen est ma pote », ce qui me permit d'enjamber facilement la corde. Le couloir tournait à l'angle. Nous nous glissâmes jusqu'au bout et jetâmes un rapide coup d'œil, apercevant Gerald se faufiler par une porte.

Nous traversâmes le tapis en vitesse et nous collâmes contre le mur. Je regardai par la porte et aperçus une chambre à coucher opulente – la suite de Cynthia et Grey, à en juger par les vêtements éparpillés sur le lit et le plateau à thé posé sur l'armoire. Gerald se tenait devant une grande coiffeuse, laissant tomber des poignées de bijoux en or d'un grand écrin dans les poches profondes de son trench-coat noir.

Je reculai immédiatement. Mon coude heurta le vase sur la table derrière moi. Il vacilla dans les airs. Heathcliff plongea pour le rattraper. Ses doigts effleurèrent le bord et l'envoyèrent valser hors de la table, où il s'écrasa sur le sol en marbre.

BANG !

Gerald se précipita vers la porte. La lumière éclaira un couteau qu'il tenait dans sa main tandis que son manteau flottait autour de lui comme un Neo* rondouillard. Il se jeta sur moi. Heathcliff me poussa à travers le couloir en criant :

— Ne discute pas. Cours !

Je dévalai le couloir en courant. Gerald me suivit, se cognant contre les murs tandis que Heathcliff luttait pour le maîtriser. Ma poitrine me brûlait. *Il est fou et dangereux. Trouve l'un des gars de la sécurité et...*

PAF.

Je trébuchai sur la corde de velours et tombai brutalement sur le sol. Une douleur lancinante me traversa la jambe. J'haletais et roulai sur le côté, juste à temps pour voir Gerald se dresser au-dessus de moi, le couteau levé dans sa main.

— Je ne veux pas te faire de mal, Mina, dit-il. Si tu promets de ne dire à personne ce que tu as vu, alors je n'aurai pas à...

Il n'eut pas le temps de finir sa phrase. Heathcliff bondit derrière lui, enfonçant le couteau qu'il tenait dans son flanc. Gerald rugit, trébucha en avant et tenta de repousser Heathcliff. En réponse, Heathcliff planta ses dents dans le cou de Gerald. Les invités hurlèrent et se dispersèrent en titubant sur le palier.

— Heathcliff, attention ! haletai-je.

Mais Heathcliff n'entendit pas. Il était comme un animal sauvage s'acharnant sur le prédateur qui menaçait sa compagne. Il se jeta sur Gerald, le regard fou, les traits déformés par une rage bestiale. Gerald riposta et tous deux s'écrasèrent contre la balustrade. Dans un *CRAC* écœurant, le bois se fendit et ils basculèrent par-dessus le rebord.

---

* Référence à Matrix.

29

— Heathcliff ! hurlai-je.

Tout s'arrêta autour de moi. Comme au ralenti, je regardai, figée et impuissante, les deux hommes tomber du balcon et disparaître. En chutant, le regard sauvage de Heathcliff croisa le mien, et je n'y vis que de la jubilation. Il ne se *souciait* même pas de se fracasser la tête sur le sol en contrebas.

Tout ce qu'il voulait, c'était me sauver la vie, et cela lui a coûté la sienne.

PAF.

Des cris et des hurlements résonnèrent en bas. Le monde retrouva sa netteté, brutal, rapide et terrifiant. Toujours le souffle coupé, je me forçai à me lever. Des néons verts et roses dansaient devant mes yeux, m'aveuglant. Je m'agrippai au mur et luttai pour atteindre les escaliers.

Heathcliff, non non non non...

Je forçai mes jambes à se mettre en mouvement et à courir vers les escaliers. Je m'agrippai à la rampe et descendis en titubant, détournant les yeux du centre de la pièce. Il fallait que je voie, mais je n'en avais pas envie.

Ne me laisse pas dans cet abîme où je ne peux pas te trouver.

Sur la dernière marche, mes jambes tremblantes cédèrent. Je m'effondrai par terre, sentant à peine mes genoux craquer contre le sol en marbre. Des bras chauds et forts m'enveloppèrent, me soulevant dans une étreinte. Une odeur de pamplemousse et de vanille effleura mes narines, m'aidant à reprendre mes esprits.

Morrie.

— Tu es blessée ? demanda-t-il, la voix déchirée par l'inquiétude.

— Est-ce que Heathcliff..., m'étranglai-je.

Morrie s'esclaffa, son souffle me chatouillant le visage.

— Il va bien, ma belle. Viens voir par toi-même.

J'osai jeter un coup d'œil. Gerald gisait au milieu du sol, gémissant de douleur. Une tache de sang s'étendait sur son flanc, là où Heathcliff avait planté le couteau. Heathcliff était agenouillé sur le dos de Gerald, mais ses yeux de prédateur scrutaient toujours la pièce. Il leva son poing énorme et frappa Gerald à l'arrière du crâne.

— Ne... menace... plus... jamais... Mina... avec... un couteau, haleta Heathcliff, ponctuant chaque phrase d'un coup de poing.

— Jeune homme, arrêtez ça ! cria Hayes en se précipitant vers lui.

Il fallut que deux de ses officiers l'aident pour éloigner Heathcliff de Gerald.

— Que faites-vous à cet homme ? C'est une agression !

— Je crois que j'ai les côtes cassées, gémit Gerald en essayant de se retourner sur le côté.

— Ce que je fais, c'est votre boulot, tonna Heathcliff. Cet homme est le Voleur de Bijoux d'Argleton et le meurtrier du professeur Hathaway et d'Alice Yo.

La foule qui s'était rassemblée tressaillit.

— Quoi ? s'étonna Gerald dont le visage se décomposait. Ce n'est pas vrai.

— Donc, ce n'est pas vrai que je viens tout juste de le voir voler les bijoux de Mme Lachlan, et ce n'est pas non plus vrai que j'ai dû l'arrêter avant qu'il ne poignarde Mina avec ce couteau ? dit Heathcliff en se débattant contre les flics. Si vous ne me croyez pas, vérifiez ses poches.

Gérald gémit, la tête retombant sur le marbre. Hayes se pencha et fouilla dans sa poche. Il en sortit une poignée de colliers et de boucles d'oreilles en or incrustés de diamants.

— Qu'est-ce que... ?

— Mes bijoux !

Cynthia se précipita, fouillant parmi les bijoux. Les cris étonnés se transformèrent en murmures alors qu'elle sortait de plus en plus de parures de la poche de Gérald.

— C'était le collier de la grand-mère de Grey. Il me l'a offert quand il m'a demandé en mariage.

Le visage de Cynthia se déforma de rage, et elle se pencha pour gifler Gerald.

— Comment oses-tu ? Espèce de sale petit homme méprisable...

Elle se pencha pour le gifler à nouveau, mais Hayes attrapa son poignet.

— Madame, reculez, sinon mes officiers devront également intervenir.

Cynthia recula à contrecœur, serrant dans ses mains des poignées de ses propres bijoux et foudroyant Gerald du regard.

— Écoutez, je peux tout vous expliquer, supplia-t-il.

— Non, tu ne peux pas ! cria Heathcliff. Nous savons que tu es coupable. Tu as entendu Christina dire qu'elle cherchait ses bijoux avant le bal. Tu as mis des somnifères dans le verre du professeur Hathaway pour pouvoir voler les bijoux, puis tu as tout mis en scène pour faire croire que le voleur s'était échappé par la fenêtre. En faisant cela, tu as accidentellement déchiré ta chemise. Nous savons que tu détestais Hathaway parce que tu prétendais qu'il t'avait plagié et qu'il avait fait du mal à ta petite amie…

— D'accord, j'ai volé les bijoux ! s'écria Gerald. Je suis le Voleur de Bijoux d'Argleton. J'étais *désespéré*. J'espérais pouvoir finir de payer mes études de troisième cycle dans un autre pays, quelque part où mon nom ne serait pas sali par les mensonges d'Hathaway. Je le détestais, bien sûr, mais je ne l'aurais jamais tué !

— Alors pourquoi ta chemise était-elle déchirée ? criai-je. Et tu avais du sang sur ton imperméable. Je l'ai vu.

— Je vous l'ai dit, ce n'était pas du sang, c'était du vin rouge, dit Gerald dont les yeux brillaient lorsqu'ils rencontrèrent les miens. D'ailleurs, comment aurais-je pu le tuer alors que j'étais dehors jusqu'à la fin de la première danse ?

— Dehors ?

— Oui, je venais d'apprendre une nouvelle bouleversante et je suis sorti pour fumer une cigarette et me remettre les idées en place, expliqua Gerald en fronçant les sourcils et en regardant Lydia. Elle traînait dans le couloir et était en train d'embrasser un type et je ne pouvais pas gérer ça à ce moment-là parce que ça me faisait penser à l'autre chose, alors je suis retourné à l'intérieur pour boire un verre.

— Gerald dit la vérité, intervint Hannah. Je lui ai dit que j'étais enceinte et que j'avais décidé de garder le bébé.

— C'est pour ça que j'étais si bouleversé au bar. Comment allais-je subvenir aux besoins d'un enfant ? Mon rôle de consultant me permet à peine de payer mes factures. C'est pour ça que j'essayais de récupérer les bijoux aujourd'hui. C'était risqué, mais je me suis dit que dans le chaos, personne ne s'en apercevrait avant plusieurs heures.

— Mais Gérald, je t'ai dit que ce n'était pas ta responsabilité, chuchota Hannah. J'ai trouvé quelqu'un d'autre pour être le père de mon bébé.

Elle battit des cils en direction de Heathcliff.

— Éloignez-la de moi ! cria Heathcliff qui se débattit à nouveau avec acharnement.

— Nous verrons si le reste de votre histoire tient la route, dit Hayes. Gerald Bromley, vous êtes en état d'arrestation. Vous n'êtes pas obligé de dire quoi que ce soit, mais cela peut nuire à votre défense si vous ne mentionnez pas, lorsque vous serez interrogé, quelque chose sur lequel vous vous appuierez ultérieurement au tribunal...

Les policiers relâchèrent Heathcliff et se précipitèrent pour encercler Gerald.

Je courus vers Heathcliff.

—Je n'arrive pas à croire que tu aies fait ça. Tu es blessé ?

Il secoua la tête.

— Heureusement, la silhouette imposante de Gerald a amorti ma chute.

— Morrie, appelle une ambulance. Je vais te faire examiner.

Je serrai Heathcliff dans mes bras.

— S'il te plaît, ne refais plus jamais ça. C'est Quoth qui peut voler, pas toi, d'accord ?

— Attention, fit-il en grimaçant. Tu enfonces tes côtes dans des endroits sensibles.

Il n'y avait pas d'endroit sensible chez Heathcliff, sauf son cœur. Je m'écartai. Heathcliff essaya de se relever, mais je le repoussai.

— Au moins, tu as réussi à attraper le voleur de bijoux, marmonna-t-il. Maintenant, nous pouvons peut-être laisser le reste du travail de détective aux vrais détectives.

— Pas vraiment, dis-je. Nous avons toujours un meurtrier en liberté. Si Gerald, le *cosplayer* rondouillard de Matrix, n'a pas tué le professeur Hathaway ni Alice Yo, alors qui l'a fait ?

30

—Je m'ennuie, gémit Lydia en lançant sa chaussure contre le mur. Tu ne peux pas jeter à nouveau quelqu'un par-dessus la balustrade ?

Nous étions terrés dans notre suite, essayant de gagner du temps pendant que Morrie fouillait dans les dossiers d'Alice, à la recherche d'un indice sur l'identité de son meurtrier.

— Plus tu distraies Morrie avec tes bavardages incessants, plus nous restons enfermés ici, grogna Heathcliff. Je tiens à te rappeler que tout ça est entièrement de ta faute. Si tu ne nous faisais pas chanter pour résoudre ce meurtre, nous pourrions déjà être de retour au magasin.

— Ça suffit. J'en ai assez, dit Lydia en se levant. Je ne supporte pas de rester dans cette pièce un instant de plus avec ce gitan grossier ! Toi, dit-elle en pointant Quoth du doigt, avec tes cheveux qui font envie. Nous allons faire un tour dans les jardins.

—N'emploie pas le mot *gitan*, sifflai-je.

—Je ne suis pas sûr..., commença Quoth.

— Ce n'était pas une demande, mais un ordre ! s'exclama Lydia dont le visage rougit.

Quoth me lança un regard impuissant, mais Lydia l'entraînait déjà. *Morrie travaillera probablement plus vite sans qu'elle nous distraie. J'espère juste que Lydia ne brisera pas mon pauvre Quoth.* La porte claqua et ils disparurent.

— Ah, le silence béni, dit Heathcliff en souriant, appuyé contre la chaise longue et portant une petite bouteille de whisky à ses lèvres.

Nous l'avions fait examiner par les ambulanciers, qui avaient déterminé qu'il n'avait rien de cassé, mais il avait quand même quelques ecchymoses autour des côtes. On lui avait conseillé de ne pas entreprendre d'activité physique intense pendant les prochaines semaines, et on lui avait donné une poignée d'analgésiques qu'il avait rapidement arrosés de whisky, fidèle à lui-même.

Heathcliff et moi nous blottîmes l'un contre l'autre, buvant et parlant tranquillement pendant que Morrie travaillait. Au bout d'un moment, Morrie retira ses écouteurs.

—Hmmmm, fit Morrie en ronronnant. Ça change tout.

— Tu as trouvé quelque chose de plus sur l'article d'Alice ? demandai-je.

— Non, répondit Morrie en faisant pivoter son ordinateur. Mais j'ai trouvé *ceci*.

Il tourna l'ordinateur vers moi et appuya sur un bouton. Sur l'écran, une vidéo se mit en marche, dévoilant le haut d'une chaise, un mur blanc et une fenêtre en arc qui ressemblait exactement à celle de notre chambre. *Elle a été tournée à Baddesley Hall.* Dans le coin de l'écran, l'horodatage indiquait 1 h 03 du matin, la nuit du meurtre du professeur Hathaway. Dehors, il faisait nuit noire, et la lumière intérieure projetait un éclat brutal qui illuminait le visage d'Alice lorsqu'elle apparut, se penchant pour régler la caméra. Satisfaite que tout soit correctement réglé et qu'elle enregistre, elle s'assit sur la chaise face à l'écran. Des larmes coulaient sur ses joues.

« Si vous trouvez cette vidéo, renifla Alice, c'est parce que je suis morte. C'est moi, Alice Yo, qui ai tué le professeur Hathaway. »

31

— Quoi ?

— Chut, dit Morrie en portant un doigt à ses lèvres. Continue à regarder.

Je me penchai par-dessus l'épaule de Morrie pour observer l'écran de plus près.

« C'est moi qui l'ai tué, continua Alice avant de marquer une pause, puis de hocher la tête. Je l'ai fait parce que je suis amoureuse de sa fille, Christina. Il n'acceptait pas qu'elle soit gay. Il ne voulait pas qu'on soit ensemble et je... je ne voulais plus qu'elle souffre. J'en avais assez. J'avais l'intention d'écrire un article pour le discréditer, mais mon rédacteur en chef ne voulait pas le publier parce que c'était des mensonges que j'avais inventés. C'est pourquoi j'ai pris l'épée et je l'ai plongée... dans sa poitrine. »

Des larmes coulaient sur ses joues. Elle ne fit rien pour les essuyer.

« J'enregistre cette confession dans l'espoir que mon dernier souhait soit exaucé. S'il vous plaît, si vous trouvez quoi que ce soit, ne publiez aucune de mes preuves concernant le professeur Hathaway. Détruisez toutes mes recherches.

Déchirez mes notes et supprimez tous les fichiers de mon ordinateur. Ce ne sont que des mensonges, de toute façon, et je ne veux pas que quelque chose d'autre puisse blesser ma Christina. S'il vous plaît, si vous regardez ça, s'il vous plaît... »

Sa voix se brisa. La caméra s'éteignit et l'écran devint noir.

Je n'arrive pas à y croire. Quelque chose dans ses aveux me tracassait, mais je n'arrivais pas à mettre le doigt dessus. Morrie appuya sur replay et nous regardâmes à nouveau la vidéo. Des frissons me parcoururent l'échine.

— Merde, souffla Morrie.

— C'est ce que voulait dire Alice quand elle a dit qu'elle ne pouvait pas aller à la police, dis-je. Elle ne voulait pas se dénoncer, mais elle voulait que je sache la vérité au cas où il lui arriverait quelque chose.

— Et il lui est arrivé quelque chose. Elle s'est fait défoncer le crâne. Mais pourquoi ?

32

Je jetai un coup d'œil par la fenêtre, sur la foule qui se pressait sur les marches. L'un d'eux avait tué Alice Yo, mais pourquoi ? Si ce n'était pas pour dissimuler le meurtre d'Hathaway, c'était donc pour empêcher la publication de son article. Mais qui était au courant de l'article, et pourquoi...

Soudain, je compris ce qui n'allait pas avec la vidéo de la confession d'Alice.

— Donne-moi ça.

Je tentai d'arracher l'ordinateur des mains de Morrie, mais il le serrait contre lui.

— Attention à mon précieux, dit-il en faisant la moue. Je t'ai vue faire sur la piste de danse. Je ne te fais pas confiance avec cet ordinateur.

— Arrête de jouer et écoute-moi : la vidéo est truquée.

Morrie et Heathcliff levèrent les yeux, surpris.

— Je veux dire, c'est vraiment Alice qui parle, mais ce n'est pas elle qui filme. Il y a quelqu'un d'autre dans la pièce, derrière la caméra, qui la force à dire tout ça. Je ne pense pas du tout qu'elle ait tué Hathaway.

— Intéressant, dit Morrie en posant sa tête sur ses mains. Qu'est-ce qui te fait penser ça ?

— Montre-moi la vidéo depuis le début, dis-je, me préparant à revoir ce spectacle horrible d'Alice en larmes. Morrie appuya sur play.

« Si vous trouvez cette vidéo, c'est parce que je suis morte... »

— Non, reviens en arrière. Va directement au début, quand elle tripote la caméra.

Morrie rembobina jusqu'à ce que l'on voie Alice, debout, en train de se pencher sur la gauche pour régler quelque chose sur la caméra.

Je pointai mon doigt vers l'écran.

— Je voyais tout le temps Ashley faire des vlogs dans notre appartement, donc j'ai déjà vu quelqu'un régler sa caméra avant une prise de vue. Ils se penchent toujours du côté où se trouvent les boutons. Sauf que j'ai vu Alice utiliser sa caméra l'autre jour – c'est exactement la même caméra qu'Ashley utilisait. Les boutons sont du côté opposé.

— Donc elle a simplement mis l'écran en miroir, grogna Heathcliff. N'est-ce pas simple à faire avec toutes ces applications sophistiquées ?

Je désignai l'horodatage dans le coin de l'écran.

— Ces petites applications sophistiquées ne garderaient pas l'horodatage. Morrie, peux-tu confirmer qu'il s'agit d'images brutes ?

Morrie appuya sur quelques boutons.

— Oui, cette vidéo a été téléchargée directement depuis la caméra, rien n'a été modifié.

— Je ne sais pas, dit Heathcliff. Ça semble un peu léger.

— Je suis d'accord, mais je ne vois pas d'autre explication qui colle autant, dis-je. Il y a toutes ces pauses dans la vidéo, et la façon dont elle n'arrêtait pas de regarder vers la gauche, comme si elle s'en remettait à quelqu'un assis là. Peut-être qu'elle lisait des messages ?

Morrie se frotta la joue.

— D'accord, d'accord, disons que tu as raison. Qu'est-ce qu'on va faire de ça ? On peut la montrer à la police, même si on aura des ennuis pour la clé USB.

— On devrait juste la rendre, en disant qu'on l'a trouvée par terre. Mais ça ne changerait rien de toute façon. Ils vont dire que ce n'est pas une preuve suffisante, dis-je avant de me prendre la tête entre les mains. Je ne sais pas quoi faire.

— Nous devons résoudre ce meurtre, grogna Heathcliff. C'est la seule chose à faire.

— Eh ben, on change de discours ? dit Morrie en souriant.

— Disons plutôt que je ne veux pas qu'un salaud sadique qui force des femmes innocentes à faire des vidéos d'aveux s'approche de Mina ou de mon magasin. N'oublie pas que le meurtrier a laissé le message sur sa porte. TU ES LA PROCHAINE. Il faudra d'abord me passer sur le corps, putain.

— D'accord. Mais si nous voulons résoudre cette affaire, nous avons besoin de plus de temps ! s'écria Morrie. Tous nos suspects s'en vont.

— Je sais, dis-je avant de tendre la main. Donne-moi ton portable.

Morrie eut l'air horrifié. Il serra le petit rectangle contre sa poitrine comme s'il s'agissait de son premier enfant.

— Pourquoi as-tu besoin de *mon* téléphone ?

— Parce qu'il dispose d'une technologie sophistiquée qui empêche de tracer les appels. Et cette application que tu m'avais montrée qui déforme la voix.

— Oh, toi tu vas faire quelque chose d'illégal, sourit Morrie en me lançant son téléphone. Ne me laisse pas t'en empêcher.

Pitié, ne me faites pas regretter ça. Le cœur battant, je composai le numéro privé de l'inspecteur Hayes (que Morrie avait sur son téléphone, évidemment) et cliquai sur l'application. Il décrocha à la deuxième sonnerie.

— Hayes, dit-il d'un ton sec et professionnel, juste au moment où Quoth et Lydia entraient dans la pièce.

Heathcliff leur fit signe de se taire et les invita à s'asseoir sur le lit.

— Bonjour, inspecteur Hayes, dis-je d'une voix monocorde, m'agitant frénétiquement pour qu'ils restent silencieux et ferment la porte.

Ma voix était profonde et ressemblait à celle d'un robot sexy.

— J'ai cru comprendre que vous étiez occupé par une autre enquête pour meurtre. Je ne voudrais pas vous faire perdre votre temps, mais je crains que cette affaire ne soit d'une importance vitale.

— De quoi parlez-vous ? demanda-t-il. Qui êtes-vous ?

— Disons que je suis un ami inquiet. Je suis inquiet, voyez-vous, car j'ai placé une bombe dans l'une des vaches dans le champ derrière Baddesley Hall. Je peux la faire exploser à tout moment depuis mon point d'observation ici. Je n'ai pas envie de le faire, mais j'y serai obligée si vous ne répondez pas à mes demandes.

Je crus que les yeux de Quoth allaient sortir de leurs orbites. Heathcliff me regarda d'un air si intense que j'eus envie de me recroqueviller en boule. Morrie se pencha en arrière et posa les mains derrière la tête. Il souriait d'un air suffisant, l'air de dire : « C'est moi qui ai créé ce monstre ».

Oui, c'est vrai, espèce de connard.

— Et quelles sont vos demandes ? demanda-t-il d'un ton las.

Je réfléchis rapidement.

— Tout le monde présent à Baddesley Hall doit rester sur place. Je ne veux pas voir une seule voiture quitter les lieux, sinon je ferai exploser la bombe. Je veux également qu'on me prépare un colis contenant une première édition de *Mansfield Park* de Jane Austen et une bouteille de whisky provenant des caves de Baddesley. Une fois que j'aurai constaté que le colis a été déposé, je désarmerai la bombe et, sur mon ordre, tout le monde pourra partir.

— Oh, oh, dit Lydia en sautant de joie. Je peux aussi avoir un poney ? J'en ai toujours voulu un, mais mon père disait qu'ils coûtaient horriblement cher à entretenir et qu'ils pouvaient à peine tirer une calèche.

Je levai les yeux au ciel. *Très bien, quitte à être ridicules jusqu'au bout...*

— Et j'aimerais qu'un poney de race soit également livré avec le livre et le whisky.

— Je vais m'en occuper, dit Hayes d'une voix tendue. Comment pourrai-je vous contacter...

— Vous ne me contactez pas.

Je poussai un cri et raccrochai, jetant le téléphone sur le lit comme s'il était fait de plomb fondu.

Des larmes coulaient sur le visage de Morrie.

— Un poney ? balbutia-t-il en se tenant le ventre alors qu'il éclatait de rire. J'espère que tu es fière, ma belle. C'était la chose la plus courageuse et la plus audacieuse que tu aies jamais faite !

— Je ne me sens pas fière. Je me sens *horriblement* mal. Tout le monde va paniquer, et la police va gaspiller de précieuses ressources pour gérer ce canular, et tout ça pour que nous puissions avoir une chance de trouver le tueur, lâchai-je en m'effondrant à côté de Heathcliff. Tu avais raison. Pourquoi faisons-nous ça ? Nous devrions laisser cela aux experts.

Morrie renifla. Il se redressa et déposa un tendre baiser sur ma joue.

— Tu ferais vraiment un très mauvais escroc. Ta foutue conscience ne cesse de te gêner.

— Moi j'ai trouvé cela très amusant ! s'exclama Lydia depuis la fenêtre. Regardez, les flics se précipitent partout comme des petites fourmis. Ils obligent tout le monde à rentrer dans le hall.

— Oui, bon, dis-je en haussant les épaules. J'ai gagné du temps. Maintenant, trouvons ce tueur.

— Et comment allons-nous faire ?

— Facile, monsieur QI de 173. Nous allons résoudre cette enquête, comme le font les vrais détectives à la télévision.

33

Nous n'avions pas de tableau blanc, comme ceux que l'on voit dans les films, mais nous avions une peinture impressionniste immense en face du lit, et je découvris un bloc de Post-it au fond de mon sac à main. Ça ferait l'affaire.

Heathcliff, Morrie, Quoth et Lydia s'assirent le long du lit.

— Oh, on joue aux charades ? s'exclama Lydia. Comme c'est amusant ! Je commence, d'accord ?

— Non.

Je collai deux Post-it au milieu du tableau, un pour le professeur Hathaway et un pour Alice. Puis, en dessous, j'en ajoutai deux autres pour le message écrit sur notre porte et pour la fausse vidéo de suicide.

— Ce sont les quatre crimes sur lesquels nous devons nous concentrer, indiquai-je en les pointant du doigt. Ils sont tous liés d'une manière ou d'une autre. Nous supposons que c'est la même personne qui a commis les quatre crimes, mais nous savons, grâce au meurtre de Mme Scarlett, que nous ne pouvons pas toujours partir de ce principe. Qu'est-ce qui les relie ?

— Hathaway, répondit immédiatement Morrie. Il est au

centre de tout ça. Et l'Expérience Jane Austen, parce que nous savons que le tueur était quelqu'un qui se trouvait dans le hall.

— Ah oui ?

— J'ai effectué plusieurs simulations mathématiques, et étant donné la disposition du personnel et des invités à ce moment-là, il est impossible que ce soit quelqu'un de l'extérieur.

— D'accord, dis-je en collant un autre post-it. Et en supposant que nous ayons raison et qu'Alice ne l'ait pas tué, et en supposant que Gerald n'était pas non plus le tueur, nous avons un suspect principal. La professeure Carmichael.

— Quelles sont nos preuves ? demanda Morrie en se frottant le menton.

Je les énumérai en les comptant sur mes doigts.

— Elle détestait Hathaway. Elle a publiquement juré de le détruire. Elle a donné à Alice les informations sur la défunte épouse de Hathaway, nous savons donc qu'elles étaient en contact. Elle avait une formation médicale, elle aurait donc su comment lui administrer les pilules, et comment enfoncer correctement la lame. *Et*, elle avait un mobile pour assassiner Alice, afin d'effacer ses traces. Si Alice révélait comment elle avait obtenu l'information, la police soupçonnerait immédiatement Carmichael.

— Et le message sur votre porte ? demanda Heathcliff en pointant le tableau. Penses-tu toujours qu'elle te considère comme une menace ?

— C'est toujours une possibilité, mais nous avons peut-être mal interprété le message, dis-je. Nous pensions qu'il signifiait « tu es la prochaine », c'est-à-dire, « tu es la prochaine à te faire poignarder ». Et s'il signifiait plutôt : « tu es la prochaine victime des mains baladeuses d'Hathaway » ? Pendant que nous attendions l'ouverture de la salle de bal, la professeure Carmichael a remarqué que Lydia était sur les genoux d'Hathaway. Elle a fait une grimace de dégoût et s'est éloignée d'un pas décidé. Peut-être qu'elle est montée à l'étage, qu'elle a écrit le message sur notre porte pour mettre Lydia en garde, puis qu'elle est redescendue et a tué Hathaway...

— Mina a raison. Peut-être que nous voyons les choses sous le mauvais angle, dit Quoth. Et si ce meurtre n'était pas un acte de vengeance, mais d'amour ?

— Comment ça ?

— Sur la vidéo, Alice supplie que ses dossiers soient détruits. Si le tueur a ajouté cela, ce n'est peut-être pas pour couvrir ses traces, mais pour empêcher que cette information ne soit rendue publique et ne fasse de mal à quelqu'un qui lui est cher. Comme tu l'as dit, la mort d'Alice a pour but d'empêcher la publication de son article. C'est pour ça que le tueur a écrit MENTEUSE sur sa poitrine.

Je me penchai et embrassai Quoth sur les lèvres.

— Tu es un génie.

— Hé, et mon baiser ? protesta Morrie.

— Et le mien, grogna Heathcliff.

— Pas de baisers pour moi, merci, dit Lydia en agitant la main. Je ne suis pas si férue de ce féminisme dont tu parles.

— Je ne comprends toujours pas, dit Morrie. Pourquoi Quoth est-il un génie ? C'est moi le génie.

— Quoth vient de découvrir qui était le meurtrier. Tu ne le vois pas parce que tu apprends encore ce qu'est l'amour, dis-je. Heathcliff comprend lui aussi.

— Ça, c'est sûr, grogna Heathcliff.

Le visage abattu de Morrie fit papillonner mon cœur, surtout quand je me remémorai ce qu'il m'avait avoué quelques heures auparavant. *Il essaie.*

— Réfléchis. Qui est si épris de Christina au point de se prêter parfaitement à cette farce des manières de la Régence ? Qui a la confiance du professeur et savait probablement quelles pilules il prenait ? Qui est un expert en maniement de l'épée et n'aurait aucun mal à porter un coup fatal ?

— Qui déclare son amour à travers une très mauvaise poésie ? ajouta Quoth.

— Je crois que tu tiens quelque chose, petit oiseau, souffla Morrie. Tu te souviens du documentaire sur Hathaway ?

Morrie fouilla dans son ordinateur portable et fit apparaître la vidéo documentaire sur la vie de Hathaway qui avait été projetée lors de la cérémonie commémorative, mettant pause lorsque l'on apercevait David qui aidait Christina à sortir d'une voiture. Sa main s'agrippait à la sienne alors qu'il l'aidait à ajuster son ombrelle. Elle le remerciait avec son air essoufflé habituel, et tout son visage s'illuminait avec la ferveur de l'amour. Il l'adorait.

Dommage qu'elle soit gay...

Oh non...

Avec Alice hors jeu, non seulement Christina serait sauvée de l'humiliation si l'article était publié, mais elle serait à nouveau céli-bataire.

Morrie passa à une scène où David parlait à la caméra, expliquant quel était son rôle en tant qu'assistant de Hathaway. « Je fais tout pour lui. J'organise son emploi du temps, je rassemble ses dossiers, je fais des recherches, je réponds à son téléphone, je m'occupe de lui lors des apparitions, je lui fais du thé. Je gère même ses médicaments. »

Lydia tressaillit, portant la main à son visage, comme si elle allait s'évanouir.

— Je n'arrive pas à y croire. Le tueur est David Winter.

34

— Bien sûr, souffla Morrie. C'est parfaitement logique. David est amoureux de Christina et connaît intimement son père. Il ferait n'importe quoi pour sauver Christina de l'humiliation. Cette pauvre fille pourrait à peine supporter de se casser un ongle, alors découvrir que ses parents étaient incestueux serait encore pire. David espérait probablement qu'en se débarrassant d'Alice, Christina sera libre de l'épouser et qu'ils formeraient le couple parfait de l'époque de la Régence. C'est pourquoi il ne pouvait pas se contenter de tuer Alice, il devait s'assurer que sa crédibilité soit détruite afin que l'histoire de Hathaway et de sa sœur ne puisse jamais être révélée.

— Est-il toujours dans le bâtiment ?

Heathcliff se leva et attrapa son épée.

— Nous l'avons vu parler avec la professeure Carmichael pendant notre promenade, dit Lydia, les yeux écarquillés. Que se passe-t-il ? Vous n'allez pas faire de mal à David, n'est-ce pas ? Il collectionne les pièces de monnaie, pour l'amour de Dieu. Il ne représente aucun danger pour personne.

— Comment peux-tu dire ça ? dis-je. Tu as vu David au duel

d'escrime l'autre jour. Il a été très violent. Ce n'est pas parce qu'une personne a de bonnes manières et des passe-temps ennuyeux qu'elle n'est pas capable de cruauté, de la même manière que des personnes qui peuvent paraître un peu différentes ou agir de manière bourrue ou détachée peuvent être gentilles et aimantes, dis-je en jetant un coup d'œil à Heathcliff et Morrie.

— Où est mon épée ? demanda Morrie en cherchant sous les draps.

— Et la mienne ? dit Heathcliff en regardant derrière les rideaux.

— Nous ne devrions peut-être pas nous attendre à ce que ça tourne au bain de sang, dit Quoth avec hésitation. Nous ferions mieux de parler à la police.

— Nous n'avons pas le temps ! criai-je. Ils sont occupés avec ma stupide alerte à la bombe et si nous avons raison, David a encore un meurtre à commettre. Il ne reste qu'une seule personne qui détient des informations qui pourraient nuire à Christina, dis-je en me levant d'un bond. Il va tuer la professeure Carmichael.

La police avait rassemblé la majorité des invités et du personnel dans le hall d'entrée. Au rez-de-chaussée, Hayes s'adressait à eux d'un ton autoritaire, leur demandant de rester calmes. Cynthia vacilla, une deuxième (ou troisième) bouteille de vin à la main. Quoth, qui avait repris sa forme de corbeau, se propulsa depuis mon épaule et se percha sur le lustre. Il jeta un coup d'œil dans la pièce, puis revint un instant plus tard.

Carmichael n'est pas là ni David ni Christina. Nous devrions essayer sa chambre.

La suite de la professeure Carmichael se trouvait au bout du couloir. Je me frayai un chemin dans la foule, piétinant délibérément chaque orteil et donnant des coups de pied dans chaque tibia avec lequel j'entrais en contact.

— Excusez-moi, murmurai-je. Pardon. Je suis vraiment désolée.

Sous les exclamations et les regards furieux, la foule se fendit comme la mer Rouge devant moi, se refermant autour de Heathcliff et Morrie.

— Mina, attends ! cria Heathcliff.

— Ah, Heathcliff, te voilà. Je t'ai cherché partout.

Je jetai un coup d'œil par-dessus mon épaule, juste à temps pour voir Hannah se jeter sur lui avec une telle force qu'elle le projeta en arrière contre Morrie, les faisant tous les trois tomber par terre.

Pas le temps de s'arrêter. Quoth enfonça ses serres dans mon épaule. J'arpentai le couloir jusqu'à la suite de la professeure Carmichael. Sa porte était fermée et je n'entendis rien à l'intérieur, à part le vacarme dans le couloir. Je tournai la poignée et la porte s'ouvrit.

Il est déjà là.

Prenant une profonde inspiration, je me collai contre la porte et la poussai pour l'ouvrir. Quoth se pencha en avant et étira le cou pour passer la tête dans le petit espace.

La plupart des lumières sont éteintes, à l'exception de celle du couloir et d'une lampe à côté du lit. J'aperçois deux silhouettes dans l'ombre, et elles se disputent. Mina, je ne pense pas que tu devrais...

Trop tard, pensai-je. *Nous devons l'arrêter.*

Quoth battit son aile contre mon visage pour tenter de m'arrêter, mais je le repoussai d'un coup d'épaule et me précipitai en avant, me glissant dans la pièce et refermant la porte derrière moi. Contrairement à notre suite, où la porte s'ouvrait directement sur notre chambre, la professeure avait un petit couloir avec des portes donnant sur sa salle de bains et un petit coin salon. Je m'adossai contre le mur et me glissai vers la chambre du fond.

— S'il te plaît, ne me tue pas, supplia la professeure Carmichael. Je promets de ne le dire à personne.

Non. Je ne vais pas laisser faire ça.

— David, arrête ! criai-je en me précipitant vers la silhouette dans l'ombre. Nous savons ce que tu as fait...

Les mots moururent dans ma gorge lorsque le tueur s'avança sous le halo de lumière. Une épée aiguisée pointait dans les airs, la lame scintillante.

Derrière elle, je reconnus les traits parfaits et suffisants de Christina Hathaway.

35

— Christina ? tressaillis-je. Mais qu'est-ce que...

— Vous pensiez que le gentil David était derrière tout ça, hein ? ricana-t-elle. Comme si une telle créature était capable de tout ce chaos. Non, c'est moi, aliénée par Jane Austen, par une adhésion constante aux manières fictives alors que mon père se comportait de manière abominable avec tout le monde dans sa vie privée, en particulier avec ma mère.

— Tu... c'est toi qui as fait tout ça ? Tu as tué ton propre père ?

Ses paroles n'avaient aucun sens.

— Elle est folle ! hurla la professeure Carmichael, en sautant par-dessus le lit. Va chercher de l'aide ! Appelle la police !

En un éclair, Christina traversa la pièce en se positionnant entre le lit et la porte. La lame fut directement pointée sur la gorge de la professeure Carmichael. Celle-ci tituba en arrière et tomba sur le lit.

— Il serait imprudent de votre part de bouger, dit Christina de sa voix chantante. Mina, ma belle, je crois que j'aimerais que tu te mettes là-bas, contre le mur. Si tu fais le moindre geste ou si tu appelles à l'aide, je t'étriperai comme un poisson, et je n'aurai pas le moindre remords. Dépêche-toi, s'il te plaît.

Le cœur battant dans ma gorge, je fis ce qu'elle demandait, appuyant mon dos contre le mur. *Heathcliff, Morrie, j'aurais bien besoin d'un sauvetage audacieux, là, tout de suite.*

Depuis le lit, la professeure gémit. Je scrutai la pièce à la recherche de Quoth, mais elle était si sombre que je n'avais aucun espoir de le voir. J'espérais qu'il trouverait Hayes et Wilson, mais même si c'était le cas, que pouvait-il faire en tant que corbeau ? Et si un type nu courait vers les détectives, ils supposeraient probablement qu'il était celui qui avait posé la bombe et ils le tueraient.

Quoth, si tu m'entends, ne cours pas vers Hayes. Prends les vêtements de Morrie dans notre chambre. Ou trouve Lydia. Demande-lui de crier dehors. Ça les fera tous accourir. S'il te plaît, elle est toute seule, mais je pense qu'elle pourrait tous nous tuer si elle le voulait.

La peur m'envahit. Je ne pouvais détacher mes yeux de la lame aiguisée de l'épée de Christina pointée directement sur le cœur de la professeure Carmichael.

Christina a dit qu'elle prenait des cours d'escrime. Elle sait exactement ce qu'elle fait. Sous la lumière, j'aperçus son sourire joyeux. *Elle est folle. Complètement zinzin.*

— Tu as toute mon attention, dis-je, essayant de gagner du temps. Peux-tu m'expliquer ce qui se passe, parce que je suis vraiment perdue.

— Bien essayé, dit-elle, sans quitter Carmichael des yeux. Toi et moi ne sommes pas des ennemies d'intelligence égale jouant au chat et à la souris. Je ne vais pas te décrire mes mouvements tête à tête comme une partie d'échecs. Ce ne sont pas des échecs, c'est un solitaire. Tu n'es qu'un grain de poussière sur la table.

— Très bien. Je reconnais ta supériorité intellectuelle.

— Et tu as bien raison.

— Avant de poursuivre ton plan, pourrais-tu m'éclairer sur un point ?

S'il vous plaît, Quoth, Heathcliff, Morrie, n'importe qui...

— Pourquoi tuer ton père ? ajoutai-je.

— Toute ma vie, j'ai vécu dans le monde imaginaire de mon père. Peu importe ce que *moi* je voulais, j'étais sa princesse parfaite de l'époque de la Régence, la seule femme qui pouvait guérir son cœur après la mort de mère. Il m'a retirée de l'école et m'a tout enseigné à la maison, pour s'assurer que je n'apprenne jamais rien qui ne soit pas brillant et joyeux. Il m'a fait maîtriser une liste de compétences : le piano, la broderie, la calligraphie... le genre de passe-temps insipides qui occupaient l'esprit d'une dame de la Régence. Je voulais apprendre le violon, mais il me l'interdisait, de peur que je ne devienne trop « émotive » à cause de la puissance de la musique. Je n'avais pas le droit de parler à d'autres hommes, à part lui et David. Tous les tuteurs qu'il m'a procurés étaient des femmes. Est-il étonnant que j'aie fini par désirer leur contact et leurs caresses ?

La voix de Christina se durcit.

— Quand j'avais seize ans, j'ai dit à papa que j'étais gay. Tu sais ce qu'il a répondu ? « Non ». Pas : « Je te soutiens, ma fille » ou même : « Je ne comprends pas, mais je t'aimerai quand même ». Juste : « Non ». Je n'avais pas le droit d'être gay, car il n'y a pas d'homosexuels dans les livres de cette chère Jane. Peux-tu seulement imaginer ce que ça fait ?

— Non, murmurai-je. Je ne peux pas.

— Papa croit vraiment qu'il est M. Darcy, que chaque jeune femme qu'il rencontre est son Elizabeth et qu'il lui suffit d'insister jusqu'à ce qu'elles acceptent son amour. C'est ce qu'il a fait à ma mère. Il l'a usée et l'a épousée lors d'une cérémonie impie parce qu'il ne pouvait pas supporter d'être sans elle. Sa passion égoïste et son désir de retrouver l'amour innocent de son enfance l'ont empoisonnée comme s'il l'avait assassinée lui-même. Je ne lui pardonnerai jamais cela ni aucun de ses crimes plus récents. Mais ça n'a aucune importance, car désormais il est mort et je suis presque libre.

— Depuis combien de temps sais-tu que tes parents étaient... étaient frères et sœurs ? murmurai-je.

— Je me doutais que quelque chose n'allait pas après la mort de Maman quand Papa avait tous ces rendez-vous à l'hôpital, puis suite à ça, nous avons manqué d'argent pendant quelques années. Mais je n'ai eu connaissance des faits que lorsque j'ai vu les dossiers que la professeure Carmichael a envoyés à Alice il y a quelques semaines. Alice pensait qu'elle était très secrète, mais quand elle a soudainement commencé à poser toutes ces questions sur Papa, j'ai hacké son ordinateur et je les ai découverts. Je savais qu'elle allait écrire l'article et ruiner la réputation de Papa, et il fallait que je le tue avant que cela n'arrive.

— Pour que tu puisses être libre ? demandai-je, commençant à comprendre.

Par Isis, c'est affreux. Quelle histoire triste et horrible.

— Papa n'avait pas écrit d'article depuis des années, dit calmement Christina. C'est moi qui faisais les recherches. J'écrivais ses discours. Toute la journée, tous les jours, rien que Jane, Jane, Jane, pendant qu'il récoltait les éloges et utilisait *mes* propres mots pour attirer les jeunes femmes dans son lit. La situation était intolérable. J'ai donc décidé de l'améliorer. Comme il avait besoin que je prépare ses pilules tous les soirs, je lui ai volé quelques somnifères. Un comprimé, une fois par semaine, pour qu'il ne s'en aperçoive jamais. Puis, je lui ai fait avaler les comprimés écrasés dans son thé avant le bal, le laissant inconscient dans le fauteuil. Une fois fait, j'ai attendu que presque tous les invités soient entrés dans la salle de bal, puis David et moi sommes arrivés et avons pris place. Puis j'ai dégusté le premier plat et un verre de vin avant de demander à

David de m'accompagner aux toilettes. Évidemment, il est tellement épris et désemparé qu'il n'a pas réalisé que l'endroit où je lui avais demandé d'attendre n'était pas du tout devant les toilettes, mais devant la porte d'un passage de service qui menait entre les cuisines et l'antichambre. Je m'y suis faufilée, je suis entrée dans l'antichambre, j'ai poignardé mon père, j'ai ouvert la fenêtre, j'ai placé le morceau de tissu sur le clou et j'ai emporté mes bijoux.

Elle remonta les gants sur ses mains.

— Il m'a suffi de jeter mes gants et ma robe dans une poubelle de recyclage derrière les cuisines et de les remplacer par le même ensemble que j'y avais caché plus tôt, avant de retourner voir David et de reprendre notre place.

— Un plan des plus ingénieux, dis-je. Mais pourquoi as-tu écrit ce mot sur notre porte ? Essayais-tu d'empêcher Lydia de devenir la prochaine victime de ton père ?

Elle rit, le son ressemblant à des éclats de verre brisé qui tintaient.

— Mon Dieu, non. J'étais trop loin dans mon plan pour me soucier de sa prochaine conquête. Le mot n'était pas pour Lydia, mais pour toi.

—Pourquoi moi ?

— Cynthia n'arrêtait pas de vanter ton intelligence et ta capacité à résoudre des mystères que la police ne pouvait pas élucider. J'ai réalisé que ma scène de crime n'aurait pas seulement besoin de tromper la police, elle devrait aussi te tromper toi. J'ai pensé que si je te faisais peur, cela pourrait jouer en ma faveur. Visiblement, tu es sois soit trop têtue, soit trop stupide pour comprendre.

— C'est la première option, je suis têtue, dis-je d'une voix tremblante. Mais pourquoi tuer Alice, ta propre petite amie ? Pourquoi créer une vidéo où elle avoue le meurtre de Hathaway ?

— Elle allait écrire l'histoire de mon père ! cria Christina. Je l'ai suppliée de ne pas le faire, mais elle a dit que c'était nécessaire. Quand elle a vu le corps de mon père, elle a réalisé que j'étais sans doute la coupable, et puis elle a trouvé les bijoux dans mon sac cette nuit-là en se faufilant dans ma chambre. Alors je lui ai dit que je la tuerais si elle révélait la vérité, et je l'ai obligée à filmer cette vidéo pour m'en assurer. Mais ensuite, je l'ai vue t'éloigner de l'orangerie et j'ai su qu'elle allait te dire la vérité, alors je l'ai tuée avant qu'elle ne le fasse. Tu ne comprends pas, je devais la tuer. Elle ne m'a pas laissé le choix. L'histoire aurait paru dans tous les journaux, et ils seraient venus pour m'interroger. J'aurais été harcelée par la presse et je n'aurais jamais, jamais été libérée de la diabolique et foutue Jane Austen qui obsédait mon père. C'est tout ce que je veux, et dès que j'en aurai fini avec elle – dit-elle en pointant son épée vers la professeure Carmichael, qui gémit – je serai enfin vraiment libre.

— Et moi ? demandai-je faiblement, le cœur battant contre ma poitrine.

— Toi ? Toi je ne t'avais pas vraiment prise en compte.

Christina se tapota le menton du bout du doigt, dans un geste qui me rappela un peu Morrie.

— C'est de ta faute, vraiment. Je t'avais pourtant prévenue, mais tu as choisi de ne pas en tenir compte. J'ai bien peur de ne pas pouvoir te laisser vivre.

36

— Christina, tu n'es pas obligée de faire ça, plaidai-je. Si tu racontes ton histoire, tout le monde sera de ton côté. Ton père était un homme horrible, et ce qu'il vous a fait, à toi et à ta mère, était mal. C'est toi la victime. S'il te plaît, ne deviens pas la méchante.

— Idiote, dit Christina en souriant. Il n'y a pas de méchantes dans les romans de Jane Austen.

Elle se retourna et plongea soudain vers moi, la lame de son épée pointée vers mon cœur.

Voilà. C'est comme ça que je vais mourir.

Le temps ralentit. Des feux d'artifice clignotèrent devant mes yeux, et des souvenirs m'assaillirent : Heathcliff me clouant contre le mur des toilettes, me regardant avec un désir si sauvage ; Quoth allongé à côté de moi sur mon lit, nos cœurs battant à l'unisson ; Morrie prononçant les mots : « Je t'aime ».

La fenêtre vola en éclats. Le verre tinta sur le sol. Un oiseau noir géant s'abattit sur Christina, heurtant sa poitrine et la faisant chanceler.

Quoth !

Christina recula en titubant, la bouche ouverte de surprise.

Quoth battit des ailes devant son visage, essayant de lui faire lâcher l'épée.

L'arrivée de Quoth permettait à la professeure Carmichael de gagner de précieux instants pour contourner Christina et s'enfuir vers la porte. Malheureusement, la peur la submergea et elle s'effondra, à genoux, figée sur le lit.

Je me précipitai pour aider Quoth, mais il était trop tard. Christina retrouva son équilibre, attrapa Quoth par le cou et l'éloigna. Son visage était tordu de rage alors qu'elle le frappait contre le mur.

— Crooooo...

Le sang de Quoth éclaboussa le mur. Il rebondit contre le sol, tremblant avant de s'immobiliser, puis resta inerte et silencieux. Mon cœur battait dans mes oreilles. *Non, non, pitié. Pas mon précieux Quoth.*

Les yeux de Christina se mirent à papillonner entre moi et Carmichael. Elle sauta sur le lit et brandit son épée vers la professeure. La lame trancha l'épaule de Carmichael, s'enfonçant dans sa chair avec aisance. Christina retira l'épée et la professeure hurla, agrippant sa blessure. Le sang coulait entre ses doigts, éclaboussant le devant de sa robe en mousseline. Une odeur âcre emplit l'air.

Quoth roucoula, traînant son aile molle sur le sol. Je me précipitai vers lui, mais Christina fut plus rapide.

— Si tu aimes tant cet oiseau, regarde-moi l'éventrer ! hurla-t-elle.

— Non. Quoth !

Je me jetai au sol, le protégeant avec mon corps.

Christina leva son épée.

— Très bien. Tu mourras aussi...

Il y eut tout à coup un éclair de peau, un rideau de cheveux et un cri sauvage. Je clignai des yeux et Christina se retrouva soudain par terre. Sa tête rebondit en heurtant le plancher en bois. Un corps nu la cloua au sol et lui donna un coup de pied dans l'avant-bras, lui arrachant la lame des mains.

— Toi…, haleta-t-elle. Tu étais un oiseau ! Comment as-tu…

Ses yeux roulèrent dans leurs orbites.

— Que s'est-il passé ? demanda alors Heathcliff en balançant son épée dans la pièce. Où est David ?

— Ce n'était pas David, soufflai-je. C'était Christina.

Quoth s'écarta, l'air penaud. Il s'appuya contre moi, serrant son bras. Heathcliff se pencha pour examiner Christina. Sa tête était tournée sur le côté et du sang coulait sur son visage. J'attendis, le cœur battant.

Christina ne bougeait pas.

— C'est pas juste ! gémit ensuite Morrie en jetant son épée avec frustration. On était censés la battre dans un duel au sabre. Ça fait des années que je n'ai pas pu embrocher quelqu'un avec une épée. J'avais vraiment hâte !

— Elle n'est pas morte, mais elle est sonnée. Tu es blessée ?

Heathcliff se leva et me prit dans ses bras. Ses mains parcoururent doucement mon corps.

— Est-ce qu'elle t'a blessée ?

— Je… je vais bien, mais Quoth… il m'a sauvée, mais elle l'a projeté contre le mur assez violemment.

Je tendis la main vers son corps, mais il n'était plus là.

Où est-il passé ? Est-ce qu'il est… ?

— Croac ?

Morrie serrait contre lui un corbeau mal en point.

— Pauvre, pauvre petit oiseau. Je suis vraiment désolé d'avoir douté de toi. Que t'a-t-elle fait ?

— Croaaaaa…

Le faible cri de Quoth me déchira le cœur.

— Wouhouuuu, Mina ? Morrie ? Le grognon ? roucoula Lydia depuis le couloir. Cet imbécile d'oiseau m'a guidée jusqu'ici, et j'ai amené le gentil détective avec moi, juste au cas où il y aurait un engin incendiaire, ou je ne sais quoi...

Hayes sursauta en entrant dans la suite. Il alluma le reste des lumières, révélant Carmichael sur le lit qui serrait son épaule ensanglantée, Christina qui gisait, immobile, sur le sol, des épées éparpillées partout, et Morrie serrant un corbeau dans ses bras.

— Que s'est-il passé ici ?

— À votre avis ? Christina m'a poignardée, espèce d'idiot ! hurla Carmichael.

— Nous allons bien, dis-je d'une voix rauque en serrant Heathcliff dans mes bras. Nous sommes juste secoués. Christina et la professeure Carmichael ont besoin d'une ambulance.

— Christina aura surtout besoin d'un croque-mort quand j'en aurai fini avec elle, dit Morrie en enfouissant son visage dans les plumes de Quoth. Personne ne fait de mal à ma Mina ou à mon petit oiseau.

Hayes se gratta la tête. Il arracha un talkie-walkie de sa ceinture et transmit un message à Wilson.

— Nous avons des ambulanciers ici, mais nous ne pouvons pas vous emmener à l'hôpital pour le moment. Tout le bâtiment est toujours verrouillé...

— Faites venir quelqu'un ici avec du matériel médical et des médicaments, immédiatement. Je crains d'être sur le point de m'effondrer sous le choc, dit la professeure Carmichael en roulant une partie de la couette en boule et en la pressant contre sa blessure.

— Pourquoi serrez-vous ce corbeau dans vos bras ?

— Croac ?

— Parce que, dit Morrie. Parce qu'il fait partie de la famille et que je l'aime. Je peux le dire maintenant, parce que je suis en phase avec mes émotions. J'aime ce drôle de petit oiseau, et j'aime Heathcliff, et j'aime Mina, et je vous aime même vous, inspecteur Hayes. Vous voulez un câlin aussi ?

Malgré l'horreur de la situation, les paroles de Morrie firent gonfler mon cœur d'amour. Je m'appuyai contre Heathcliff, enroulant mon bras autour de Morrie pour pouvoir caresser le cou de Quoth et sentir son petit cœur battre furieusement sous ses plumes.

Ma famille. Nous sommes tous en sécurité.

La déclaration d'amour de Morrie et la façon dont il tenait Quoth guérirent quelque chose en moi. C'était la dernière pièce du puzzle qui se mettait en place, révélant une image plus radieuse et plus réelle que ce que j'avais jamais cru possible. Je savais que mes trois garçons se souciaient les uns des autres de la même manière qu'ils se souciaient de moi.

Un coin de la lettre de mon père frotta contre ma poitrine. Dans toute cette excitation, je n'avais guère pensé à lui ou à ce courrier durant tout le week-end. C'était exactement ce que je voulais, mais aussi... cela n'avait plus d'importance. Quelle que soit la raison pour laquelle il l'avait fait, la réalité, c'était que mon père m'avait abandonnée.

Mais Quoth, Heathcliff et Morrie étaient là pour moi. Ils étaient ma famille désormais.

37

— Un autre jour, un autre meurtre résolu

Morrie s'appuya contre le mur du bâtiment, pianotant sur son téléphone.

— Si je n'essayais pas encore de diriger un empire criminel, je pourrais envisager de créer notre entreprise en tant que détectives consultants.

Heathcliff poussa la porte du magasin. Une boule de poils jaillit des profondeurs obscures et s'enroula autour du visage de Heathcliff.

— Miaouuuu ! hurla Grimalkin, faisant savoir à tous les habitants d'Argleton à quel point elle avait été traitée de manière abominable, enfermée dans la librairie pendant une nuit et un jour.

— D'accord, d'accord, dit Heathcliff en la retirant de son visage. Je vais te chercher à manger.

Les oreilles de Grimalkin se dressèrent. Elle bondit immédiatement et trotta en direction de son bol de nourriture. *Les chats sont vraiment les maîtres de la manipulation.*

Je traversai la boutique, allumant les lumières et les lampes au fur et à mesure. Dehors, le soleil s'était déjà couché sous l'horizon, et je ne voyais presque plus rien. Nous avions passé tellement de temps à Baddesley Hall et à informer Hayes et Wilson de ce que nous avions découvert. Ils avaient trouvé David ligoté et enfermé dans le placard de Christina, son propre bas de soie enfoncé dans la bouche pour le bâillonner. Il semblait qu'elle tenait suffisamment à lui pour ne pas le tuer. Il avait confirmé notre histoire : il savait que Christina voyait Alice en secret, et il avait escorté Christina dans le jardin avant la cérémonie commémorative lorsqu'elle l'avait fait s'arrêter pour écouter Alice et ma conversation.

Le meurtre étant résolu, nous avions dû attendre que la police découvre que la menace à la bombe était un canular et nous laisse tous partir. Je me sentais très mal à ce sujet, mais si je ne l'avais pas fait, nous n'aurions pas attrapé Christina à temps et la professeure Carmichael aurait été sa prochaine victime. Lydia n'avait pas eu de poney, ce qui était au moins un avantage. Je ne voyais pas comment nous aurions pu garder cette chose à Nevermore.

— Arrête d'éclairer cet endroit comme les illuminations de Blackpool, marmonna Heathcliff en s'effondrant derrière son bureau.

En représailles, j'allumai la lampe Snoopy au-dessus de sa tête. Il agita une main devant son visage.

— Immonde. Cet endroit sent les clients. Combien de personnes as-tu laissé entrer ce week-end, Quoth ?

En réponse, Quoth ouvrit le grand livre de comptes et indiqua son total pour le week-end. Heathcliff foudroya le nombre du regard.

— Tu as mis la virgule au mauvais endroit.

— Non. C'est le nombre de livres que tu peux vendre à Noël si tu ne te comportes pas comme le Grinch.

Une fois qu'il eut fait valoir son argument, Quoth se transforma en oiseau et se percha sur le lustre pour regarder Heathcliff de haut, comme s'il le mettait au défi de faire mieux.

Pendant qu'Heathcliff regardait le nombre avec incrédulité, je pris mon courage à deux mains.

— Les gars, j'ai quelque chose à vous dire.

Quoth descendit immédiatement du lustre et se posa sur mon épaule.

Maintenant ? demanda-t-il dans ma tête.

J'acquiesçai.

— Quoi ? demanda Heathcliff.

— Ne me dis rien, ajouta Morrie. Tu as décidé que la semaine prochaine, nous irions à un marathon de danse Jane Austen. Je vais sortir acheter des protège-tibias.

Aussi vite que possible, je leur parlai des lumières que je voyais récemment et de ce que la docteure Clements m'avait annoncé lors de mon rendez-vous.

— Je suis désolée de ne pas vous l'avoir dit plus tôt. Je voulais le faire, mais j'avais peur. En parler rend les choses réelles. Je voulais juste passer plus de temps avec vous tous, m'amuser, résoudre des meurtres et ranger des livres, avant que les lumières ne s'éteignent.

— Tu l'as dit à Quoth, lâcha Morrie.

Il avait l'air blessé.

— C'est vrai. Parce que j'avais besoin du réconfort que lui seul pouvait m'apporter, dis-je en les regardant tous les trois à tour de rôle. Ce week-end nous a montré pourquoi cette folle entreprise que nous menons semble fonctionner. Nous avons tous des points forts. Le cerveau de Morrie fonctionne de manière incroyable. La loyauté et la passion de Heathcliff nous protègent tous. La gentillesse de Quoth nous donne envie d'être de meilleures personnes. Je vous aime tous. Vraiment.

Les larmes me piquèrent les yeux.

— Je sais que c'est fou, mais je n'y peux rien. Vous vous êtes frayé un chemin jusqu'à mon cœur et vous ne partirez pas.

— Nous ne partirons jamais, grogna Heathcliff. Mais tu ne peux pas nous cacher des choses comme ça.

— Je suis d'accord. Je ne le ferai plus. Je vous le promets, dis-je en posant ma main sur mon cœur. Si ça peut vous consoler, j'ai détesté chaque minute de cette putain de situation.

Heathcliff m'écrasa contre lui.

— Je ne supporte pas de ne pas pouvoir arranger tout ça, grogna-t-il contre mon oreille. Prends mes yeux. Je ne fais que les gâcher à lire des livres et des étiquettes de bouteilles de whisky.

— Lire des livres n'est jamais une perte de temps, reniflai-je. C'est comme ça que je suis tombée amoureuse de toi la première fois.

— Hé, si elle doit avoir les yeux de quelqu'un, ce sera les miens, intervint Morrie. Les tiens sont trop foncés. Des yeux bleus avec son teint seraient *magnifiques*.

— Elle devrait avoir les miens, dit Quoth doucement. Ils fonctionnent mieux que vos yeux humains.

— Je ne prendrai les yeux de personne, dis-je en riant, alors que de nouvelles larmes coulaient sur mon visage. Mais vous devrez peut-être être mes yeux parfois, si vous êtes d'accord. Les choses pourraient changer assez rapidement pour moi, et je ne veux pas que l'un de vous soit impliqué si vous n'êtes pas à l'aise avec la façon dont cela va se terminer.

— Ne dis pas des conneries comme ça, grogna Heathcliff. Je ne pourrais pas t'oublier plus vite que je ne pourrais oublier mon existence.

Il pressa ses lèvres contre les miennes, balayant mes derniers doutes d'un baiser qui me brûla les lèvres et me parcourut les veines.

Et voilà, il me coupe à nouveau le souffle.

Comme pour prouver son point de vue, Heathcliff tendit la main derrière son bureau et alluma une lanterne japonaise rouge que j'y avais laissée.

— Tu illumines cet endroit, marmonna-t-il.

Quoth se blottit contre ma joue.

Je serai toujours là pour toi, promit-il. Je rompis mon baiser avec Heathcliff pour presser mes lèvres contre les douces plumes de Quoth.

Morrie s'approcha de notre petit groupe, son sourire arrogant vacillant sur les bords.

— Ne me fais pas le répéter, marmonna-t-il.

Je tapotai du pied.

Morrie soupira.

— Très bien. Je t'aime, Mina Wilde. Et j'aime aussi Monsieur Grincheux et cet oiseau stupide. Heureuse ?

— Extatique.

Je les serrai tous contre moi, bien fort. Mes hommes faits de chair et de sang et de complications, bien meilleurs, à tous points de vue, que leurs homologues fictifs. Je ne voulais jamais, jamais les laisser partir.

— Tu veux bien passer la nuit ici ? me demanda Morrie d'une voix pleine d'espoir.

— J'adorerais. Tu n'imagines pas à quel point. Mais pas ce soir, soupirai-je.

Lydia dormait sur le lit de Morrie, ce qui signifiait que nous ne pouvions de toute façon rien faire de classé X. Dans ma poche, mon téléphone vibra. *Encore.*

— Je dois d'abord faire quelque chose.

38

Je sortis de la voiture de covoiturage, le cœur serré. Même si j'avais affronté une meurtrière folle plus tôt dans la journée, c'était cette rencontre qui faisait trembler tout mon corps de peur.

Devant moi se dressait l'appartement où j'avais grandi. La vitre brisée pendait sur des charnières rouillées. Depuis les profondeurs de la maison du voisin, quelqu'un criait des obscénités. Les fenêtres de la cuisine de l'autre voisin étaient masquées par du papier journal, signe certain qu'ils préparaient de la drogue à l'intérieur. De vieilles pièces de voiture et des poubelles débordantes jonchaient le trottoir.

Cela avait été ma maison autrefois, mais ce n'était plus le cas.

Je pris une profonde inspiration, gravis les marches et introduisis ma clé dans la serrure. En poussant légèrement la porte d'un coup de botte, je vérifiai qu'elle n'attendait pas dans le couloir pour me tuer. Si c'était le cas, je ne lui en aurais pas voulu. Ne voyant ni n'entendant rien, j'ouvris complètement la porte et entrai.

—Salut, Maman.

Elle leva les yeux de la table de la cuisine. Ses cernes rouges la faisaient paraître plus âgée. Quand elle remarqua ma présence, son visage se décomposa sous l'effet d'une émotion contenue.

— Mina ? Où étais-tu ? J'étais tellement inquiète quand tu n'as pas répondu à mes messages. J'étais sur le point d'appeler la police !

L'envie d'être sur la défensive monta en moi, mais je la réprimai. Ma lèvre inférieure trembla.

— Je sais, Maman. Je suis désolée.

— Tu es...

— Je suis *désolée*. Je me suis vraiment comportée comme une vraie garce ces derniers temps, dis-je en posant mon sac dans le couloir. Je peux faire du thé ? J'aimerais vraiment qu'on parle.

Ma mère fit un signe de tête en direction de la cuisine. Tout son corps s'affaissa sur son siège et elle se tordit les mains. Je l'observai pendant que je remplissais la bouilloire et la posais sur la cuisinière.

Pourquoi ne courait-elle pas vers moi pour m'étreindre et me toucher, comme elle le faisait toujours ? Quelque chose l'empêchait de bouger. Elle me fixait d'un regard méfiant. Je me détestais de lui avoir fait si mal.

— Où étais-tu ? dit-elle d'une voix rauque. Pourquoi tu n'as pas répondu à mes appels ? J'ai appelé la librairie, mais Allan m'a dit que tu étais à Baddesley Hall. Puis j'ai appris qu'il y avait eu un meurtre et une alerte à la bombe. Une alerte à la bombe, Mina ! Tu aurais dû me dire que tu allais bien.

Alors que je récupérais nos deux tasses préférées et quelques biscuits dans la boîte, je remarquai que la cuisine avait été nettoyée à fond. Il y avait encore un peu de brillant partout, mais c'était seulement parce que les paillettes étaient l'herpès du monde artisanal – peu importe avec quel soin on lave, on ne peut pas empêcher leur propagation.

— Je sais. Je suis vraiment désolée. Je voulais t'appeler, mais la police ne nous autorisait pas à passer des appels tant que le manoir était bouclé. Ce n'était vraiment pas aussi fou qu'ils le disaient, c'était juste des gamins du coin qui ont fait une blague.

Minimise autant que possible, sinon elle n'acceptera pas ce que tu vas dire ensuite.

— Qu'est-ce que tu faisais là-haut, de toute façon ? C'est ça ta vie maintenant que tu sors avec Morrie ? Tu te pavanes dans de grandes maisons et tu es trop bien pour parler à ta mère ?

— S'il te plaît, ne pense pas ça ! Tout d'abord, je ne sors pas avec Morrie. Cynthia Lachlan m'a invitée à participer à leur week-end chic sur le thème de Jane Austen parce que j'ai aidé à innocenter son mari pour le meurtre de Mme Scarlett. J'aurais aimé que tu puisses voir Baddesley Hall, Maman. C'était fou. La chambre dans laquelle je dormais était quatre fois plus grande que tout cet appartement. Il y avait même une cheminée dorée !

— Ça a l'air spécial, dit ma mère, la voix enrouée.

Je trouvai le sucrier caché derrière une pile de fiches d'instructions pour la fabrication de savon qui portaient encore les cicatrices de la Grande Attaque de Crottes de Licorne Scintillantes.

— Si jamais je suis à nouveau invitée, je t'emmènerai avec moi. Je pense que ça te plairait beaucoup.

La bouilloire se mit à chauffer. Je versai le thé selon nos goûts respectifs et posai le sien devant elle. Ma mère n'y toucha pas, me suivant du regard tandis que je faisais le tour de la table et m'asseyais en face d'elle.

Je sirotai mon thé, le liquide chaud me donnant le courage de dire ce que j'avais à dire.

— Je suis désolée. Je sais que je l'ai dit cent fois, mais il faut que je le répète. Je t'ai ignorée parce que j'étais en colère, et c'était mal. Je te promets que je ne le ferai plus.

— Je ne te comprends plus ! répliqua ma mère. J'essaie de prendre soin de toi et de te protéger ! Je pensais que c'était pour ça que tu étais rentrée à la maison, parce qu'avec ta vue, tu allais avoir besoin de beaucoup d'aide. Mais depuis qu'Ashley a été tuée et que tu as commencé à travailler à la librairie, tu me repousses. Tu t'énerves contre moi chaque fois que j'essaie de t'aider. Tu ne m'écoutes pas. Tu te comportes comme une adolescente pourrie gâtée, et ça ne te ressemble pas du tout !

— Tu as raison, je me suis comportée de façon horrible. C'est aussi de ma faute. Je n'aimais pas l'idée de devoir revenir en Angleterre. Je voulais être à New York, travailler dans la mode. Je ne voulais pas que les choses changent, et j'ai reporté cette colère sur toi, expliquai-je en posant ma tasse. Tout ça s'arrête aujourd'hui. À partir de maintenant, je te promets que je vais te dire ce qui se passe dans ma vie et te faire savoir ce dont j'ai besoin pour que tu puisses m'aider. Je ferais mieux de commencer par te dire que je suis allée voir une ophtalmologiste à Barchester la semaine dernière. J'y suis allée parce que je vois des lumières étranges qui explosent devant mes yeux — comme des néons de couleur.

Ma mère tressaillit, se couvrant la bouche de ses mains.

— Oh, Mina, non. Pourquoi ne m'as-tu rien dit ?

— Tout va bien, Maman. J'avais peur. Je l'ai gardé secret parce que le fait d'en parler le rendait réel, et si c'était réel, cela signifiait que je devenais aveugle. Mais l'important, c'est que j'en ai parlé à quelqu'un : mon ami Allan. Il m'a convaincue de prendre rendez-vous, et je suis contente de l'avoir fait. J'aime bien ma nouvelle spécialiste, la docteure Clements. Je suis contente qu'elle s'occupe de moi. Je t'emmènerai la rencontrer la prochaine fois que j'aurai un rendez-vous.

— Qu'a-t-elle dit à propos des lumières ?

Je pris une grande inspiration.

— Elle m'a dit que la dégénérescence de ma rétine évoluait à un rythme plus rapide que ce que mon médecin de New York avait initialement pensé. Elle pense qu'il me reste environ dix-huit mois avant de perdre complètement la vue.

Ma mère poussa un gémissement. Des larmes coulèrent sur ses joues, tombant sur les affiches de Soapgasme étalées sur la table. Je posai ma main sur la sienne, me promettant de la taquiner sur ce nom horrible plus tard.

— Ça va. Vraiment. Quand j'étais coincée dans la maison ce week-end, j'ai réalisé que tout ce dont j'avais si peur allait arriver, et que je pouvais y faire face. Toutes les choses que je pensais importantes ne sont pas ce qui compte vraiment dans la vie. Je ne pourrai peut-être plus être créatrice de mode, mais cela ne veut pas dire que je vais me recroqueviller dans un coin et mourir. Ça ne me ressemble pas, et j'en ai marre de faire comme si c'était le cas. Alors s'il te plaît, ne pleure pas. Parce que moi j'en ai fini de pleurer à ce sujet.

— Oh, Mina.

Les larmes de ma mère coulaient sur mon bras.

— Tu gères très bien la situation, ajouta-t-elle.

— Pas vraiment, mais j'essaie de m'améliorer, dis-je en lui adressant un faible sourire. Cela étant dit, j'ai décidé de déménager.

Quoi ?

Vraiment ?

Les mots étaient sortis tout seuls de ma bouche. Je n'avais pas l'intention de les dire, mais dès qu'ils furent prononcés, je sus qu'ils étaient justes.

— Tu as... quoi ?

La bouche de ma mère se tordit d'un air perplexe.

— Je déménage. Je ne peux plus vivre ici. J'ai vingt-trois ans. J'ai vécu seule pendant quatre ans dans un pays étranger. Je ne peux pas m'attendre à réintégrer *ton* espace et à être heureuse. J'ai besoin d'être indépendante.

— Mais qui va s'occuper de toi ?

— *Moi*, dis-je. J'ai réalisé que depuis que j'ai appris la nouvelle, j'ai été tellement occupée à broyer du noir et à faire mon deuil que je n'ai pas réfléchi à la façon dont j'allais vivre après avoir perdu la vue. Je n'ai plus ce luxe. Et tu sais quoi ? Cela fait des milliers d'années qu'il y a des gens malvoyants *et* ils font quand même des choses incroyables. James Holman a fait le tour du monde à pied. Helen Keller était une militante politique. Stevie Wonder captive des millions de personnes avec sa musique. J'ai lu des trucs sur un type appelé Homère, qui a écrit l'histoire la plus célèbre du monde.

Ma mère fronça les sourcils.

— C'est un aveugle qui a écrit *The Wonky Donkey** ? Il a aussi fait les dessins ?

— Euh... oui. Bien sûr. Ce que je veux *dire*, c'est que s'ils peuvent le faire, moi aussi, dis-je avant de glisser une brochure sur la table dans sa direction.

— La docteure Clements m'a donné ça. Ce sont des programmes qui me permettront d'apprendre à utiliser une canne, à faire les courses et même à me maquiller quand je ne verrai plus rien. Et je pourrais avoir un chien-guide. J'ai toujours voulu un chiot !

Ma mère prit l'une des brochures sur papier glacé de la docteure Clements.

— Ça a l'air très cher, Mina.

— Il existe déjà des aides financières pour acheter le maté- riel dont j'ai besoin, et pour le reste, je devrai juste économiser. Heureusement, j'ai appris quelques astuces plutôt sympas au cas où j'aurais besoin d'une source de revenus supplémentaire,

---

* Livre pour enfants de 2009 du néo-zélandais Craig Smith.

lui dis-je en souriant. Il est temps que j'arrête de me morfondre sur ce que je ne peux pas changer et que je commence à profiter des bonnes choses de la vie.

— Mais déménager est une si grande étape... tu es sûre ?

— Je n'ai jamais été aussi sûre de quelque chose de ma vie, dis-je en prenant l'une de ses affiches. À part que « Soapgasme » est un nom horrible. Non mais à quoi tu pensais ? Je peux les redessiner pour toi ? Sérieusement, elles sont horribles.

Elle m'enlaça.

— Oh, Mina. Je suis si contente que tu sois de retour.

— Moi aussi.

— Ne nous disputons plus jamais, dit ma mère en déposant un baiser sur mon front. Et ton père ?

Je fouillai dans ma poche et effleurai la lettre.

— Je ne sais pas. Je ne suis pas encore sûre d'être prête à le contacter. Mais j'ai besoin de compter sur ton soutien si je décide de le faire. Ce n'est pas parce que tu ne veux pas avoir de relation avec lui que moi je n'en veux pas.

— Très bien.

Je souris.

— Si je le fais, tu seras la première informée.

Le sourire de ma mère illumina notre cuisine miteuse.

— Maintenant que tu es de retour, est-ce que je peux te poser une question importante ?

— Bien sûr.

— Est-ce que tu comptes épouser James Moriarty ? Parce que ce serait beaucoup plus facile d'avoir tout l'équipement nécessaire si tu avais un mari riche pour tout payer. Et peut-être qu'il pourrait m'offrir une nouvelle voiture tant qu'il y est. Oh, et un de ces bains de pieds massant qu'on peut utiliser en regardant la télé, et un manteau de vison, et un collier Tiffany...

39

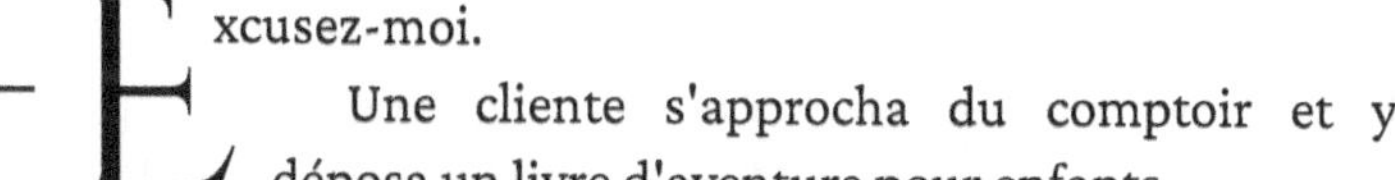

— Excusez-moi.

Une cliente s'approcha du comptoir et y déposa un livre d'aventure pour enfants.

— J'ai acheté ce livre il y a environ un mois.

— Oui, je me souviens de vous.

Je souris. J'avais vendu à cette femme une romance osée de harem inversé torride de KT Strange pour ses vacances à la plage, et le livre d'aventure pour sa nièce.

— Votre nièce a-t-elle apprécié son cadeau ?

— Oh, elle n'a pas encore sorti la tête du livre que je lui ai offert, sourit la femme. Ce n'est pas pour ça que je suis venue. Je ne suis pas contente du choix que vous avez fait pour moi. Je voulais me plonger dans une romance passionnée, mais j'ai fini ce livre en quelques minutes et laissez-moi vous dire que l'intrigue était plutôt puérile et que je n'ai pas *du tout* ressenti le côté sentimental. La prochaine fois, vous devriez écouter ce que vous demandent les clients et...

— Hum...

Je fixai la couverture du regard, luttant pour contenir mon rire.

— Madame, ça, c'est le livre que nous avons choisi pour votre nièce. Le livre que vous lui avez donné était censé être pour vous.

— Oh, s'étonna la dame en portant sa main à sa bouche. Oh, non.

Elle laissa tomber le livre sur le comptoir et s'enfuit. Incapable de me retenir plus longtemps, je m'écroulai de rire. Heathcliff leva les yeux de son roman.

— Ne fais pas attention à moi, dis-je en essuyant mes larmes. Ça fait du bien d'être de retour à la boutique.

Effectivement, ça faisait du *bien*. Hayes était déjà passé nous dire que Christina allait être placée dans un établissement psychiatrique, ce qui semblait être la meilleure solution. J'espérais qu'ils la laisseraient garder ses bonnets. La déchirure dans la manche de la chemise de Gerald correspondait à un morceau de tissu retrouvé sur l'un des précédents lieux de cambriolage du Voleur de Bijoux d'Argleton, et une perquisition à son domicile avait révélé une cachette de bijoux, tous volés dans les maisons de ses clients du British Heritage. Hannah l'avait quitté et avait commencé à fréquenter la boutique, au grand dam de Heathcliff et pour mon plus grand plaisir. Morrie n'avait pas appelé Quoth « petit oiseau » une seule fois, et les garçons se chamaillaient moins que d'habitude. Lydia était aussi agaçante que jamais, mais elle avait passé la plupart de son temps à explorer le village et à mettre au point son nouveau projet. Nous n'avions donc guère eu à nous soucier d'elle.

La seule chose qui aurait pu améliorer notre vie aurait été que Heathcliff accepte d'accrocher des décorations de Noël.

BANG. BANG. BANG. Lydia traîna une valise surdimensionnée dans les escaliers. Morrie avait fait l'erreur de lui prêter sa carte de crédit pour qu'elle puisse acheter une garde-robe appropriée. Bien que, compte tenu de l'endroit où elle allait, il était peut-être bon qu'elle s'entraîne à soulever des objets lourds.

— Je n'arrive toujours pas à croire que tu t'es engagée dans l'armée, la réprimandai-je.

— Oh, Mina, arrête de t'inquiéter. Ce sera tellement amusant ! dit Lydia en tapant dans ses mains. Si je veux trouver un soldat pour m'épouser, je dois aller là où se trouvent les soldats. De plus, je pensais que tu serais contente que je me débarrasse du joug patriarcal et que j'accepte la solde du roi...

— C'est la solde de la reine maintenant, lui fis-je remarquer.

— Ne me contrarie pas avec ton féminisme aujourd'hui plus que jamais !

Lydia se retourna, révélant sa veste militaire écarlate sur mesure avec des galons et des épaulettes dorés qu'elle avait achetée à Mme Maitland.

— Ne suis-je pas absolument ravissante ? Ne crois-tu pas que je vais me trouver un merveilleux soldat à épouser ?

Je n'eus pas le cœur de lui dire qu'elle serait en treillis dès son arrivée à la base. Mais certains problèmes ne me concernaient pas.

— Bien sûr, Lydia. Tu es magnifique.

— Eh bien, vous ne venez pas me dire au revoir ?

Elle plaça ses mains sur ses hanches.

— Au revoir, marmonna Heathcliff, sans lever les yeux de son livre.

Du haut de son perchoir, Quoth secoua la tête avec véhémence.

Excellente capacité d'autoprotection, dis-je intérieurement. *Tu es beaucoup plus en sécurité là-haut.*

Morrie s'avança et l'enlaça.

— Bonne chance, Lydia, dit-il. Ton petit visage agaçant va nous manquer ici.

— Est-ce que ça veut dire que tu aimerais que je reste ? dit Lydia en faisant un clin d'œil à Morrie.

— Non ! nous criâmes tous à l'unisson.

— Croac, ajouta Quoth.

— Miaou ! miaula Grimalkin, pour faire bonne mesure.

Lydia s'esclaffa. Elle me prit dans ses bras.

— C'est toi qui me manqueras le plus, Mina. Tu me rappelles un peu ma sœur aînée Lizzie, bien que moins autoritaire et moins quelconque. Je n'arrive toujours pas à croire qu'elle épouse ce M. Darcy.

Je me mis à rire.

— Tu me manqueras aussi, Lydia. Passe nous voir si jamais tu reviens à Argleton.

— Je ne pense pas. Pas avant très longtemps !

Elle me souffla des baisers en se précipitant dans la rue pour placer ses sacs à l'arrière d'un covoiturage qui l'attendait. Je la regardai partir, une partie de moi terrifiée à l'idée qu'elle ne tiendrait pas une heure, l'autre certaine qu'elle serait une générale en un rien de temps.

Dès que sa voiture s'éloigna du trottoir et démarra dans la rue, Morrie s'effondra sur un fauteuil.

— Dieu merci.

Je souris.

— Hé, on a tous fini par aimer Lydia.

— J'ai dirigé l'empire criminel le plus prospère du monde développé, et pourtant cette femme me met les nerfs à vif, dit-il avant de me tendre une main molle. Tu veux bien me préparer une tasse de thé ?

— Va la préparer toi-même, dis-je en lui donnant un petit coup dans le bras. J'ai des cartons à déballer.

— Comment peux-tu encore avoir des affaires pour l'appartement de Jo ?

Morrie m'avait aidée à emménager dans la chambre d'amis

de Jo la nuit dernière. C'était une toute petite pièce, à peine assez grande pour le lit simple que j'avais trouvé sur Gumtree et une étagère à vêtements. Mais c'était un palace comparé à ma dernière chambre, qui n'était pas une chambre du tout, mais une véranda dont les fenêtres étaient recouvertes de carton. L'appartement de Jo était incroyable : elle avait une douche à effet pluie, le chauffage et une machine à expresso dans la cuisine (et un squelette anatomique dans la salle de bain, mais nous ne parlerons pas de *ça*), et absolument aucune mère en vue.

— Je lui ai dit qu'elle aurait dû emménager ici, marmonna Heathcliff en tournant une page de son livre.

J'avais été très tentée quand il m'avait fait cette offre, mais au fond de moi, je savais que je n'étais pas prête à accepter. Nous avions peut-être tous prononcé les fameux trois mots qui font peur, mais tout était encore très compliqué entre les garçons et moi. J'avais besoin de temps pour être seule avant de franchir le pas. Mais au moins, Jo habitait à proximité, je pouvais donc venir les voir quand je voulais, sans avoir à débourser une fortune pour faire du covoiturage ou à traverser mon ancien quartier effrayant à pied.

— Non, ce ne sont pas d'autres vêtements, dis-je en sortant une boîte de derrière le bureau. Mais des décorations de Noël.

— Non.

Le livre de Heathcliff tomba bruyamment sur le sol.

— Si !

J'ouvris la boîte en grand, révélant des guirlandes scintillantes et lumineuses. Instantanément, mes yeux furent attirés par les couleurs irisées, et le reste de la pièce sombra dans l'obscurité.

— C'est la dernière lubie de ma mère. Apparemment, le magasin de Sylvia a été fermé par une équipe de spécialistes des matières dangereuses après l'explosion de l'un de leurs kits de fabrication de savon. Alors maintenant, elle vend ces décorations de Noël « design » avec une marge bénéficiaire de deux cents pour cent.

Je tendis une guirlande de lumières ornée de livres miniatures.

— Prends l'autre bout. Nous allons l'accrocher le long du bureau de Heathcliff.

— Non, hors de questions, protesta Heathcliff en croisant les bras.

— Si. Pas de discussion. Fini la gentille Mina. Si je veux continuer à travailler ici, vous allez me laisser tester mes idées créatives. J'ai besoin que cette boutique soit rentable pour pouvoir gagner plus d'argent, car j'ai besoin d'équipements adaptés et d'un chien-guide. Et aussi d'une nouvelle paire de Docs.

— Miaou ?

Grimalkin sortit la tête de derrière le tatou, ses moustaches frétillant d'inquiétude.

— Ne t'inquiète pas, minette, dis-je en lui tapotant la tête. Je te promets que mon toutou ne te poursuivra pas.

— Miaou !

Grimalkin donna un coup de patte dans les guirlandes, attaquant l'un des petits livres avec ses dents, comme pour montrer ce qui arriverait à tout chien-guide qui oserait franchir le seuil du magasin.

— D'où te vient cette insolence ? demanda Morrie en écartant Heathcliff pour soulever les guirlandes. Ne te méprends pas, ça m'excite. Mais ce n'est pas ton genre de faire la loi.

— Ça vient de moi. J'ai réalisé que je ne voulais pas finir comme Christina.

— Tu veux dire, enfermée dans un asile ? dit Heathcliff avec un clin d'œil. Après avoir raconté une histoire à dormir debout sur un corbeau qui s'est transformé en homme ?

— Croac ! ajouta fièrement Quoth.

— Ou tu veux dire une tarée armée d'une épée ? Je pense que nous sommes tous d'accord pour dire que ce n'est jamais la meilleure issue, dit Morrie en se frottant le menton. Tu es bien trop maladroite pour manier une épée.

Je tendis la jambe et fis mine de lui donner un coup de pied. Malheureusement, j'évaluai mal l'angle et basculai tellement en avant que je perdis l'équilibre et tombai.

— OK. Tu n'as pas tort.

Je tendis la main et Morrie m'aida à me relever.

— Il n'y a que deux cinglés armés d'épées dans le coin, et c'est vous deux. Je suis juste triste de ne pas vous avoir vus en action.

— La prochaine fois, promit Heathcliff.

— C'est la faute à l'oiseau, ajouta Morrie. S'il n'avait pas sauvé la mise, j'aurais pu montrer ma double riposte avec un coup de pied sauté tournant.

— Croac !

Je m'esclaffai.

— Ce que je voulais dire, c'est que Christina était rongée par l'inaction. Elle ne pouvait pas affronter son père ni ce qu'il avait fait, alors elle a continué d'exister dans la boîte où il l'avait enfermée jusqu'au jour où elle a craqué. J'ai réalisé que je faisais la même chose avec mes yeux, en me mettant moi-même dans une boîte où je ne pouvais pas profiter des choses que j'aimais sans la vue. Et j'ai ignoré tout ce que je ne voulais pas affronter, comme la pièce qui voyage dans le temps et ma rencontre avec Victoria, la lettre de mon père et toute cette histoire de « couverte de sang ». Maintenant, je vois à quel point c'est limitant de se mettre dans une boîte et de se cacher. Tout comme Christina ne pouvait même pas envisager un monde où elle annonçait simplement à son père : « Je suis gay et je déteste

Jane Austen », et vivait ensuite sa propre vie. Et maintenant, elle n'aura jamais cette chance.

— Bizarrement, je l'admire, dit Morrie en brandissant une petite figurine de berger. Elle a créé un petit chaos bienvenu ici. Oooh, une crèche. Peut-on la poser sur cette table ?

— Oui. En fait, j'ai même eu l'idée de faire une étable avec des livres.

J'empilai deux livres à couverture rigide sur le côté et j'en plaçai un troisième sur le dessus pour faire un toit. Morrie disposa les figurines en porcelaine à l'intérieur.

Et le tatou pourrait être Dieu. Quoth le poussa à sa place avec son bec.

— Non, grogna Heathcliff.

Je l'ignorai.

— Et puis il nous faut juste l'enfant Jésus et... Morrie ! Tu ne peux pas laisser Joseph et le premier Roi Mage s'embrasser !

— Pourquoi pas ? Je pensais que c'était justement le genre de choses qui se passait dans les granges, dit Morrie avec un sourire malicieux.

— Pas celle-ci.

Je remis les figurines à leur place et souris à Heathcliff.

— Tu n'as pas beaucoup parlé de Christina. Je me souviens que tu avais de l'empathie pour elle quand tu as vu à quel point elle craignait son père.

Heathcliff s'agita sur sa chaise.

— Ne me le rappelle pas. J'aurais juste aimé que cette peur ne la rende pas si vilaine.

Je pensais savoir à quoi il faisait allusion, mais je voulais qu'il en parle.

— Tu veux développer ?

— Hindley, souffla Heathcliff.

Le mot grésilla contre ma peau, chargé de toute la malveillance d'Heathcliff.

— Toute ma vie, il m'a traité avec cruauté. Il disait que j'étais un monstre et je le croyais. Comment ne pas le croire, alors que j'étais si différent de tous les autres aux *Hauts de Hurlevent* ? Quand j'ai entendu Cathy dire qu'elle ne pourrait jamais m'épouser, j'ai bien sûr compris que c'était à cause de ça, dit-il en se frottant la joue, désignant sa peau foncée. Le père de Christina la traitait d'une manière différente, mais non moins destructrice. Il avait fait d'elle un monstre. Elle méritait de se libérer de lui.

— Mais aurait-elle dû tuer Alice ?

— Bien sûr que non. Elle était désespérée. Je peux le comprendre. Je ne peux pas le pardonner, mais je peux le comprendre.

Le carillon de la boutique tinta soudain, interrompant notre conversation. Quoth se recroquevilla dans un coin. Heathcliff prit son livre et me fit signe de m'occuper du client.

Un homme entra dans la pièce, vêtu d'un costume élégant et d'une chemise blanche repassée. Il était beau dans le genre agent immobilier – cheveux lisses et traits juvéniles. Il marcha droit vers le comptoir et tendit la main à Heathcliff.

— Les biographies sont en haut des escaliers et à gauche, marmonna Heathcliff sans même lever les yeux.

Il connaissait le genre.

— Ah, mais si je ne veux pas de biographie ?

— Alors, sortez.

Heathcliff tourna la page de son livre.

L'homme s'esclaffa et tendit à nouveau la main.

— M. Heathcliff. Permettez-moi de me présenter. Je m'appelle Grey Lachlan. Laissez-moi deviner, ce grand gaillard est James Moriarty. Et vous devez être l'indomptable Mlle Mina Wilde.

Il se tourna vers moi avec son sourire lisse, et un étrange sentiment de malaise s'empara de mon estomac. Instantanément, j'eus envie de me recroqueviller en boule et de fuir cet homme, mais je n'aurais pas su dire pourquoi.

Si Grey Lachlan sentit mon malaise, il n'en fit pas cas. Son sourire s'élargit un peu plus sur son visage sérieux.

— Mon épouse m'a raconté comment vous avez résolu le meurtre de son amie Gladys et sauvé l'Expérience Jane Austen. Nous vous en sommes extrêmement reconnaissants.

— Oui, eh bien, dit Heathcliff en s'asseyant et en croisant les mains sur sa poitrine, les biographies sont en haut des escaliers et à gauche.

— Non, non. Je suis venu pour quelque chose d'encore mieux que des livres.

Grey Lachlan posa sa mallette sur le comptoir et plongea les mains à l'intérieur. Il en sortit une enveloppe et la posa sur la table devant Heathcliff. Je sursautai en remarquant que l'enveloppe était scellée à la cire.

— J'aimerais acheter votre librairie. Et je suis prêt à vous faire une offre que vous ne pourrez pas refuser.

— Détrompez-vous, grogna Heathcliff. Je refuse.

Grey agita l'enveloppe devant son visage.

— Vous devriez regarder à l'intérieur, M. Heathcliff.

— Non.

Grey soupira. Il laissa tomber l'enveloppe sur le bureau.

— Je vais être clair. Je suis un homme puissant, plus puissant que vous ne pourriez l'imaginer. Croyez-moi, vous ne voulez pas de moi comme ennemi. Si vous ne coopérez pas, j'ai d'autres moyens à ma disposition. Je vous suggère de bien réfléchir à cette offre, car *j'aurai* la Librairie Nevermore, quitte à devoir enjamber vos cadavres pour y parvenir.

À SUIVRE

Le meurtre d'un écrivain menace de faire capoter l'événement littéraire de Mina, tandis qu'un fléau biblique met à l'épreuve sa santé mentale dans le quatrième tome.

Vous en voulez plus sur Mina et ses garçons ? Lisez gratuitement une scène alternative du point de vue de Quoth ainsi que d'autres scènes bonus et histoires supplémentaires en vous inscrivant à la newsletter de Steffanie Holmes.

https://www.nevermorebookshop.co.nz/pages/steffanie-holmes-newsletter-french

MESSAGE DE L'AUTEURE

Alors que j'écrivais ce livre, mon pays a été frappé par l'une des plus grandes tragédies que nous ayons jamais connues. Cinquante citoyens qui accomplissaient leurs prières quotidiennes dans deux mosquées de Christchurch ont été abattus par un terroriste. Ces attaques ont bouleversé tout le pays : elles ont fait plus de victimes innocentes que la Nouvelle-Zélande n'en compte habituellement en une année. Est-ce donc ce que nous sommes ? Ne sommes-nous plus en sécurité ? L'avons-nous jamais vraiment été ?

Dans les jours qui ont suivi, j'ai eu du mal à mettre des mots sur le papier. Face à un acte de haine aussi bouleversant, je ne voyais pas l'intérêt. À quoi pourraient bien servir mes petites histoires sur l'amour et l'acceptation dans un tel monde ?

Il s'avère que tout compte.

Car ce crime n'a été possible que parce qu'il n'y avait pas assez d'amour. Parce que la communauté visée disait depuis un certain temps qu'elle ne se sentait pas en sécurité. Parce que les petits actes d'amour, tout comme les petits actes de haine, peuvent s'additionner et devenir immenses. Avec de l'amour, des attaques comme celle de Christchurch ne se produiraient pas. Avec de l'amour, chacun pourrait se sentir en sécurité.

Au cours des jours et des semaines qui ont suivi l'attaque, une nation s'est unie pour faire son deuil. Un gouvernement a pris des mesures rapides. Et dans ma petite bibliothèque, les yeux embués de larmes mais le cœur rempli d'amour, j'ai finalement écrit le mot « FIN » sur les dernières pages.

Orgueil et Préméditation est devenu mon livre préféré de toute la série. Alors que mon pays faisait son examen de conscience et en ressortait fort, puissant et rempli *d'aroha* (amour), Mina a puisé au plus profond d'elle-même et a trouvé sa force. Dans ce livre, elle accepte pour la première fois ce qui lui arrive et commence à aller de l'avant, au lieu de s'accrocher au passé.

Elle prend conscience de tout l'amour qui l'entoure – non seulement celui des garçons, mais aussi celui de sa mère, de ses amis et d'elle-même – et dans la chaleur de cet amour, elle peut enfin se libérer de la peur. Elle trouve sa force. Elle se sent en sécurité. Elle est libre.

Ce qui nous distingue – notre race, notre religion, nos yeux un peu bancals – importe bien moins que ce qui nous unit : notre amour, notre humanité, notre force.

J'espère, je souhaite, je crois... qu'avec plus d'amour dans le monde, nous pourrons tous être libres.

Kia kaha, aroha nui.

(Restez forts, avec amour).

Steffanie

À PROPOS DE L'AUTEURE

Steffanie Holmes est une auteure à succès figurant sur la liste *USA Today*, spécialisée dans la romance sombre, gothique et sulfureuse. Ses livres mettent en scène des héroïnes futées et pleines d'esprit, des sociétés secrètes, de vieux manoirs inquiétants et des mâles alpha qui obtiennent *toujours* ce qu'ils veulent.

Légalement aveugle depuis la naissance, Steffanie a reçu le *Attitude Award for Artistic Achievement* en 2017 et a été finaliste du prix *Women of Influence* en 2018.

Elle est également la créatrice de *Rage Against the Manuscript*, une ressource proposant du contenu gratuit, des livres et des cours pour aider les écrivains à raconter leur histoire, trouver leur lectorat et bâtir une super carrière d'auteur(e).

Steffanie vit en Nouvelle-Zélande avec son mari, une horde de chats grincheux et leur collection d'épées médiévales.

Inscrivez-vous à la newsletter de Steffanie Holmes

Recevez gratuitement *Cabinet of Curiosities* – un recueil de nouvelles et de scènes bonus, dont une scène inédite de *La Librairie Nevermore*, en vous abonnant à la newsletter de Steffanie Holmes.

https://www.nevermorebookshop.co.nz/pages/steffanie-holmes-newsletter-french